보헤미안
랩소디

제10회
세계문학상
수상작

보헤미안
랩소디

정재민 장편소설

나무옆의자

:: 차 례

친구의 부음

"피고인, 지금부터 불리한 진술을 거부할 수 있고, 유리한 진술을 할 수 있습니다. 이름, 주민번호, 주소를 말씀해보세요."

이렇게 말해놓고 나는 피고인의 입을 쳐다보며 신경을 곤두세운다. 목소리를 들어야 비로소 그 사람의 영혼과 접촉하는 느낌이 든다. 영혼은 신이 사람에게 불어넣은 숨결이고 숨결은 목소리에 담기니 타인의 목소리를 듣는 것은 그의 영혼을 접촉하는 것이다.

피고인석에 선 열여덟 살의 소년이 고개를 숙인 채 신상명세를 말한다. 먼지 낀 레코드판 위에서 탁탁 튀는 턴테이블 바늘처럼 불안정한 목소리이다. 하늘색 교복 안으로 비치는 체구가 뼈만 남은 듯 앙상하고 콧등과 뺨에는 솜털이 민들레씨처럼 묻어 있다. 저런 친구가 정말로 사람을 죽일 수 있었을까?

검사가 자리에서 일어나 공소사실을 낭독한다. 굵은 목소리와 검은 법복이 저승사자처럼 위압적이다. 공소사실의 요지는 피고인이 홀아버지를 옥상에서 떠밀어 살해했다는 것이다. 시험 성적이 나오면 피고인의 아버지는 피고인을 빌라 옥상으로 불러내 전교 등수에 십을 곱한 만큼 골프채로 때리곤 했는데, 평소 전교 오륙 등 정도 하던 피고인의 성적이 그날은 전교 십칠 등으로 떨어졌다고 한다. 오십 대쯤 맞고 있던 피고인이 매의 고통과 아버지에 대한 증오를 더 이상 견디지 못하고 아버지를 떠밀어 추락사시켰다는 것이 검찰의 주장이다.

검사가 공소사실을 낭독하는 동안 피고인의 눈썹이 꿈틀거리면서 얼굴이 창백해진다. 관자놀이에는 식은땀이 고인다. 숨이 거칠어지면서 교복 가슴팍 명찰에 노란 실로 새겨진 그의 이름이 오르락내리락한다. 피고인이 고개를 가로저으면서 불안한 눈빛으로 나를 쳐다본다.

"아니요, 아닙니다. 검사님의 말은 사실이 아닙니다."

피고인은 아버지가 그런 성적은 아무짝에도 쓸모가 없으니 자신은 더 이상 살아갈 의미가 없다며 옥상에서 스스로 뛰어내렸다고 말한다. 자신이 아버지를 말리려고 달려들었지만 놓치고 말았다는 것이다.

대체 누구 말이 맞을까? 하루에도 수십 번씩 화두처럼 맴도는 질문이다. 법정의 왼쪽에 앉은 사람들과 오른쪽에 앉은 사람들의 이야기는 과연 그들이 같은 사건을 겪었는지 의심이 들 정도로 괴리가 크다. 진실은 그 사이 어느 지점에 있겠지만 그 지점을 정확하게 찌르기란 여간 어렵지 않다. 판사가 되기 전에는 셜록 홈즈처럼 증거를 놓고 논리적으로 차근차근 따져보면 누가 참말을 하고 누가 거짓말을 하는지 가려낼 수 있을 줄 알았다. 하지만 현실에서는, 용의자는 합리적으로 행동하지 않고 증인의 기억은 저마다의 사정에 따라 편집되어 있으며 과학이 밝혀주는 범위는 제한적이다.

사실 관계를 파악하는 것보다 어려운 것은 선과 악을 판단하는 것이다. 같은 사람이 어떤 사람과의 관계에서는 선이고 다른 사람과의 관계에서는 악이 되기도 한다. 합법인 행동이 악이고 위법인 행동이 선일 때도 있다. 한 사람이 선과 악을 번갈아 저지르며 살아가기도 한다. 그런데도 법정에 온 사람들은 저마다 자신이 선이고 상대방은 악이라고 주장하면서 나더러 자신이 선의 영역에 있음을 선포해달라고 한다. 이 사건에서도 같은 피고인을 두고, 검사는 아버지의 은혜를 살인으로 갚은 패륜아라고 규정하는 반면 변호인은 열등감 많은 아버지로부터 학대받아온 가여운 피해자라고 부른다.

많은 사건에서 어느 쪽이 선이고 악인지 판단하기는 쉽지 않다. 솔직히 나는 나 자신이 선인지 악인지조차 모른다. 나의 내면 밑바닥에는 작은 법정이 있다. 그곳에서는 삼십 년 된 나의 인생을 둘러싸고 악이라며 고발하는 검사와 선이라며 옹호하는 변호사가 날마다 열띤 공방을 벌인다.

선악의 판단에 자신이 없다 보니 나는 누가 무슨 말을 해도 좀처럼 그가 옳다고 시원하게 편들어주지 못하는 사람이 되어버렸다. 이런 버릇이 법정 밖까지 새어 나가다 보니 주변 사람들을 서운하게 만든다. 아내도, 친구도 나를 냉정하다고 한다. 하지만 그들은 모를 것이다. 편이 되어주지 못하는 나로 인해 가장 서운한 사람은 바로 나 자신이라는 것을.

오후 재판을 마치고 사무실에 들어오니 직원이 알려준다.

"판사님, 손지은 경감이라는 분한테 전화가 왔었는데 지금 걸어서 연결할까요?"

손지은이라는 이름을 듣는 순간 반가움과 불안이 교차한다. 가지런하게 정렬되어 있던 내면의 질서에도 균열이 간다.

"네, 그러세요."

곧이어 낭랑하고 기품 있는 목소리가 수화기를 타고 전해진다.

"안녕하세요, 판사님. 손지은입니다."

"반갑습니다. 오랜만이네요. 이게 얼마 만이죠?"

"제가 신해경찰서에 있을 때 뵀으니 한 이 년 정도 되었네요."

"벌써 이 년이나 지났나요? 그 사건이 바로 어제 일어난 것 같은데, 세월이 참 빠르네요. 지금은 어디 계시나요?"

"그 사건 이후 경찰서를 두 번 옮겨 갔다가 이번에 경감으로 승진하면서 신해경찰서로 다시 왔어요."

"승진을 하셨군요. 축하드립니다."

"감사합니다. 그 사건 때문에 승진 못 할 줄 알았는데 경감까지는 시켜주나 보네요, 하하하."

그녀와는 그 사건에 관한 수사 과정에서 단 두 차례 만났을 뿐인데도 마치 몇 년을 함께 일한 동료와 모처럼 통화를 하는 기분이 든다.

"저, 판사님, 황동혁 씨 아시죠?"

"동혁이요? 그럼요, 제 친구예요. 손경감님도 그 사건을 수사하면서 아시지 않았나요?"

"아, 그분이 고소한 건 제가 신해경찰서를 떠난 직후여서 저는 잘 몰랐어요."

"아, 그랬나요? 그런데 그 친구 아는지는 왜 물으시는지……."

"황동혁 씨가 어젯밤에 죽은 채로 발견되었어요."

"네? 뭐라고요?"

동혁이가 죽었다는 말이 연극 속 대사처럼 실감이 나지 않는데도 목덜미의 털들이 일제히 곤두선다.

"대체 왜 죽은 기죠?"

"원인이 불분명해요. 복부에 총을 맞았다는 것 외에는……."

"유서는 없었나요?"

"네, 없었어요."

"자살인지, 타살인지도 모르나요?"

"네, 아직은……."

"다른 특이한 점은 없었어요?"

"별로요. 아, 발견될 때까지도 전축에서 음악이 나오고 있었어요."

내 머릿속에 록그룹 퀸의 대표곡인 「보헤미안 랩소디(Bohemian Rhapsody)」가 떠오른다.

"그 음악이 혹시 뭐였나요?"

"그룹 퀸의 노래들이었어요."

내 예상이 들어맞은 것을 확인하자 나도 모르게 긴 한숨이 새어 나온다.

"황동혁 씨 휴대폰을 보니 어젯밤까지도 판사님과 연락을 했더군요. 그래서 판사님을 좀 뵐 수 있을까 해서 전화드렸어요. 신해시까지 오기 불편하시면 제가 서울로 올라가도 되고요."

"제가 내려갈게요. 어차피 장례식에 참석하러 내려가야 하니까요."

"네, 그럼 더 좋을 것 같아요. 오시면 연락주세요, 기다릴게요."

"장례식장은 어디인가요?"

"신해성모병원이요. 아직도 신해시엔 장례식장이 그곳뿐이에요."

'신해성모병원'이라는 단어가 내면을 봉합해놓은 실밥들을 드드드득 뜯어낸다. 나는 아내에게 전화를 건다.

"여보, 나 고향에 문상을 좀 다녀와야겠어."

"문상? 누가 돌아가셨어?"

"응, 동혁이가 죽었대."

동혁이의 죽음을 입에 올리자 비로소 그의 죽음이 실감 난다. 스프레이를 칙 뿌린 듯 목덜미에 서늘한 기운이 느껴진다.

"어머, 세상에……."

아내에게는 경찰에서 부른다는 이야기까지는 하지 않는다.

"내일 발인까지 보고 올라올게."

내일까지 휴가를 내고 택시를 타고 서울 강남고속버스터미널로 향한다. 구월 중순인데도 도로에서 스멀스멀 피어오르는 열기가 택시 안까지 전해진다.

버스 안에는 승객이 고작 대여섯 명뿐이다. 나는 가장 뒷줄 창가 자리에 처박히듯 앉는다. 고속버스가 시동을 걸고 천천히 후진을 시작하자 노란색 커튼 사이로 늦은 오후의 햇살이 금목걸이처럼 반짝거린다.

작년 초에 서울로 떠나온 이후 신해시를 방문하는 것은 처음이다. 버스로 세 시간이면 가는 거리인데도 좀처럼 다시 찾게 되지 않는다.

재작년 이월 판사로 발령을 받은 직후 나는 지프차 뒷자리에 짐을 가득 싣고 신해시로 향했다. 신해시는 내기 태어나서 고등학생 때까지 살던 고향이다. 고등학생 때까지는 어떻게든 그곳을 벗어나 서울이나 해외로 나가고 싶어 했는데, 사법시험에 합격한 이후부터는 고향으로 돌아가고 싶어서 안달이었다.

사법연수원을 다닐 때도 울적할 때면 종종 신해행 고속버스를 탔다. 막상 신해시에 가도 특별히 하는 일은 없었다. 엄마의 무덤을 찾고, 엄마와 살던 옛집을 둘러보고, 신해바닷가에 앉아서 멍하니 바다를 쳐다보다가 모래 위에 그림을 그리는 것이 전부였다. 판사 및 검사 시보를 해야 할 때도 남들은 멀어서 잘 가려 하지 않는 신해시 법원과 검찰에 지원해서 근무했다.

판사로 임관할 때도 다른 동기들은 모두 대도시에 있는 지방법원에 발령을 받았는데 나 혼자 신해지원에 발령을 받았다. 이왕이면 타지 사람들보다는 고향 사람들의 사건에 더 애착이 갈 것 같았다. 대도시 법원보다 일도 적을 테니 퇴근하면 그림도 그리고 보육원에서 봉사 활동도 하면서 여유롭게 지낼 수 있으리라는 기대도 있었다. 신해시에 부임한 직후에는 그것이 가능했지만 그 생활이 오래 가지는 못했다. 바로 그 사건 때문이었다.

곧게 뻗은 손가락

그 사건은 생뚱맞게도 자두로부터 시작되었다. 재작년 오월의 어느 날, 밤늦게까지 야근을 한 뒤 자전거를 타고 퇴근하던 길에 출출해서 마트에서 자두를 사 들고 집에 왔다.

그 집은 내가 대학교에 들어갈 때까지 엄마와 살던 집이었다. 마당까지 합쳐서 서른 평 남짓 되는 낡은 주택으로, 작은 방 두 개와 화장실, 거실 겸 부엌이 전부였다. 엄마가 돌아가신 후 부동산중개소에서 좋은 값을 쳐줄 테니 집을 팔라고 몇 번 제안했지만 나는 번번이 거절했다. 왠지 언젠가는 다시 그 집에서 살게 될 것만 같았다. 그러다 재작년 초 판사가 되어 신해지원으로 발령을 받게 된 것이었다. 나는 법원에서 내어주는 새로 지은 아파트 관사도 마다하고 직장에서 한참 떨어진 그 집에 짐을 풀었다.

방바닥에 앉아서 랩을 뜯고 자두를 하나씩 집어 우걱우걱 먹기 시작했다. 전축으로 틀어놓은 「보헤미안 랩소디」가 발라드, 기타 독주, 오페라 부분을 지나 하드록으로 치달으면서 덩달아 자두를 집는 손놀림도 빨라졌다.

"헉."

나는 숨이 막혀 가슴을 쥐어뜯었다. 자두 씨가 목구멍에 걸린 것이다. 손가락을 입안에 집어넣고 토해보려 했지만 씨가 굵어서 올라오지 않았다. 할 수 없이 침을 꿀꺽 삼켰더니 씨가 내려가면서 식도가 따끔거렸다. 눈앞에 뱉어놓은 다른 씨들을 살펴보니 새삼 굵었다. 정녕 내가 이 굵은 자두 씨를 삼켰단 말인가? 휘몰아치는 「보헤미안 랩소디」가 구급차의 사이렌처럼 심기를 불안하게 자극했다.

스마트폰을 들고 검색창에 "자두 씨 삼켰어요"를 쳐 넣었다. 그러자 "급해요. 자두 씨 삼켰어요. 도와주세요ㅜㅜ", "자두 씨 삼켰어요. 죽을 수도 있나요?" 등 관련 제목들이 몇 페이지에 걸쳐 나왔다. 관련 댓글들을 클릭했다. "응급 수술이 필요할 수 있습니다. 서두르세요." "장기에 손상을 일으켜 죽을 수도 있습니다."

나는 이대로 죽는 것인가? 침착해지려고 침을 연신 목구멍으로 넘기면서 인터넷 글들을 자세히 읽어보았다.

"그럼 멍멍이 예쁘게 키우세요.^^"

알고 보니 그 글들은 모두 강아지가 자두 씨를 삼켰을 때에 관한 것이었다. 개가 아니라 사람으로 태어난 것에 새삼 감사했다. 이번에는 검색창에 "사람 자두 씨 삼켰어요"를 쳐 넣었다. 검색 결과가 없었다. 역시 나처럼 얼뜬 놈은 세상에 별로 없는 모양이었다. 나는 다급히 서연이에게 전화를 걸었다.

"큰일 났어."

"무슨 일인데?"

"나 방금 자두 씨를 삼켰어."

"응, 그랬구나."

서연이는 평소처럼 여왕같이 느리고 침착한 목소리로 말했다.

"내가 자두 씨를 삼켰다는데 걱정도 안 돼?"

"괜찮겠지 뭐."

"여자친구가 반응이 뭐 그래?"

"그럼 뭐라고 해, 안 괜찮다고 해?"

"너무 태연하잖아. 같이 걱정하고 위로해줘야 하는 거 아냐?"

"아……. 어때, 좀 괜찮아?"

"관두자. 엎드려 절 받기 싫어."

나는 전화를 끊어버렸다. 서연이와 더 대화를 하다가는 자두 씨 때문에 죽기 전에 분통이 터져서 죽을 것 같았다. 거실로 성큼성큼 걸어가서 창문을 활짝 열고 밤바람을 가득 들이마셨다. 갑갑함은 덜해졌지만 불안감은 떨쳐지지 않았다. 그때 문득 신해시에서 내과 의사로 일하는 효린이가 떠올랐다. 효린이에게 전화해서 전후 사정을 설명했다.

"진짜 선배 같은 사람은 처음이야."

수화기 너머로 까르르 웃음소리만 들려왔다.

"지금 웃음이 나와? 빨리 어떻게 해야 하는지 말을 해줘야지."

"선배, 나랑 소주 한잔 해. 그럼 다 나을 거야."

"장난치지 마, 진짜 불안하단 말이야. 응급실에 가야 하는 거 아니야?"

"응급실에 와도 별로 할 건 없는데. 그럼 기다려, 선배. 내가 특별히 왕진 가줄게."

효린이는 고등학교 한 해 후배이다. 고등학생 때는 이야기를 나누어본 적이 없고 대학교 때 조인트 동문회에서 만난 이후로 친해졌다. 그녀는 인턴 생활을 마치자마자 신해시로 내려와 고모부가 운영하는 준종합병원에서 경영자 수업을 받고 있었다. 그때부터 한동안 보지 못하다가 내가 시보 생활을 하러 신해시에 내려왔을 때 다시 만나게 되었다.

고등학교 때 효린이는 소위 엄친딸이었다. 얼굴도 예쁘고 성격도 밝고 공부도 잘했다. 그리고 아버지는 검사였다.

신해시와 같은 지방 도시에서 검사의 위세는 대단했다. 선생님들도 효린이를 각별하게 대했다. 개교기념일 행사에 당시 신해시 검찰의 지청장이었던 효린이의 아버지가 초대된 적이 있었다. 뙤약볕 아래 조회대 위에서 교장 선생님이 일장연설을 하는 동안 내 시선은 한종수 검사에게 꽂혀 있었다. 엄마에게 지겹도록 듣던 판검사를 그날 처음 실제로 본 것이었다. 효린이의 아버지는 외빈들 중에서 가장 젊은데도 가슴에 큰 꽃을 단 채 교장 선생님 바로 옆자리에 앉아 있었다. 우리를 내려다보던 그의 차갑고도 맑은 얼굴이 인상적이었다. 훗날 법대 입학 면접시험에서 면접관이 왜 법대를 지망했느냐고 물었을 때, 나는 그날의 기억을 떠올리며 고교 후배의 아버지를 보고 검사가 되고 싶었다고 지어낼 정도였다.

"선배! 나 왔어. 문 열어!"

나는 플라스틱 슬리퍼를 끌고 마당으로 나가 대문을 열어주었다.

"조용히 좀 해라. 야밤에 동네 사람들 다 깨겠다."

"선배, 내가 창피해? 내가 창피하냐고? 응? 응?"

하얀 피부에 굴곡이 크지 않은 작은 얼굴, 잔털이 고불고불 말린 동그란 이마 아래 짙은 쌍꺼풀. 단아한 외모에 어울리지 않게 그녀는 주정뱅이처럼 소리쳤다. 효린이의 손에는 검은 봉지가 들려 있었다.

"이건 뭐야?"

"뭐긴? 하도 아프다고 엄살을 피워서 약 가져왔지."

집 안으로 들어가 효린이가 건네준 봉지를 열어보니 소주 두 병과 육포가 들어 있었다.

"뭐야, 이건? 장난치지 마. 나 지금 심각해."

효린이는 내 말을 듣는 둥 마는 둥 하며 호기심 가득한 눈으로 집 안을 이곳저곳 살폈다.

"야, 지금 뭐 압수수색 하러 왔어? 빨리 자두 씨나 배 속에서 꺼내줘."

"이야, 선배 집이 이렇게 생겼구나."

거실과 안방을 둘러본 효린이는 어느새 창고방의 문까지 열고 들어가려 했다.

"거긴 안 돼!"

창고방은 학창 시절에 내가 쓰던 방이었다. 그 방 문을 열면 그 시절 기억들이 찍찍찍찍 박쥐들이 되어 달려들곤 했다. 나는 효린이를 제지하려고 몸을 일으켰지만 그녀는 이미 방 안으로 들어가 버렸다. 나는 팔짱을 끼고 미간을 찌푸린 채 문지방 위에 서서 재촉했다.

"뭐 해, 빨리 나와."

효린이는 아무런 대꾸 없이 미술관의 전시물을 구경하듯이 벽에 빽빽하게 붙어 있는 나의 그림들을 감상하며 느리게 걸었다. 그 방에 창문이 없어서 나는 창문과 그 너머의 풍경 그림을 그려서 붙여놓곤 했다. 통풍이 안 돼서 찌는 듯이 더운 여름에는 북극의 설원을, 얼음집에 있듯 추운 겨울에는 하와이의 해변을 그려 붙이기도 했다.

"이 그림들 너무 좋다. 예전에도 선배 그림들이 참 좋았어. 어, 이 그림도 있네. 이거 맞지, 고등학교 축제 때 선배가 전시한 그림?"

효린이가 가리킨 것은 거대한 뱀이 낙타와 하얀색 사자의 몸을 칭칭 감은 채 대가리를 퀸의 보컬인 프레디 머큐리의 입속에 처박고 있는 그림이었다. 흰색 트레이닝복 위에 노란색 재킷을 입은 프레디 머큐리가 양손으로 뱀의 목을 붙잡고 뒷걸음질 치면서 버둥거리고 있었다.

"이 그림에 내가 쪽지 붙여놓았던 거 기억해?"

"몰라, 빨리 나와."

그렇게 말했지만 사실 나는 기억하고 있었다. 다른 학생들은 그림에 대한 전체적인 소감을 적었는데 효린이는 프레디, 백사자, 낙타, 뱀 각각에 대해서 깨알같이 긴 소감을 남겼다. 나와는 다른 상류 세계에 사는 줄 알았던 효린이가 내 그림에 관심을 가져주는 것이 싫지 않았다. 하지만 훗날 효린이와 친해지고 난 뒤에도 그 쪽지에 대해 언급한 적은 없었다. 그 이유는 나도 알 수 없었다. 내겐 별다른 이유 없이 고집스럽게 묵비권을 행사하고 싶은 과거의 파편들이 있다.

창고방 한쪽 벽에는 엄마가 미장원을 할 때 쓰던 커다란 화장대가 놓여 있었다. 효린이는 화장대 앞에 앉아서 거울에 비친 나를 힐끔거렸다.

"아…… 선배, 나 여기 처음 앉아보는 게 아닌 것 같아."

효린이는 엄마의 미장원에서 머리를 한 적이 있다고 말하려는 모양이었다. 효린이가 왕왕 엄마에 대한 기억들을 언급하려 할 때마다 나는 회피했다.

"나오라니까."

그러나 내 말은 들은 척도 하지 않은 채 효린이는 화장대 위에 놓인 액자를 유심히 쳐다보았다. 환자복을 입은 엄마가 자동차에 기대 서서 손을 흔들고 있는 사진이었다. 군인처럼 짧게 자른 머리 아래 애써 웃는 엄마의 표정이 힘겨워 보였다. 어느 쪽이 더 가는지 분간할 수 없는 팔과 다리는 줄에 대롱대롱 매달린 피노키오의 팔다리 같았고, 빨간색 립스틱 자국이 번진 창백한 얼굴은 가난한 극단의 피에로의 얼굴 같았다. 들어 올린 손바닥은 뼈만 남아서 마치 엑스레이 사진을 보는 것 같았다.

"그런데 선배, 어머님이 무슨 병으로 돌아가셨다고 했지?"

"류마티스와 위암."

"류마티스? 이건 류마티스 관절염 환자의 손가락 모양이 아닌 것 같은데."

효린이는 코가 닿을 듯 액자를 가까이 들여다보면서 그렇게 말했다.

"류마티스 관절염 환자의 손가락 모양은 어떤데?"

"특유의 모양이 있어. 관절 마디가 불거져서 툭 튀어나오지. 굼벵이처럼 오그라들기도 하고. 그런데 어머니의 손가락은 갸름하게 쭉 뻗어 있잖아."

그 말에 난 비로소 방 안으로 들어가서 액자를 들고 엄마의 사진을 자세히 살펴보았다. 과연 손가락이 갸름하게 쭉 뻗어 있었다. 엄마가 류마티스 관절염이 아니었단 말인가?

바로 그때 '땡땡땡땡땡땡땡땡' 환청이 들려오기 시작했다. 건널목에서 기차가 오고 있음을 알리는 금속성 경보음이었다. 이어서 육중한 화물 기관차가 덮칠 듯이 돌진해 오는 장면이 떠올랐다. 그러자 현기증이 일어나면서 맥박이 빨라지고 심장이 벌렁거렸다. 등에 식은땀이 나고 온몸이 뜨거워지면서 숨이 막혀왔다. 내려가는 에스컬레이터를 탄 것처럼 바닥이 자꾸만 가라앉고 몸은 유체이탈이라도 된 듯 떠오르는 느낌이었다. 곧 죽을 것만 같았다. 내가 휘청거리자 효린이가 자리에서 벌떡 일어나서 나를 붙잡았다.

"선배, 왜 그래? 괜찮아?"

"하…… 하…… 일단 이 방에서…… 나가자."

효린이는 나를 부축해서 거실 바닥에 눕히고는 내 셔츠의 단추를 풀고 두 발에 베개를 받쳐주었다. 그러고는 이마에 손을 올려보기도 하고 얼굴과 목덜미를 쓰다듬기도 하더니 손목을 잡고 맥박을 짚어보았다. 내 몸을 스치는 그녀의 손길과 체취가 정신을 더욱 아득하게 했다.

"선배, 모든 게 정상인데? 맥박도, 체온도."

"뭐? 그럴 리가?"

"아니야, 지극히 정상이야. 오히려 나보다 맥박이 느리고 체온도 낮아."

화물 기관차가 멀어져 가는 장면이 스쳤다.

"이런 증상이 언제부터 있었어?"

"대학생 때부터였나? 정확히 기억은 안 나. 창고방에 들어가면 화물 기관차가 나를 향해 돌진해 오는 장면이 떠오르면서 종종 이럴 때가 있어."

"내가 보기엔 공황장애 같은데?"

"공황장애? 공황장애는 어떨 때 생기는데?"

"정신과에서는 심리적 원인이 크다고 보지. 뾰족한 치료법은 없고 너무 힘들면 항불안제나 항우울제를 처방하는 걸로 알고 있어."

"그럼 네가 가져온 약이나 줘봐."

"정말 장난칠 때가 아닌 것 같아. 뭐 좀 따뜻한 걸 먹는 게 좋겠어."

효린이는 부엌에 들어가서 먹을 만한 것이 있는지 뒤적거렸다.

"먹을 게 없네. 물을 끓여줄 테니 따뜻한 물이라도 마셔봐. 아니면 라면 끓여줄까?"

효린이가 끓여준 라면은 의외로 먹을 만했다. 라면을 먹고 나니 안정이 되었다.

효린이가 돌아가고 잠자리에 누운 뒤에도 그녀의 목소리가 귓가에 맴돌았다.

"이건 류마티스 관절염 환자의 손가락 모양이 아닌 것 같은데."

내 기억으로 엄마는 분명 류마티스 관절염 진단을 받고 항류마티스제를 복용했다. 거의 십 년에 달하는 투병 기간 동안 엄마가 매일 아침 가장 먼저 한 일이 항류마티스제를 비롯한 각종 약을 한 움큼씩 챙겨 먹는 것이었다. 사실 전에는 파스 광고에서 '류마티스'라는 용어를 자주 들어서 그것이 그저 가벼운 병인 줄로만 알았다. 그러다 엄마가 류마티스 관절염 진단을 받은 후부터 관심이 높아져서 귀를 세우고 있으니 무시무시한 이야기들이 들렸다. 류마티스 관절염은 자기의 면역체계가 자기 자신을 공격하는 병이다, 원인 불명에 완치도 불가능하다, 극심해지는 통증 때문에 환자의 절반 이상이 우울증을 앓게 되고 사 분의 일 이상은 자살 충동을 느낀다 등등.

항류마티스제는 항말라리아제와 같은 성분으로 워낙 독해서 위장을 상하게 한다고도 들었다. 엄마는 항류마티스제를 복용한 이후 급성 위궤양으로 쓰러져 응급실에 실려 간 적도 있었다. 그로부터 일 년 정도 후에는 위암 진단까지 받았다.

상식적으로 볼 때 엄마의 위암은 항류마티스제의 장기 복용과 무관하지 않았다. 항류마티스제의 가장 빈번한 부작용이 위장병이고, 위장병의 지속은 위암의 주요 원인 중 하나이기 때문이다. 엄마는 항류마티스제를 먹지 않았다면 암에도 걸리지 않았을 것이라고 자주 탄식했다. 게다가 항류마티스제는 면역 기능을 억제하기 때문에 암을 더욱 악화시켰다. 하지만 류마티스 역시 암 못지않게 무서운 병이기 때문에 항류마티스제를 복용하지 않을 수 없었다. "류마티스로 죽으나 암으로 죽으나 매한가지다"라는 저주의 말로 엄마는 자신을 위로하곤 했다.

그런데 효린이가 엄마는 류마티스 관절염이 아니라고 한 것이었다. 그동안 효린이의 말이 틀린 것을 한 번도 본 적이 없었다. 매사에 정보가 정확하고 논리가 정연하며 판단이 명석한 효린이가 의학적인 문제에서 틀릴 가능성은 희박했다. 만약 효린이의 말이 옳다면 엄마는 먹지 않아도 되는 항류마티스제를 구 년 동안이나 복용했고 그 때문에 결국 위암에 걸려서 죽는 황당한 일을 당한 셈이었다. 하지만 그런 어이없는 일이 현실에서 일어날 수 있는 것일까? 그런 일이 다른 사람이 아닌 나의 엄마에게 일어날 수 있는 것일까? 이번만큼은 효린이가 틀린 것 아닐까?

이런 의문을 해소하려면 엄마가 다니던 신해성모병원에 가서 진료기록부를 떼어 검증해보면 되는 일이었다. 하지만 엄마가 돌아가신 지 삼 년이나 되었는데 이제 와서 병명을 따져보는 것이 무슨 의미가 있을까? 이런저런 생각에 잠이 오지 않았다. 효린이가 중독성이 있다고 먹지 말라고 했지만 나는 수면제를 두 알이나 먹고서야 잠을 잘 수 있었다.

다음 날에도 엄마가 정말 류마티스가 아니었나 하는 의문은 사라지지 않았다. 오히려 얼굴 주위를 맴도는 벌처럼 성가시게 나를 따라다녔다. 나는 퇴근을 하자마자 집으로 가서 엄마의 일기장을 다시 꺼내 보기로 했다. 그 일기장에 류마티스에 대한 언급도 있을 것 같았다.

엄마의 일기장은 장례식 때 처음 보게 되었다. 엄마는 원래 작가가 되고 싶어 할 정도로 글쓰기를 좋아했다. 껌을 씹을 때도 껌 종이에 깨알같이 글자를 적곤 했다. 고등학교 시절에는 받을 사람도 없는 편지를 숱하게 썼다고 했다. 나이 서른다섯에 암에 걸렸을 때, 엄마는 동네 그릇 가게 아줌마가 엄마의 기구한 인생을 소설로 써도 되겠다고 했다는 이야기를 거듭하며 스스로를 연민하고 위로했다. 그러더니 그 무렵부터 일기를 쓰기 시작한 모양이었다.

엄마의 장례식 때 일기장을 받자마자 펼쳐 보았지만 고통스런 투병 과정이 구구절절 적힌 일기들을 읽기란 여간 힘들지 않았다. 어떤 부분은 물귀신처럼 나를 끌어당겼고 어떤 부분은 내게 식칼을 들이밀었다. 나는 도저히 계속 읽을 수가 없어서 얼마 못 읽고 덮어 버렸다.

나는 집에 가자마자 창고방으로 직행했지만 문 손잡이를 돌리려다가 멈칫했다. 또다시 공황장애 증상이 올까 봐 주저되었다. 그러나 그대로 돌아서면 엄마의 병에 대한 의문이 계속해서 나를 괴롭힐 것이었다. 나는 잠수하려는 사람처럼 숨을 가득 머금은 후 방문을 열고 쑥 들어가 곧장 책장 앞으로 다가갔다.

일기장을 꺼내서 먼지를 손으로 툭툭 털어냈다. 고무로 만들어진 갈색 표지에, 내지에는 줄이 쳐진 두툼한 장부 같은 공책이었다. 나는 일기장을 왼손으로 받쳐 든 채 오른손으로 첫 장부터 끝 장까지 빠르게 넘겨보았다. 드르르르르르르르륵.

아니나 다를까, 잠시 후 '땡땡땡땡땡땡' 소리가 들려왔다. 서서히 숨이 막혀오고 열이 나고 가슴이 벌렁거리기 시작했다. 몸이 땅 밑으로 가라앉고 정신은 천장으로 떠오르는 것 같았다. 이번에도 곧 죽을 것만 같았다. 전날 효린이가 그것이 실제 증상이 아니라고 말해주었지만 증상이 또다시 시작되자 실제처럼 느껴졌다. 그 와중에도 증상이 더 심해지기 전에 일기장에서 필요한 부분을 찾아야 한다는 생각에 마음이 급해졌다.

오래지 않아 앞부분에서 관련 부분을 찾을 수 있었다.

신해성모병원에서 류마티스 관절염 진단을 받았다. 우동규라는 의사 선생님이 책상 위에 붙어 있는 사진들을 보여주면서 류마티스가 암보다 더 무서운 병이라고 했다. 사진 속 손가락이나 발가락 들은 하나같이 기형아의 것처럼 끔찍하게 뒤틀어져 있었다. 가슴이 철렁 내려앉았다. 고아에, 과부에, 가난에, 질병에, 내 인생은 왜 이렇게 저주받았나?

의사 선생님이 겁을 먹은 나의 손을 잡아주면서 자기 말 잘 듣고 자기가 주는 약만 꾸준히 먹으면 이렇게까지는 안 되도록 해줄 테니 걱정 말라고 했다. 의사 선생님은 자기가 우리나라에서 류마티스의 최고 권위자라는 H대학병원 김과장의 수제자라고 했다. 불행 중 다행이었다. 이런 시골에 그런 대단한 사람이 있다니.

그 부분을 확인한 직후 나는 일기장을 덮고 방 밖으로 뛰쳐나갔다. 익사 직전에 구조되어 뭍에 막 닿은 사람처럼 나는 바닥에 모로 누운 채 숨을 몰아쉬었다. 화물 기관차가 멀어지는 장면이 떠오르면서 서서히 증상이 가라앉았다.

나는 생각을 가다듬었다. 일기장을 보니 엄마는 당시 류마티스 관절염 진단을 받은 것이 분명했다. 의사가 엄마에게 류마티스라고 진단 결과를 고지했을 뿐만 아니라 류마티스가 암보다 무섭다고 말했고, 관절이 뒤틀어진 사진을 보여주었으며, 자신이 류마티스의 최고 권위자인 H대학병원 김모 과장의 수제자라고까지 말했다. 그 후에 엄마는 돌아가시기 직전까지 구 년 동안이나 그 병원을 다니면서 류마티스 치료를 받았다. 그런데도 엄마가 류마티스가 아니었단 말인가? 그 점을 확인하기 위해서는 당시의 진료 기록을 떼어보고 담당 의사를 만나볼 필요가 있었다.

명의의 두 얼굴

다음 날 오후에 조퇴를 하고 신해성모병원으로 향했다. 주차장에 차를 세우고 나지막한 언덕길을 걸어서 병원으로 올라갔다. 오월의 햇살 속에서 길가에 서 있는 플라타너스들이 스무 살 청년들처럼 넘치는 기운을 뿜어내고 있었다. 신해성모병원의 정문에 들어서니 오른편으로 '류마티스센터'라는 간판을 단 멀끔한 오 층 건물이 서 있었다.

류마티스센터 일 층에서 간호사에게 엄마의 진료기록부를 떼러 왔다고 했다. 내가 아들임을 증명하는 가족관계증명서도 함께 내밀었다. 간호사는 무엇 때문에 진료기록부를 떼려 하느냐고 꼬치꼬치 물었다. 엄마의 병명을 확인하고 싶어서라고 하자 간호사가 우동규 센터장의 방으로 들어갔다 나왔다.

"과장님이 그런 이유로는 진료기록부를 보여드릴 수 없다고 하시네요."

"네? 진료기록부는 환자에게 보여주어야 하는 것 아닌가요?"

"과장님이 안 된다고 하시니 저희도 어쩔 수가 없어요."

몇 번 더 실랑이를 해보았지만 소용이 없었다. 간호사에게 우동규 과장과 면담을 하고 싶다고 하자 그녀는 우과장과 인터폰으로 연결시켜주었다.

"안녕하세요. 제 어머니가 이석화 씨인데 여기서 예전에 구 년 동안 치료받았습니다. 혹시 기억하십니까?"

"기억하죠, 초창기 환자라서. 여기 안 온 지 꽤 된 것 같은데……."

우동규 과장이 시큰둥한 말투로 존댓말인지 반말인지 모르게 말끝을 흐렸다. 엄마는 돌아가시기 한 해 전부터 류마티스 치료를 받지 않았다.

"네, 그렇습니다. 그런데 진료기록부 사본을 좀 받아 가고 싶습니다."

"그게 왜 필요하죠?"

"어머니의 병명을 좀 정확하게 알고 싶어서요."

"병명? 아들이라면 어머니한테 직접 물어보면 되는 거 아닌가?"

"그냥 진료기록부를 보여주면 안 되나요?"

"이석화 씨는 류마티스 관절염이었어."

"진료기록부는요?"

"류마티스 관절염이라고 확인해줬는데 진료기록부가 왜 필요하지?"

"진료기록부는 환자가 원하면 보여줘야 하는 것 아닌가요?"

"진료기록부는 내가 작성하는 건데 보여주고 말고는 내 마음 아닌가?"

"법적으로 환자나 보호자가 요구하면 진료기록부를 내줘야 하는 것으로 알고 있는데요."

"법? 당신이 그렇게 법을 잘 알아?"

나는 직업을 밝힐지 잠시 고민했다. 우동규는 그냥 부탁을 해서는 절대로 진료기록부를 주지 않을 태세였다. 소송을 해서 받아낼 수도 있겠지만 번거로울 뿐만 아니라 그사이에 그가 진료기록부를 위조할지 모를 일이었다.

"네, 제가 법을 조금 압니다."

그 말에 우동규의 태도가 조심스럽게 변하기 시작했다.

"혹시 검사이신가요?"

"판사입니다."

우과장은 한동안 말을 잇지 못하더니 갑자기 태도가 친절하게 바뀌었다.

"아, 그럼 일단 제 방으로 들어오시죠."

"아니요, 제가 거기 들어갈 필요는 없을 것 같고요, 그냥 진료기록부만 주시면 됩니다."

"아, 진료기록부를 드려야죠. 그런데 무슨 일로 진료기록부가 필요하십니까? 혹시 보험 가입 때문에 그러시는 건가요?"

류마티스 때문에 엄마는 보험 가입을 거부당했다. 그 때문에 엄마가 암 진단을 받았을 때도 보험 혜택을 받을 수 없었다. 나는 귀찮아서 대충 그렇다고 맞장구를 쳤다.

"아, 그럼 류마티스가 있다고 하면 보험 가입이 안 되실 테니 제가 류마티스가 아니었다고 진단서를 끊어드리겠습니다. 보험을 가입하고 나서 오시면 다시 류마티스 관절염이 심하다고 써드리겠습니다. 잘하면 구청에서 지원금도 받을 수 있을 겁니다."

"아닙니다, 그냥 진료기록부만 주시면 됩니다."

잠시 후 마침내 간호사가 신해성모병원 로고가 찍힌 누런 서류봉투를 건네주었다. 나는 그길로 지인에게 소개받은 류마티스 전문의를 만나러 인근 대도시로 갔다. 신해시에는 우동규 외에는 류마티스 전문의가 없었다. 효린이가 자기 친척 중에도 류마티스 전문의가 있다면서 진료기록부를 가져오면 물어봐주겠다고 했지만 효린이에게 엄마에 관한 정보를 주기가 왠지 내키지 않았다.

소개로 찾아간 의사는 머리가 벗어지고 얼굴이 검은 오십 대의 남성이었다. 그는 우동규로부터 받은 서류를 보고서 고개를 갸웃거렸다.

"이건 진료기록부가 아닌데요, 그냥 검사결과지지. 게다가 환자의 마지막 검사결과만 포함되어 있군요."

"네? 그럴 리가요."

서류를 살펴보니 과연 제목이 '검사결과지'라고 쓰여 있었다. 대체 어떻게 된 것일까? 진료기록부를 주지 않으려고 일부러 검사결과지를 준 것인가?

"이 검사결과지만 봐도 모친은 류마티스가 아닌 것 같은데요. 여길 보세요. 류마티스 인자 검사결과도 음성이고 염증 수치도 정상이잖아요. 다른 검사결과도 류마티스 관절염을 의심할 만한 것은 없는데요."

그렇다면 효린이의 말대로 류마티스 관절염 진단이 오진이었다는 말인가? 그럼 엄마가 불필요하게 암에 걸려서 죽었다는 말인가? 어안이 벙벙해서 아무 말도 나오지 않았다. 그 의사가 서류 봉투에 인쇄된 '신해성모병원 류마티스센터'라는 명칭을 확인하더니 피식 묘한 웃음을 흘렸다.

"우동규라는 의사를 아시는 모양이지요?"

"알죠. 의대 후배인데 동문들 사이에서는 유명해요."

"뭐로 유명한가요?"

그는 웃으면서 대답을 피하려고 했지만 내가 한 번 더 물어보니 의외로 쉽게 말문을 열었다.

"낯 두껍고 수완 좋기로요. 우동규가 의대 펠로우 때 교수의 환자 명단과 연락처를 빼돌리더니 대학병원 바로 앞에서 개업했어요. 그 환자들에게 일일이 연락해서 자기 병원에 오라고 했죠. 동료 사이에서도 그런 비열한 짓은 하면 안 되는데 제자가 교수의 환자를 가로챘으니 말 다 했죠. 그 사실이 드러난 후 동문들이 여기서는 발붙일 생각도 말라고 해서 우동규가 신해시로 쫓겨 간 거예요. 거기서도 수완을 발휘해서 환자들을 엄청 끌어 모으고 있다고 하던데……."

"그런데 수완을 발휘한다는 게 무슨 뜻인가요?"

"하하, 그것까지 말씀드리긴 좀 그런데……."

"말씀 좀 해주세요. 제겐 아주 중요한 문제입니다."

"저도 개인적인 입장이 있어서……."

"혹시 류마티스가 아닌 환자들에게 류마티스라고 속인다는 뜻인가요?"

그는 긍정도 부정도 못 하고 한동안 할 말을 찾았는데 그 어정쩡한 태도로 이미 긍정의 답변을 한 셈이었다. 엄마가 단순히 오진을 받은 것이 아니라 사기를 당했을 수도 있다는 뜻이었다. 그럴 리가. 나는 의사가 그런 짓을 한다는 것이 도저히 믿기지 않아서 자세히 캐물었다.

"그럼 다른 데서는 제가 이런 이야기를 했다고 말씀하시면 안 됩니다."

"물론이지요."

그 의사는 우동규가 다리가 아픈 사람들에게 류마티스일 가능성이 높다면서 불안감을 조성한 후에 오십만 원 상당의 불필요한 각종 검사를 시키고 그 결과 단순 퇴행성 관절염이라는 결과가 나오더라도 류마티스라고 속이는 수법을 쓰고 있다고 했다.

"왜 류마티스라고 속이는 거죠?"

"퇴행성 관절염이라고 하면 환자들은 대부분 병원에 계속 다니질 않아요. 퇴행성 관절염은 노화 현상의 일종으로 특별히 약도 없으니까 너무 아파서 인공 연골 삽입이나 진통제가 필요한 정도가 아니면 병원에 잘 오질 않죠. 하지만 류마티스라면 문제가 완전히 달라지죠. 우동규는 환자들에게 류마티스가 암보다 무섭다고 하면서 류마티스 환자들의 손발 사진까지 보여준다고 하더군요. 그러고 나면 환자들이 병원에 필사적으로 오는 거죠."

그 수법은 엄마의 일기장에 적힌 내용과 놀라울 정도로 똑같았다.

"우동규의 병원에 다니는 환자 수가 연간 삼만 명이래요. 신해시 인구가 삼십만 명 조금 넘죠? 류마티스 유병률이 일 퍼센트 미만이니까 류마티스 환자가 많아야 삼천 명인 게 정상이지요. 한 도시에 류마티스 환자가 인구의 십 퍼센트나 되는 곳은 아마 세계적으로도 신해시뿐일걸요."

의사는 자기가 한 말이 뭐 그리 재미있는지 한참 동안 껄껄 웃었지만 내 마음속에서는 지옥의 문이 열리고 있었다.

"우동규가 우리나라 류마티스 분야의 최고 권위자인 H대학병원 김과장의 수제자가 맞나요?"

의사는 방금 전보다 더 큰 소리로 웃음을 터뜨렸다.

"그 병원에 몇 달 가 있었을 뿐일걸요. 수제자는커녕 김과장님은 우동규를 이상한 놈으로 보고 있다고 들었습니다."

"우동규가 대체 왜 그런 사기를 치는 거죠?"

"환자가 많으면 자기한테 이익이 많이 생기니까요. 우동규 월급이 다른 내과 의사의 두 배이고 병원에서 오 층짜리 류마티스센터도 지어주었다죠. 신해성모병원에 근무하는 의사가 오십 명쯤 되는데, 우동규 혼자서 매출의 사 분의 일을 올린다고 들었어요. 무엇보다 제약회사에서 받는 리베이트가 짭짤하죠. 우동규한테 리베이트 주는 제약회사 직원이 우리 병원에도 오는데, 그 친구 말이 우동규 별명이 빨대래요. 하도 착취가 심해서."

신해시로 돌아가는 차 안에서 의사가 했던 말들을 곱씹었다. 그의 이야기는 너무 충격적이어서 다시 생각해봐도 온전히 믿기지가 않았다. 의사가 설마 그랬을 리가. 우동규의 환자가 많아서 다른 의사들이 시기하는 것일지도 몰랐다. 우동규를 직접 만나봐야 진실을 알 수 있을 것 같았다. 생각이 거기에 미치자 곧바로 차를 갓길에 세우고 휴대폰을 꺼내 신해성모병원 류마티스센터에 전화를 걸었다. 진료가 모두 끝난 이후 시간으로 우동규 과장과 면담을 예약해달라고 했더니 간호사가 말했다.

"오전 진료가 열한 시 반쯤 끝나니 열한 시 사십 분쯤 오시면 됩니다."

다음 날 열한 시 반쯤 류마티스센터에 도착하자마자 간호사에게 진료기록부를 떼어달라고 요청했다. 지난번과는 달리 간호사가 우동규에게 묻지도 않고 순순히 진료기록부를 내주었다. 환자 대기실에 앉아서 진료기록부를 살펴보았지만 의학 지식이 없어서 해독을 할 수 없었다. 약속 시간인 열한 시 사십 분을 지나 열두 시가 다 되어서야 마지막 환자가 진료실 안으로 들어갔다. 기다리는 동안 나는 제발 그가 사기꾼이 아니기를, 만에 하나 사기꾼이라고 하더라도 엄마에게는 사기를 친 것이 아니기를 기도했다. 마지막 환자가 밖으로 나오자 간호사가 나를 진료실로 안내했다. 들어가면서 휴대폰의 녹음 기능을 작동시켰다.

우동규의 얼굴은 희멀겋고 두툼하게 살이 오른 데다 이마가 넓게 벗어져서 미끈한 고래의 대가리가 연상되었다. 금테 안경 너머로 눈빛이 둔탁하고 말투가 어눌해서 사기꾼이라기보다는 사기 피해자라는 것이 더 그럴듯하게 느껴지는 어수룩한 인상이었다.

"판사라고 하셨지요? 저의 어른도 법조계에 계시거든요."

아무런 인사말도 없이 그가 내게 건넨 첫마디가 그것이었다. 느리고 낮은 톤에 중성적인 목소리였다. 그는 자신의 아버지도 법조인이라는 말로 자신을 함부로 공격하지 말라는 경고를 한 셈이었다. 나는 그 말에 아무런 대꾸를 하지 않고 본론부터 이야기했다.

"어제 제가 진료기록부를 달라고 했는데 검사결과지라는 것만 주셨더라고요."

"아, 진료기록부가 안 나갔나요?"

그가 몰랐다는 듯이 능청스럽게 말했다.

"그건 그렇고요, 제가 뵙자고 한 이유는 제 어머니의 병명을 알고 싶어서입니다. 제 어머니가 류마티스 관절염이라고 하셨죠?"

"아니요, 이석화 씨는 류마티스 관절염이 아니라 퇴행성 관절염입니다."

"네? 어제 저한테도 류마티스 관절염이라고 하지 않았습니까? 어머니도 이 병원에 다닌 구 년 내내 류마티스 관절염이라고 들었습니다."

"이석화 씨는 류마티스 관절염이 아닙니다. 그냥 퇴행성 관절염입니다."

그는 나의 시선을 피한 채 뻔뻔하게 잡아뗐다.

"그럼 제 어머니가 복용한 약은 항류마티스제가 아니었습니까?"

"약은 항류마티스제가 맞습니다."

"그게 무슨 말인가요? 류마티스는 아닌데 항류마티스제를 준 건 맞는다고요?"

"제가 말씀드릴게요. 전문적인 의학 관련 내용이라 좀 이해하기 어려울 수도 있을 겁니다. 이걸 보여드릴게요."

그는 한참 동안 무의미하게 컴퓨터 화면을 뒤졌다.

"아니, 그걸 볼 필요는 없는 것 같고, 전 일단 이것부터 여쭤보고 싶습니다. 방금 선생님께서 제 어머니가 류마티스 관절염이 아니라고 하셨죠?"

"예, 퇴행성 관절염입니다."

"그런데 제 어머니에게 항류마티스제를 주셨다고 했죠?"

"네."

"류마티스가 아닌데 항류마티스제를 주셨다는 거죠?"

"아, 그건 제가 말씀드릴게요. 환자분이 처음 오면……. 아니, 류마티스 관절염은 인터넷에서 찾아보면 일곱 가지 진단 기준이 나옵니다. 양쪽 손목이 붓고, 류마티스 수치가 높게 나오고 결절이 생겨야 되고 여러 가지가 있는데, 어머니는 그렇게까지 안 되셨어요. 저한테 오셨을 때 그냥 관절염이 좀 있었고요. 아니, 처음 올 때 제가 진단명을 뭐라 했느냐면 이랬죠."

우과장은 밑도 끝도 없는 동문서답을 늘어놓았다.

"선생님, 저도 바쁘기 때문에 그냥 점잖게 이야기하고 오해가 있으면 풀고 가고 싶은데, 계속 말을 돌리시면 좀 갑갑합니다. 제가 한 가지만 물어볼게요. 제 어머니에게는 류마티스라고 하신 거죠?"

"그건 제가 말씀드릴게요. 류마티스 질환 종류가 백 가지가 넘습니다. 그 많은 류마티스들이 아직 원인이 밝혀지지 않은 것들도 있고……. 일단 차트를 보시면 염증 수치가……."

"그래서 제 어머니에게는 류마티스라고 말하신 거죠?"

"근데 그건 제가 말씀드릴게요. 의사 입장에서 환자가 처음 왔을 때는, 처음 오고 하면, 환자가 경우에 따라서 류마티스 관절염으로 진행이 됩니다. 염증성 관절염이 있다가도 증세가 그냥 좋아지기도 합니다. 진단명을 붙이기는 염증성 관절염 내지 염증성 관절염 후기? 이렇게……."

그가 의도적으로 동문서답을 한다는 생각이 들자 내 말의 박자가 점차 빨라졌다.

"류마티스라고 그러셨어요?"

"류마티스 질환은 제가 염증하고……."

"류마티스라 그러셨죠?"

"제가 그런 말은 하지 않죠."

"제 어머니에게 류마티스라고 하지 않았다고요?"

"네, 그랬을 리가 없습니다."

"그런데 어머니는 왜 류마티스 관절염으로 알고 계시죠?"

"그건 오해를 한 모양이네요. 아무래도 여기가 류마티스 내과이다 보니까."

나는 말을 멈추고 한동안 그를 쳐다보았다. 그는 내 눈빛을 피하면서 시선을 컴퓨터 화면에 고정하고 있었다.

"제 어머니를 바보 취급 하시는군요."

"아, 그런 뜻은 절대 아닙니다."

"좋습니다. 저에겐 솔직하게 말하기 싫으신 것 같네요. 그럼 경찰에서 이야기하세요."

나는 그렇게 말하고 자리에서 일어났다. 그러자 그가 자리를 박차고 와락 달려들어 내 팔을 붙잡고 자리에 앉혔다.

"잠깐만요, 제 이야기를 좀 들어보세요. 제 이야기도 좀 들어보셔야 할 것 아닙니까?"

"그럼 다른 이야기로 새지 마시고 솔직하게 대답해주세요. 그동안 제 어머니에게 류마티스라고 하셨죠?"

"환자가 처음 왔을 때, 이거는 의사의 그걸, 저를 좀 믿어주셔야 합니다. 류마티스는 염증 패턴이 다양합니다. 그래서 모든 환자가, 류마티스의 염증 수치가 안 나오는 관절염이 있고 수치가 나오는 관절염이 있습니다. 그래서 의사 입장에서, 처음 왔을 때 어머니가 다리가 불편하고 어디 아프시고 하지만 시간이 지나서 괜찮다고 하기도 하고, 또 나중에 괜찮아지는 경우도 있습니다. 제가 다른 환자의 예를 보여드릴게요. 한 분만요. 딱 한 분만요. 오래 안 걸립니다."

그때 간호사가 들어와 제약회사 직원들의 명함을 책상 위에 놓으면서 그에게 물었다.

"밖에서 기다리는데 오늘은 그냥 가라고 할까요?"

제약회사 직원들이 그에게 점심을 대접하려는 모양이었다.

"아니, 기다리라고 해."

그렇게 말할 때 그는 완전히 다른 사람처럼 눈빛이 날카로워졌다. 나는 그 명함에 적힌 이름과 소속 제약회사를 눈으로 확인했다. 간호사가 돌아가자 그가 또다시 장황한 이야기를 늘어놓기 시작했다.

"저는 그만 돌아가는 게 좋겠습니다. 하고 싶은 말은 경찰에서 이야기하세요."

내가 일어나서 문 쪽으로 걸어가자 그가 꽁무니에 불이 붙은 개처럼 와락 달려들었다.

"제발 제 이야기를 좀 들어주십시오."

"더 들으면 뭣합니까, 동문서답만 하시는데. 그냥 가겠습니다."

"제가 인정하겠습니다."

"뭘 인정하겠다는 건가요?"

"류마티스가 아닌데 류마티스라고 한 것을요."

마침내 그가 실토를 한 것이었다. 나는 그를 노려보았다. 뜨거운 물을 급하게 들이켠 것처럼 분노가 식도를 타고 끓어올랐다.

"당신 부모님이 구 년 동안이나 류마티스의 공포에 떨면서 필요 없는 독한 약을 매일 먹다가 암에 걸려서 죽으면 기분이 어떨 것 같아요?"

그렇게 말하는 나의 목소리가 휘청거렸다.

"이해해주십시오. 저희도 좁은 도시에서 먹고살려면 쉽지 않습니다. 정부의 의료보험 수가체계가 엉망이거든요. 그대로 하면 도저히 먹고살 수가 없어요. 의료보험 수가체계를 뜯어고쳐야 합니다."

그 말에 관자놀이에서 맥이 펄떡거렸다.

"지금! 그게! 할…… 말이라고 생각하십니까?"

첫 음절은 큰 소리로 내질렀지만 나머지 말은 숨을 몰아쉬고 부들부들 떨면서 한 음절씩 힘겹게 토해냈다. 그의 몸을 꽁꽁 묶어놓고 자동판매기에 동전을 집어넣듯이, 지난 세월 동안 엄마가 먹은 항류마티스제를 하나씩 그의 목구멍에 쑤셔 넣고 싶었다. 거대한 손톱깎이로 그의 손가락 마디마디를 잘라내고 싶었다. 분노와 경멸로 번쩍거리는 내 눈빛을 힐끔거리면서 그가 구걸하듯 말했다.

"저를 좀 봐주십시오. 제 아버지가 배추 장수입니다."

"네? 좀 전에는 아버지가 법조인이라면서요."

"아, 그건 생각해보니 큰아버지이고요, 제 아버지는 배추 장수입니다. 배추 장사를 하면서 저를 의사로 키웠습니다."

"그런데 왜 어렵게 사는 사람들에게 이런 사기를 칩니까? 저는 피해자가 제 어머니뿐이라고 생각지 않습니다. 경찰에 신고하고 모두 다 수사하도록 할 겁니다. 법적으로 가능한 민형사 책임을 모두 묻겠습니다."

"그러시면 안 되죠. 제가 인정했으니까 그러면 안 되는 거 아닙니까?"

"정말 염치가 없으시네요. 다른 사람 눈에 피눈물 나게 해놓고 자신은 눈물 한 방울 흘리지 않으려 하다니."

나를 붙잡는 그의 손을 뿌리치고 방을 나가버렸다. 주차장까지 성큼성큼 걸어가는 동안 내 심장에서 발화된 화염이 나를 뼛속까지 태우는 기분이었다. 주차장 입구로 들어섰을 때 그가 헐레벌떡 뛰어와서 내 앞에 무릎을 꿇었다.

"제발 한 번만 봐주십시오. 제 아버지가 배추 장수입니다."

나보다 열댓 살은 많은 사람이 내 앞에 무릎을 꿇으니 더욱 한심해 보일 뿐이었다. 그를 피해서 차를 세워둔 주차 빌딩 삼 층으로 올라갔다. 그는 계단을 따라 올라와 내 차 옆에서 또다시 무릎을 꿇고 두 손을 모아 빌었다.

"이것만은 알아주십시오, 제가 이석화 씨에게 친절하게 대해주었다는 것을요."

나는 아무런 대꾸 없이 차에 올라타서 시동을 걸었다. 지프차가 그를 향해 몇 차례 으르렁거리고는 거칠게 출발했다.

보헤미안 랩소디

'신해시 120km'라는 표지판이 고속버스 앞 창문으로 스쳐 지나
간다. 버스는 저녁 어스름의 터널을 관통하고 있다. 눈을 감아보지
만 좀처럼 잠이 오지 않는다. 불현듯 동혁이가 어젯밤에도 들었다
는 「보헤미안 랩소디」의 선율이 떠오른다.

나는 휴대폰을 꺼내 유튜브에서 오랜만에 「보헤미안 랩소디」를
검색한다. 가장 위에 퀸의 마지막 공연인 1986년 영국 웸블리구장
공연 실황이 나온다. 이어폰을 귀에 꽂고 영상을 재생시킨다.

흰 바지를 입고 웃통을 벗은 채 그랜드피아노 앞에 앉은 프레디
머큐리가 갈색 콧수염을 꿈틀거리며 「보헤미안 랩소디」를 부르기
시작한다. 프레디 머큐리의 목소리는 커피처럼 달콤하면서도 쓰다.
소녀처럼 가녀리면서도 거인처럼 웅장하다.

Mama, just killed a man.

Put a gun against his head,

Pulled my trigger.

Now he's dead.

엄마, 내가 그를 죽였어요.

그의 머리에 총을 들이대고,

방아쇠를 당겼죠.

이제 그가 죽었어요.

Mama, life had just begun,

But now I've gone and thrown it all away.

엄마, 인생이 막 시작되었지만

이제 난 모든 걸 날려버렸어요.

Mama, Woooo~

Didn't mean to make you cry.

If I'm not back again this time tomorrow

Carry on, carry on.

As if nothing really matters.

엄마, 우~

엄마를 울리려고 한 건 아니에요.

내가 내일 이 시간에 돌아오지 않더라도

계속 똑같이 살아가세요.

정말 아무 상관 없는 것처럼.

「보헤미안 랩소디」를 처음 알게 된 것은 이십여 년 전 백사자 덕분이었다. 그는 나처럼 효원 시장에 살던 두 살 많은 형으로, 본명은 백상화인데 주로 백사자라는 별명으로 불렸다. 별명과는 달리 그는 또래에 비해 유난히 왜소했다. 나도 키가 작았는데 나보다도 더 작았다.

우리 집도 작았는데 백사자의 집은 더 작았다. 집이라고는 하지만 리어카를 세워서 보관하던 창고 벽의 한쪽 공간 앞에 양철판 네 짝을 세워서 막은 두 평 남짓한 공간이었다. 이부자리를 깔기 위해서는 오 인치짜리 미니 흑백텔레비전과 휴대용 가스버너와 냄비, 그릇을 비롯한 살림살이 일체를 쌀통 위에 쌓아 올려야 했다.

나는 그곳을 '사자 동굴'이라 불렀다. 한동안 아침에 일어나서 가장 먼저 하는 일이 사자 동굴에 가서 백사자를 불러내는 것이었다.

"사자야, 사자야, 뭐 하~노?"

"밥 묵는~다."

"무슨 반~찬?"

"지환이 반찬."

"죽었나, 살았나?"

"살았다, 어흥!"

그 말과 함께 양철판 중 하나가 '탕탕탕탕' 요란하게 열리고 백사자가 날렵하게 뛰쳐나와서 나를 잡아먹는 시늉을 했다. 나는 간지러워하면서도 정말로 잡아먹히기라도 하는 것처럼 꽥꽥 비명을 질러댔다. 그렇게 한바탕 웃으며 뒹굴고 나면 하루 종일 기분이 좋았다.

백사자는 할머니와 단둘이 살았다. 초등학교에 들어갈 때까지도 그것이 이상하다고 생각해본 적이 없었다. 내가 엄마와 단둘이 사는 것처럼 백사자도 할머니와 단둘이 사는가 보다 했다. 초등학교에 들어가자마자 담임 선생님이 집안 환경 조사를 하면서 손을 들라고 했다. "집에 테레비 있는 사람?", "전화기 있는 사람?", "차 있는 사람?" 하고 묻는 식이었다. 그러다 선생님이 "아버지 없는 사람?"이라고 물었을 때 손을 든 사람이 나 혼자뿐이라는 것을 확인하고 나는 귀가 시뻘겋게 달아올랐다. 아버지나 어머니가 없는 사람이 드물다는 것을 안 뒤부터 나는 백사자가 더 가깝게 느껴졌다.

백사자의 할머니는 효원시장 귀퉁이에 보자기를 펼쳐놓고 빗이나 귀이개를 팔았다. 낡은 스카프를 목에 두른 할머니의 얼굴은 흙으로 빚어놓은 인형처럼 바람이 불 때마다 윤곽이 희미해지는 것 같았다. 할머니가 눈을 감고 고요히 앉아 있으면 혹시 죽은 것이 아닐까 덜컥 겁이 나서 달려가 무릎을 흔들어 깨우곤 했다. 그러면 붕어의 눈처럼 초점 없던 눈동자가 나를 천천히 알아보고는 인자한 표정으로 거북의 등처럼 딱딱하게 굳은 손을 들어 나를 쓰다듬어주었다.

나와 백사자는 사자 동굴에서 텔레비전도 보고, 딱지 따먹기도 하고, 라면도 끓여 먹었다. 그때 백사자가 끓여준 라면은 매번 기대 이상으로 맛있었다. 그 가난한 집에서 나는 매일같이 밥을 얻어먹었다. 하루에 두 끼를 먹는 일도 다반사였다. 그런데도 할머니는 싫은 내색 한 번 하지 않고 식사 때마다 더 먹으라고 권했다.

효원시장 끝자락에는 나무가 한 그루 서 있었다. 줄기가 낙타의 등처럼 굽어 있어서 우리는 그 나무를 '까까머리 낙타'라 불렀다. 사람과 동물은 죽어서 흙이 되고 흙은 다시 나무가 되니, 그 나무도 먼 옛날에는 진짜 낙타였으리라는 것이 백사자의 추론이었다. 해가 질 무렵이면 우리는 낙타의 등 위에 올라가서 태양의 눈부신 몰락과 우아한 꼬리처럼 늘어져가는 낙타의 그림자를 구경했다. 일몰 직후에는 근처 소각장에서 불이 타올랐다. 불을 구경하고 있으면 흐르는 강물을 보는 것처럼 지루하지 않았다. 내가 고체도, 액체도, 기체도 아닌 불의 정체가 무엇이냐고 묻자 백사자는 귀신이 춤을 추는 것이라고 답했다.

낙타 위에서 백사자는 노래를 부르곤 했다. 그는 신해SBC 방송국에서 주최하는 동요 경연대회에서 입상한 적이 있을 정도로 노래를 잘했다. 백사자는 특히 팝송을 부를 때 멋졌다. 그가 무슨 뜻인지도 모르는 영어로 노래를 부르고 있으면 나는 낙타를 타고 미지의 세계를 탐험하는 동양의 마르코 폴로가 된 기분이었다.

반면 나는 지독한 음치였다. 선생님은 짓궂게도 심심하면 나를 교실 앞으로 불러내서 노래를 시켰다. 내가 진땀을 흘리면서 노래를 하면 다른 아이들은 배꼽을 잡고 뒹굴었고 반주하는 여학생은 웃느라 반주를 이어가지 못했다. 음악 듣는 것을 그렇게 좋아하면서도 정작 내 목소리는 음정을 제대로 찾지 못했다. 노래를 부를 때마다 내가 세상과 어울리는 데 장애가 있는 사람이 아닌가 하는 의구심이 더욱 공고해졌다. 미술 실기는 늘 만점에 가까웠는데 가창 시험은 수우미양가 중에서 양과 가를 오갔다. 내가 그림 그리기

를 좋아한 것도 노래를 목소리 대신 붓으로나마 부르려는 것이었는
지 모른다. 백사자가 좋았던 이유 중 하나도 나 대신 노래를 불러주
기 때문이었다.

별똥별을 처음 본 것도 까까머리 낙타 위에서였다. 별이 총총 뜬
밤하늘을 구경하는데 검은 종이 위에 누군가가 흰색 분필로 포물
선을 그은 듯 별이 길게 떨어졌다.

"지환아! 저 봐라, 별똥별이다!"

"진짜가? 저게 별똥별이가!"

"저렇게 별똥별이 떨어질 땐 말이다, 소원을 비는 기다. 그러면 그
게 언젠가는 이루어진단 말이다."

"진짜가? 진작 말하지. 난 소원 못 빌었다 아이가."

"지금이라도 빌면 된다."

"나는 화가가 되고 싶다."

"화가?"

"응, 화가. 고흐 같은 화가가 되고 싶다."

내가 다른 화가들에 비해서 고흐를 더 좋아했던 것은 아니다. 그
저 그때는 아는 화가가 오로지 고흐뿐이었다. 미술 교과서에 실린
고흐의 자화상을 보면 무섭고 기괴하다는 느낌이 드는데도 이상하
게 계속 다시 보게 되었다.

"음, 지환이 니는 고흐가 될 수 있을 끼다. 그림을 정말 잘 그리니
까."

"백사자, 니도 소원 빌었나?"

"빌었지. 내는 말이다, 우리 할매가 오래 살 수 있게 해달라고 빌

었다."

"와 니 소원은 안 빌고 할매 소원만 비노? 니는 뭐 되고 싶은 거 없나? 프레디 머큐리처럼 되고 싶다고 안 했나?"

"맞다. 그라면서도 내는 말이다, 파이로트도 되고 싶다."

"파이로트? 그거 만년필 이름 아이가?"

"파이로트는 비행기를 운전하는 사람이다. 내는 비행기를 운전해서 저 하늘까지 가고 싶다. 하늘에서 프레디 머큐리처럼 노래를 부르고 싶다. 니 혹시 『어린 왕자』라는 소설 아나?"

"아니, 왕자는 다 어린 거 아이가?"

"생텍쥐페리라는 사람이 쓴 유명한 소설이다. 그 사람도 파이로트였다 아이가."

이렇게 유식한 말을 할 때는 백사자가 나보다 형이라는 것이 실감 났다.

백사자가 팝송을 알 수 있었던 것은 할머니가 전파상에서 얻어 온 구형 카세트라디오 덕분이었다. 백사자는 팝송을 소개해주는 「배철수의 음악캠프」라는 라디오 방송을 열심히 들었다. 방송에서 좋은 노래가 나오면 하나밖에 없는 공테이프에 녹음을 해서 듣고 또 들으며 뜻도 모르는 가사를 외웠다. 어느 날에는 사자 동굴에 갔더니 백사자가 두 손을 머리 뒤에 받치고 넋이 나간 듯 누워서 어떤 팝송을 듣고 있었다.

"무슨 노래 듣고 있노?"

"「보헤미안 랩소디」다."

"「보헤미안 랩소디」? 그게 뭐고?"

"그건 나도 모른다. 근데 억수로 좋다."

"진짜가?"

"진짜다. 어젯밤부터 백 번도 더 들었다. 이렇게 죽이는 노래는 생전 처음이다. 저 벽에 있는 바를 정(正) 자보다 많이 들어볼 참이다."

우리는 장기를 두고 나면 승패를 벽에다 바를 정 자로 기록하곤 했는데, 바를 정 자가 이미 사자 동굴 벽의 절반을 채우고 있었다.

백사자의 설명에 따르면 「보헤미안 랩소디」는 1975년 발표될 당시 여러 모로 획기적인 곡이었다. 최초로 오페라를 록에 접목시켰고, 최초로 뮤직비디오를 만들었으며, 한 곡이 삼 분 안팎이던 시절에 나온 최초의 육 분짜리 곡이었다. 발표되자마자 영국 차트에서 구 주 동안 일 위를 했다. 호주, 뉴질랜드, 네덜란드에서도 일 위, 미국에서는 이 위, 아시아 국가인 일본에서조차 십구 위를 했다. 특히 신기했던 것은 오페라 부분을 네 명의 퀸 멤버들이 백 번도 넘게 녹음해서 수많은 사람들이 함께 부른 것처럼 연출했다는 점이었다. 우리나라에서는 한때 금지곡이었는데 그 무렵 금지가 풀렸다는 점도 그 곡을 더욱 신비롭게 만들었다.

"근데 와 금지되었다는데?"

"이 가사 내용이 소년이 아버지를 총으로 쏘아 죽이는 거란다."

"진짜가? 좀 무섭네."

"맞제?"

"근데 누가 그라도?"

"배철수가."

"진짜가?"

"그래, 설마 배철수가 거짓말하겠나."

"근데 그 무서운 노래가 왜 갑자기 풀렸는데? 이제는 아버지 죽여도 된다는 말이가?"

"몰라. 그것까지는 배철수가 안 가르쳐주더라."

"그 말 듣고 들으니까 노래가 무섭다."

"무섭제? 근데 이상하게 자꾸 듣고 싶어진데이."

"와? 백사자 니도 아버지 죽이고 싶나?"

백사자가 눈을 치켜뜨고 나를 무섭게 노려본 것은 그때가 처음이었다.

수십 광년 떨어진 별의 폭발 장면이 수십 년 후에야 비로소 지구에 도달하는 것처럼 1975년 영국에서 출발한 「보헤미안 랩소디」가 그 무렵 효원동 시장에 도착했다.

프레디 머큐리를 알게 된 이후로는 고흐가 프레디 머큐리와 닮았다는 생각도 하게 되었다. 둘 다 평소에는 내성적이고 고독하면서도 그림을 그리거나 노래를 부를 때는 정신이 이탈한 것처럼 격정적으로 포효했다. 고흐가 노래를 부른다면 프레디 머큐리가 되고, 프레디 머큐리가 그림을 그린다면 고흐가 될 것 같았다.

중학교에 들어갔더니 학기 초부터 몇몇이 싸움을 벌이면서 서열을 정했다. 그때는 싸움으로 집단의 우두머리가 되는 것을 두고 '잡는다'라는 표현을 썼는데, 그 당시 우리 반을 잡은 녀석은 나훈아였다. 광대뼈가 크고 눈썹이 숯처럼 검고 미간에 주름이 팬 얼굴이 영락없이 나훈아를 빼닮아서 그런 별명이 붙게 되었다. 싸움을 할 때는 쇠가위나 낫을 휘두를 정도로 살벌한 놈이었지만 평소에는 허풍이 심하고 수시로 엉뚱한 말장난을 쳤다.

나훈아를 닮은 만큼이나 그는 노래도 잘 불렀다. 다만 험상궂은 외모와 폭력성에 어울리지 않게 팝송이나 발라드를 좋아했다. 쉬는 시간이 되면 미니카세트를 들고 이어폰을 꽂은 채 교실이나 복도를 어슬렁거리면서 거리낌 없이 큰 소리로 노래를 불렀다. 그 탓에 온 교실이 시끄러웠지만 누구도 감히 나훈아에게 조용히 하라는 말은 하지 못했다.

나훈아는 종종 팝송의 가사를 해석해달라며 나를 찾아오곤 했다. 그럴 때의 나훈아는 거침없는 평소 행동과는 딴판으로 마치 용한 점쟁이에게 팔자를 물으러 온 것처럼 조심스러웠고, 내가 가르쳐주면 연방 감탄하면서 과장된 몸짓으로 엄지손가락을 치켜세웠다. 그러던 어느 날 그가 「보헤미안 랩소디」의 가사를 들고 왔다.

"어, 나훈아 니가 이 노래를 우째 아노?"

"니야말로 이 노래를 우째 아노? 공부만 하는 놈인 줄 알았디만 팝을 좀 아는 모양일세."

"이거 내가 제일 좋아하는 노래다."

"맞나? 나도 요새 이 노래가 제일 좋다. 우리 집에 퀸 LP판도 있다."

"진짜가?"

"우와, 이 새끼 봐레이, 지금 내 의심하나? 니 오늘 우리 집에 따라온나."

　나훈아는 그날 당장 나를 자기 집으로 데리고 갔다. 그의 집은 단층짜리 주택이었는데 얼핏 보아도 우리 집보다 두세 배는 컸다. 집 안으로 들어갔더니 묵직한 시계추가 좌우로 오가는 괘종시계 아래에 과연 사 단짜리 전축이 찬란하게 빛나고 있었다. 태어나서 본 전축 중에서 가장 큰 것이었다. 가슴 높이까지 오는 스피커는 그 앞에서 엎드려 절을 하고 싶을 정도로 카리스마를 뿜어냈다.

　가장 아래 칸에는 LP 레코드판들이 나란히 진열되어 있었는데, 그 일사불란함은 사열받는 외국 군대처럼 이국적인 품격을 풍겼다. 진열된 레코드판 중에는 「보헤미안 랩소디」가 담긴 퀸의 앨범 『어 나이트 앳 디 오페라(A Night at the Opera)』도 있었다. 그동안 백 사자가 준 공테이프로만 퀸의 노래를 들어왔던 터라 실제 앨범을 구경한 것은 처음이었다. 하얀 바탕의 앨범 재킷에는 불을 가운데 두고 양쪽으로는 두 마리 사자가, 위쪽으로는 날개를 펼친 거대한 새가 불을 호위하고 있었다.

　나는 떨리는 손으로 앨범 재킷에서 검은 레코드판을 꺼낸 다음 턴테이블에 고이 올려놓았다. 나훈아는 턴테이블 바늘을 레코드판에 올리는 것만큼은 내게 허락하지 않았다. 처음 바늘이 레코드판에 닿는 순간 고압 전류가 흐르는 듯한 '지직' 소리에 나는 화들짝 놀랐다. 나훈아가 자지러지게 웃으며 물었다.

　"뭐고? 니 설마 턴테이블 처음 켜보나?"

　"아이다, 너거 집 전축이 소리가 좀 크네."

　나는 마치 우리 집에 전축이 있기라도 한 것처럼 말했다. 나훈아는 이어서 두세 차례 '지직' 소리를 내며 나를 놀래키려 들었다. 마침내 레코드판이 빙글빙글 돌아가면서 「보헤미안 랩소디」가 시작되자 온몸에 소름이 쫙 끼쳤다. 무릎걸음으로 방 안을 돌아다니던 나는 그 자리에 무릎을 꿇은 채 눈을 감았다. 그러자 퀸이 공연하던 영국 웸블리구장에 직접 가 있는 느낌이 들었다. 전자 기타는 제아무리 빠른 기차도 따라잡지 못할 정도로 치달았고 드럼은 지진보다도 격렬했다.

그 이후로 나는 한동안 매일같이 나훈아네 집에 놀러 가서 퀸의 노래를 들었다. 「보헤미안 랩소디」는 아무리 들어도 질리지 않았다. 음악을 다 들은 다음에는 멀찌감치 떨어져서 레코드판을 원반처럼 던지고 받는 놀이도 했는데, 그것도 전축을 가진 사람만이 즐길 수 있는 근사한 특권처럼 느껴졌다.

반 친구들이 모두 새롭게 등장한 서태지와 아이들에 열광하고 있을 때 시류에 편승하지 않고 외국에 있는 퀸이라는 밴드를 더 좋아한다는 것이 동지애를 증폭시켜 우리는 점점 더 친해졌다. 나훈아는 내가 원하는 것을 나보다 먼저 눈치채고 가져다주었다. 내가 간혹 학교에 도시락을 못 가져갈 때도 다른 애들 밥을 뺏어서라도 나와 밥을 나누어 먹었다. 축구나 농구를 할 때도 나를 꼭 같은 편으로 넣고 좋은 기회에 패스를 잘해주었다. 교실에서도 내 옆자리에 앉았고 집에 갈 때도 같이 갔고 주말에 영화관이나 목욕탕에도 같이 갔다. 언젠가 목욕탕에서 나훈아가 몇 가닥 나지 않은 음모를 드라이기로 말리고 빗으로 빗고 무스를 바르며 히죽거리던 장면은 좀처럼 잊히지 않았다.

나훈아는 다른 아이들에게는 주먹을 휘두르기 일쑤였지만 나에게는 욕설조차 잘하지 않았다. 나를 이름 대신 '반장'이라는 직함으로 부르면서, 자기가 마치 부반장이라도 되는 듯 나를 수행했다. 반에서 가장 싸움을 잘하는 나훈아를 데리고 호가호위를 하면서 반장을 하니 그렇게 편할 수가 없었다. 그는 나를 동년배 이상으로 대우해주었다. 내가 백사자에게 선망과 신뢰와 존경 비슷한 감정을 가졌던 것처럼 나훈아도 나에게 그와 비슷한 감정을 가지는 것 같았다.

내 생일날 나훈아는 생일 선물로 「보헤미안 랩소디」가 담긴 퀸의 앨범을 주었다. 나는 기뻤지만 고민도 되었다. 우리 집에는 전축이 없었기 때문이다. 처음에 전축이 있는 것처럼 말하고 나니 이후에도 계속 우리 집에 전축이 있는 것처럼 거짓말을 하게 되었다. 나훈아가 우리 집에 놀러 가보자고 할 때마다 나는 이런저런 핑계를 대면서 피했다.

나는 엄마에게 전축을 사달라고 말해보았다. 예상대로 엄마는 단칼에 거절했다. 엄마는 전축은커녕 라디오 사줄 돈도 없을 뿐만 아니라 장차 서울법대를 가서 판검사가 되어야 할 녀석이 공부에 매진할 생각은 하지 않고 벌써부터 딴 데 정신이 팔렸다며 나무랐다.

엄마는 나를 판검사 만드는 것을 유일한 희망으로 삼고 사는 분이었다. 내가 초등학교에 들어가기 전부터, 기억을 할 수 있는 가장 오래전부터도, 엄마는 내게 우울한 표정으로 이런저런 넋두리를 했다. 세상 사람들이 엄마를 업신여기고, 엄마가 죽어도 아무도 눈 깜짝하지 않을 거라고 했다. 그 끝은 언제나 "네가 서울법대에 가서 판검사가 되어 엄마의 한을 풀어다오"였다. 줄곧 침울하던 엄마의 표정이 그 말을 할 때만큼은 희망으로 밝아졌다. 마치 추위에 떨며 죽어가던 성냥팔이 소녀가 몸을 데우려고 성냥불을 켠 것 같았다. 엄마는 내게 "너의 총명한 눈빛이 내 생명을 꺼지지 않게 한다"라고도 했다. 그 말을 할 때 엄마의 기분은 이례적으로 가벼워 보였으나 나는 벽돌을 삼킨 것처럼 마음이 무거웠다.

언젠가 엄마가 반장 엄마 자격으로 학교에 왔을 때 "너희들이 지금 누구와 놀고 있는지 아나? 내 아들은 나중에 판검사가 될 사람이다"라고 큰 목소리로 말한 적이 있었다. 그때 엄마와 나를 번갈아 쳐다보며 멸시에 찬 표정으로 비웃던 학부형들을 보며 나는 쥐구멍에라도 들어가고 싶은 심정이었다. 그다음부터는 엄마가 학교에 오지 못하게 하기 위해, 누군가가 나를 반장으로 추천해도 거부했다.

그것만 빼면 나는 엄마에게 별 불만이 없었다. 밥을 제때 못 챙겨주고 옷을 자주 빨아주지 않고 집이 깔끔하게 정돈되지 않는 것도 견딜 수 있었다. 엄마에게는 존경스러운 점들도 적지 않았다. 자신이 곤궁한데도 가게를 찾아오는 거지를 빈손으로 돌려보내지 않았다. 판단이 빨랐고 무슨 일을 결정하면 추진력이 있었다. 장사를 하면서도 남을 속이지 않았고 힘 있는 사람에게도 비굴하게 굽실거리지 않았다. 반장 엄마로서 학교에 가더라도 교사에게 촌지를 건네지 않았고 다른 학부형들이나 이웃들을 시기하거나 험담하는 일도 드물었다.

그런 대신 엄마는 자기연민이 지독했다. 판검사가 되어서 한을 풀어달라는 엄마의 말을 들을 때마다 도리어 내가 한이 맺힐 지경이었다. 판검사가 엄마에게는 프랑스인들에게 '대혁명' 같은 단어였는지 몰라도 내게는 '바스티유 감옥' 같았다. 엄마의 지옥은 타인의 멸시였고, 나의 지옥은 나에 대한 엄마의 집착이었다. 엄마의 구원은 나의 세속적 성공이었고, 나의 구원은 엄마에게서 벗어나는 것이었다.

그럼에도 나는 사춘기에 이르기 전까지는 이른바 효자였다. 나는 숙제를 하고 수학 문제를 풀듯이 착한 아이가 해야 한다고 배운 일들을 해치웠다. 그래서 해마다 우등상을 타면서 효행상이라는 것도 같이 받았다. 자식의 부모에 대한 귀속감이 모두 사랑이 아니라 동정과 연민, 애증과 가족애 등으로 구분된다는 것을 알기 전까지는 내가 엄마를 사랑한다는 점에 의심을 품지 않았다.

내가 엄마를 버거워했다면 나훈아는 아버지를 무서워했다. 세상 누구도 겁내지 않을 것처럼 포악하고 거칠던 나훈아도 아버지 앞에서는 이등병이 사단장 앞에 선 것처럼 아버지와 눈도 잘 못 마주쳤다.

나훈아의 아버지를 처음 본 순간 너무 놀라서 스피커 위로 쓰러질 뻔했다. 그의 아버지야말로 진짜 나훈아를 빼다 박았기 때문이었다. 아버지 나훈아는 밤무대 악사였다. 나훈아의 집에 그렇게 멋진 전축이 있었던 것도 아버지의 직업과 관련이 있었다.

나훈아는 아버지를 무서워했지만 나는 아버지 나훈아가 전혀 무섭지 않았고 오히려 나훈아를 닮은 외모 때문인지 익숙하고 친근하게 느껴졌다. 나훈아 집에 가면 나훈아보다도 아버지 나훈아와 더 많은 이야기를 나누었다. 그동안 나훈아는 경직된 자세로 옆에 앉아서 마치 부자지간의 대화를 남이 쳐다보듯이 멀뚱멀뚱 구경했다. 그때 아버지 나훈아가 했던 말들 중에서 아직도 기억나는 것은 진짜 나훈아가 발표한 노래가 이천 곡 정도 된다는 것이었다. 나의 우상이던 고흐가 그림을 팔백 점 이상 그렸는데 나훈아가 이천 곡이나 불렀다고 하니 정말 대단한 가수라는 생각이 들었다. 아버지 나훈아는 진짜 나훈아 노래의 반의반도 악보가 남아 있지 않은데 그 악보들을 자신이 만들어주고 싶다고 했다.

아버지 나훈아는 마당에 나가서 트럼펫 연주를 보여준 적도 있었다. 키 작은 내가 올려다본 트럼펫은 하늘에서 내려온 황금 사다리 같았고, 아버지 나훈아의 검은 손가락은 황금 사다리를 구불구불 휘감아 오르는 등나무 줄기 같았다.

빠빠라밤빠빰! 빰빰빰!

트럼펫의 우렁찬 소리는 화물 기관차가 밀고 들어오는 소리보다도 육중하고 압도적이었고, 천상의 구름과 천사들까지 관객으로 끌어모으는 것 같았다.

나훈아에게는 그런 멋진 아버지가 있는 대신 엄마가 없었다. 그 이유는 알 수 없었지만 물어본 적이 없고 나훈아도 내게 말해주지 않았다. 다만 한 살 많은 형이 있었는데 어릴 때 사고로 죽었다는 이야기는 직접 들려주었다. 그 이야기를 듣고 보니 나훈아가 나를 마치 형처럼 대하고 있다는 생각이 들었다.

그 나훈아가 어젯밤 총에 맞아 죽었다는 것이다.

고흐의 자화상

눈이 부셔서 잠을 깼다. 어둑하던 고속버스에 형광등이 환하게 켜지고 있다. 나도 모르는 사이에 깜빡 잠이 든 모양이다.

"승객 여러분, 이제 목적지인 신해시에 진입했습니다. 오 분 뒤에 도착할 예정이니 준비하시기 바랍니다."

창밖으로 낯익은 작은 도시의 밤거리가 펼쳐진다. 그 위로, 수십 번 덧칠한 유화를 볼 때처럼 하나의 색깔로 이름 붙일 수 없는 복잡한 추억들이 어른거린다. 비까지 추적추적 내리기 시작하니 괜히 울적해진다. 아니지, 친구가 죽었으니 울적한 것이 마땅하다.

버스가 터미널에 진입하더니 잠시 후 멈추어 선다. 버스에서 내리자마자 어깨를 들어 올리고 깊이 숨을 들이마신다. 신해시의 공기는 서울보다 확연히 신선하다. 나는 터미널 안을 성큼성큼 걸어서 통과한다. 지은 지 사십 년이 다 되어가는 단층짜리 터미널 건물은 어릴 적 보던 것과 별로 달라진 것 없이 어둡고 남루하다. 나는 우산이 없었지만 매점을 그냥 지나친다. 동혁이가 죽은 날 고작 비에 젖는 것을 꺼린다는 것은 미안하다.

터미널 앞 광장으로 나간다. 비를 맞으며 붉은색 보도블록 위를 걸어가다 광장 한가운데 솟아 있는 시계탑을 올려다본다. 고개를 들자 차가운 빗물이 얼굴을 적셔 나는 울상이 된다. 친구가 죽은 날에 어울리는 얼굴이다. 시간은 일곱 시 반. 손님이 없는 택시 정류장으로 걸어가니 차 안에서 창밖을 내다보던 대여섯 명의 택시 기사들이 일제히 나를 구경하듯 쳐다본다. 나는 가장 앞에 있는 노란색 구형 소나타 택시에 올라타며 말한다.

"신해성모병원 장례식장으로 가주세요."

예순이 넘어 보이는 기사가 액셀러레이터를 밟으면서 묻는다.

"누가 돌아가셨나 보지예?"

서울이었다면 낯선 사람에게 좀처럼 묻지 않았을 질문이지만 신해시에서는 이런 일이 흔하다.

"네, 친구가요."

"친구? 친구면 젊다 아입니꺼? 거참, 꽃다운 나이에 죽어가 우야노."

나는 아무런 대꾸도 하지 않은 채 창밖을 내다본다. 택시가 모퉁이를 돌 때마다 이 년 만에 보는 낯익은 건물들이 나타난다. 극장, 성인나이트클럽, 방송국, 효린이가 일하던 준종합병원.

"와 죽었다 캅디꺼?"

"그건 저도 몰라요. 가봐야 알아요."

"친한 친구 아입니꺼?"

그 질문에 나는 금방 대답을 하지 못한다. 왜 주저하는지 나도
알지 못한다.

택시가 신해성모병원으로 이어진 언덕길을 오르기 시작한다. 그
러자 엄마에 관한 기억들이 내 앞을 바리케이드처럼 겹겹이 막아
선다.

오 년 전 봄, 이 길에 벚꽃이 만발하던 날 엄마는 먼 여행을 떠나
듯 큰 가방을 싸서 신해성모병원 호스피스 병동으로 들어갔다. 엄
마는 처음에는 그 사실을 내게 알리지 않았다. 집으로 보낸 우편물
이 수신되지 않는 것을 알고 캐물었을 때야 말해주었다. 그 사실을
알자마자 나는 머물고 있던 신림동 고시원을 정리하고 짐을 싸서
신해시로 내려갔다. 나 역시 엄마에게 미리 말하지 않았다. 내가 내
려간다고 하면 엄마가 못 오게 할 것이 뻔했기 때문이다.

내가 호스피스 병동에 도착했을 때 연두색 줄무늬 환자복을 입
은 엄마는 진통제가 들어간 링거를 맞으며 잠을 자고 있었다. 기미
로 뒤덮인 얼굴 아래로 뼈가 앙상하게 드러나 있었고, 짧게 자른
머리에는 새치가 무성했다. 누렇게 변한 치아들 사이로 숨이 신음
처럼 새어 나오고 있었다. 잠을 자고 있는데도 표정은 거대한 돌을
오르막으로 굴려 올리고 있는 것처럼 버거워 보였다.

한참 후 눈을 뜬 엄마는 몸을 일으키려 했으나 힘이 모자라 겨
우 내가 있는 쪽으로 돌아누울 수 있을 뿐이었다. 엄마는 애써 웃
음을 지어 보였지만 오히려 고통 때문에 인상이 찌푸려지는 것처럼

보였다. 엄마는 숨소리처럼 속삭였다.

"밥은 먹었나?"

"예."

"어디 아픈 데는 없나?"

"예."

"몸 관리 잘해라. 건강이 최고다."

"예."

"사법고시 준비는 잘되나?"

"예."

"그래, 우리 집에 돈이 있나 애비가 있나 성한 에미가 있나, 뭐가 있노? 사법고시 패스해가 판검사 되는 기 최고다. 그래야 내가 한을 푼다."

암보다도 지독하게 엄마에게 달라붙어 있는 레퍼토리였다.

나는 담당 수녀님과 이야기를 나누었다.

"어머니의 상태가 어떤가요?"

"좋진 않지요."

"앞으로 얼마나 더 사실 수 있을 것 같으세요?"

"글쎄요, 그건 하느님께 달린 것이니 알 수 없겠죠."

"저는 오늘부터 여기 있을까 합니다."

"어머니한테서 사법시험이 몇 달 안 남았다고 들었는데요."

"시험은 내년에도 있고 그다음 해에도 있어요. 하지만 엄마가 가시는 길을 배웅할 기회는 한 번뿐이죠."

수녀님은 고개를 저었다.

"엄마는 돌아가시기 전에 아들이 사법시험에 합격해서 판검사가 되는 걸 보는 게 꿈이던데요."

"병실에서 공부하면 돼요. 조용해서 공부하기 좋습니다."

그렇게 둘러댔지만 나는 사실 그해 시험을 포기한 상태였다. 사법시험은 석 달도 채 남지 않았고, 고시학원도 없는 시골에서 혼자 공부해 합격할 자신은 애초에 없었다. 그보다도 솔직히 사법시험 자체를 치고 싶지 않았다. 법대를 갈 때 이미 엄마의 바람을 들어주는 것은 그것으로 마지막이라고 결심했었다. 엄마가 돌아가시면 사법시험은 치지 않을 생각이었다.

그날부터 나는 엄마의 병실에서 지내기 시작했다. 창가에 작은 의자를 하나 놓고 라디에이터를 책상 삼아 책을 보았다. 법학 서적을 보는 척 쌓아놓았지만 실은 다른 분야의 책들을 읽고 있었다. 밤에는 보호자용 침상에서 잤다. 엄마는 잠이 들면 신음 소리를 내기 시작했다. 그것은 의식이 있는 낮 동안에는 내 공부에 방해가 될까 봐 신음을 참는다는 뜻이었다. 신음 소리를 들을 때마다 나는 못을 삼키는 것처럼 가슴이 따끔거렸고 조용할 때도 누군가가 나를 향해 총을 겨누고 있는 것처럼 신경이 곤두섰다.

종일 같이 있어도 우리는 서로 별말이 없었다. 같은 공간에 있었지만 함께 있다는 느낌을 가질 수 없었다. 쇠창살을 사이에 두고 나는 면회자이고 엄마는 사형수인 것 같은 괴리감이 들었다. 채 한 달도 지나지 않아서 우리는 예전에 단둘이 한 집에 살 때처럼 어색하고 불편해졌다. 그러다 마침내 엄마가 내가 시험 공부를 하지 않고 딴 책을 본다는 것을 알게 되었다.

"지환아, 그만 서울로 올라가가 제대로 공부해라. 니가 여기서 이러고 있으니까 내가 마음이 너무 불편하다. 니가 사법고시에 떨어지기라도 하면 내가 살고 싶겠나?"

"그럼 내 혼자 서울에 가서 공부하면 마음 편하게 공부가 잘될 것 같아요?"

"시험 칠 때까지 두 달도 안 남았잖아. 두 달 동안 설마 내가 우째 되겠나? 우리 집에 뭐가 있노. 애비가 있나 성한 에미가 있나 돈이 있나. 니라도 판검사가 돼서 죽기 전에 내 한도 풀어주고……"

"그런 말 제발 좀 그만하면 안 돼요? 정말 미쳐버릴 것 같아요."

나도 모르게 입에서 버럭 고함이 터져 나왔다. 엄마는 시선을 창밖으로 옮기고 황달이 누룩처럼 달라붙은 눈에서 샘솟는 눈물을 누렇게 뜬 얼굴 위로 흘려보냈다. 수녀님도 내게 서울로 가라고 설득했다. 결국 나는 엄마와 더 싸우지 않기 위해 서울로 올라가 시험 공부를 했다.

따르르르르룽. 복도에 시험 종료를 알리는 기계음이 섬뜩하게 울려 퍼졌다. 시험 공부에 숱한 날을 쏟은 것을 비웃기라도 하듯 나흘 동안의 사법시험은 금세 끝나버렸다. 수천 명의 고시생들로 빽빽한 복도를 헤집으며 현관 쪽으로 달려 나가면서 신해성모병원 호스피스센터로 전화를 걸었다. 엄마를 간호하던 수녀님이 대신 전화를 받았다.

"저…… 아드님. 시험 보느라 수고 많으셨어요. 내려오실 때 검은 양복하고 검은 넥타이를 준비해서 오세요."

엄마는 사법시험 시작 사흘 전에 이미 숨을 거두었다고 했다. 내가 전화를 할 때마다 수녀님이 대신 받아서 엄마가 잠을 잔다고 대답한 이유를 알 수 있었다. 나는 그 자리에 우뚝 멈추어 선 채 인파에 이리저리 떠밀리며 한참을 멍하니 서 있었다. 슬픔보다 먼저 달려온 감정은 억울함이었다. 가여운 단 한 명의 관객을 위해서 광대 옷을 억지로 입고 혼신의 힘을 다해 마지막 공연을 했는데, 그 관객은 공연을 시작하기도 전에 이미 객석을 떠났던 것이다.

엄마의 장례식도 신해성모병원 장례식장에서 치렀다. 엄마와 알고 지낸 몇몇 이웃들이 조문객의 전부였다. 부음을 전하지 않아서 내 지인들은 없었다. 친척들도 없었다. 나는 누런 서류 봉투 같은 상복을 뒤집어쓴 채 밤새 영정 밑 한구석에 구겨져 있었다. 두 손으로 무릎을 감싸고 몸을 웅크린 채 향에서 피어오르는 연기만 초점 없이 쳐다보면서 이제 고아가 되었다는 사실을 곱씹었다. 비참하게 나락으로 떨어진 것도 같고 홀가분하게 날아다닐 수 있게 된 것도 같았다. 날벼락처럼 뜻밖이면서도 마치 처음부터 내가 고아였던 것처럼 지극히 자연스럽게 받아들여졌다. 그러다 얼마의 시간이 지난 후에는 블랙홀이 지구에 가까워지기라도 하듯 가슴이 휑해지면서 모든 것이 허무하게 느껴지기 시작했다.

한밤중에 앉은 채로 잠이 들었는데 누군가가 옆으로 다가와서 내 팔을 잡고 흔들었다. 돌아보니 검은 유니폼을 입고 명찰을 단 상조회사 직원이었다. 고개를 들어 얼굴을 살펴보니 낯이 익었다. 나훈아였다.

"어, 동혁아."

"지환아."

오랜만에 장례식에서 우연히 만난 우리는 좀처럼 적당한 이야기를 찾지 못했다. 동혁이는 양복 안주머니에서 명함을 꺼내어 내밀었다. 명함에는 상조회사 이름과 과장이라는 직함이 적혀 있었다.

"내 상조회사에서 일하잖아. 상주 이름이 하지환인 거 보고 혹시나 닌가 싶어가 와봤다."

동혁이는 영정 앞에서 두 번 절을 한 후 나와 맞절을 했다.

"어무이 돌아가신 거 안됐다. 니가 힘들었겠다."

그가 그날 조문을 하러 온 나의 유일한 지인이었기 때문일까? 무덤덤하고 평범한 그의 한마디에 그동안 꾹꾹 눌러왔던 감정이 왈칵 치솟았다. 눈물을 감추려고 고개를 돌려 창밖을 보니 달이 천조각 만 조각으로 부서져 흘러내렸다. 동혁이가 조치를 취한 덕분에 상조회사 직원들이 한결 더 성의 있게 움직였다.

다음 날 입관을 위해 영안실로 내려갔다. 냉동실 서랍이 열리자 엄마를 볼 수 있었다. 염을 하는 사람들이 엄마를 철제 선반 위로 옮겼다. 엄마의 영혼은 분명 그곳에 없었다. 단지 질량감이 느껴지는 허연 살덩어리만 누워 있었다. 나를 기다린 것일까. 엄마는 눈을 감지 못했다. 나는 엄마의 얼굴을 정면으로 내려다보았다. 낯익은 황달이 덕지덕지 달라붙은 엄마의 눈동자는 초점이 없었다. 아무리 시선을 맞추어보려고 해도 맞추어지지 않았다. 애원하듯 파르르 떨리던 그 가여운 눈빛도, 성냥불처럼 짧게 타오르던 희망의 눈빛도 이제는 찾을 수 없었다. 손으로 엄마의 눈을 감겨보려 했으나 굳어버린 눈꺼풀은 움직이지 않았다.

화장장 전광판에 뜬 엄마의 이름에 빨간불이 들어오자 비로소 엄마의 죽음을 실감할 수 있었다. 나는 흰 장갑을 끼고 엄마의 유골을 신해바다가 내려다보이는 언덕 묘지에 묻었다. 그날 바다에서 불어오는 바람이 유난히 거칠었고, 무덤가에 핀 꽃잎들은 고인 피처럼 검붉었다.

택시가 장례식장 입구에서 멈추어 선다. 나는 지하에 있는 빈소로 걸어 내려간다. 발목에서부터 한기가 차오른다. 장례식장이 하나뿐인 작은 도시가 고향이라는 것이 얄궂고 야속하다. 지인들이 죽을 때마다 나는 대체 엄마의 장례를 몇 번이나 거듭 치러야 하는 것인가?

빈소에는 사람이 별로 없다. 상복을 입은 젊은 상주 외에는 동혁이의 직장 동료로서 온 것인지 일을 하러 온 것인지 알 수 없는 상조회사 직원 몇 명만 보일 뿐이다.

영정 속 동혁이는 고개를 비스듬하게 돌린 채 약간 아래쪽을 내려다보고 있다. 불치병에라도 걸린 사람처럼 얼굴이 바싹 말라 있다. 퀭하게 움푹 들어간 눈에 맺힌 눈빛은 불안정하면서도 순수해 보인다. 나를 원망하는 눈초리 같기도 하다. 광대뼈가 나오고 턱이 갸름해져서 이제는 나훈아보다 고흐가 먼저 떠오른다. 그러고 보니 동혁이의 영정은 귀에 붕대를 감은 고흐의 자화상과 닮아 있다.

고흐가 간곡히 사정하자 파리에 살던 고갱이 아를이라는 작은 마을로 왔고, 그곳에서 두 사람은 노란 집에서 함께 살게 되었다. 고흐는 신부를 맞은 신랑처럼 설레어했다. 그러나 서로에게 자화상을 바치면서 우정을 과시하던 고흐와 고갱은 채 두 달도 함께 지내지 못했다. 네덜란드 시골 출신으로 격정적이면서도 순박한 고흐와 개인주의적이었던 전형적인 파리지앵 고갱은 서로의 그림 스타일만큼이나 성격이 달랐다. 고갱에게서 버림받았다고 생각한 고흐는 자신의 귀를 면도칼로 잘라 창녀에게 줘버리고는 귀에 붕대를 감은 채 담배 파이프를 물고 자화상을 그렸다.

내가 원하는 것을 헌신적으로 들어주던 동혁이는 죽어서도 내가 되지 못한 고흐가 되어준 것일까? 그런 그에게 나는 고갱처럼 냉정하게 상처만 준 것은 아닐까? 문득 나는 영정 속 동혁이의 입에 담배를 물려주고 싶어진다. 영정 앞에서 절을 하며 이마가 바닥에 닿을 때 마음속으로 동혁이에게 말한다.

'동혁아, 미안하다.'

다시 한 번 절을 하면서 마음속으로 말한다.

'동혁아, 정말 미안하다.'

고이는 눈물을 흘리지 않으려고 댐처럼 버틴다. 눈물을 흘려보내면 그만큼 마음이 편해질 테고 그러면 더 미안할 것 같다.

이어서 젊은 상주와 맞절을 한다. 그는 자신이 동혁이의 형이라고 한다. 동혁이는 형이 사고로 죽었다고 하지 않았던가? 하지만 그도 나훈아를 닮았기에 의심할 여지는 없다. 그는 부모님이 이혼을 하면서 형제의 양육권도 나눠 가졌다고 했다. 동혁이의 어머니는 보이지 않았지만 나는 그에 대해 굳이 묻고 싶지 않다.

상주는 나를 상 앞에 앉히고는 상조회사 직원들에게 밥을 가져

다 달라고 한다. 종이 그릇에 밥과 희멀건 소고기국이 나온다. 나
는 몇 숟갈 뜨지 못하고 자리에서 일어난다.

배트맨 비긴즈

장례식장 밖으로 나가니 막 택시가 정차하고 손님이 내린다. 택시 앞유리에 빨간색 '빈차' 등이 장례식장의 이름표처럼 켜진다.

"신해경찰서로 가주세요."

그렇게 말하고 나니 마법의 주문이라도 외운 듯 재작년에 고소장을 들고 신해경찰서를 찾아가던 기억이 물안개처럼 피어오른다.

신해성모병원에서 우동규를 만나고 돌아온 나는 곧장 컴퓨터 앞에 앉아서 경찰에 제출할 고소장을 작성하기 시작했다.

고소장 서두에 쓴 우동규의 죄명은 사기죄였다. 진료비 관련 사기죄로 징역형을 받으면 의료법에 의해 의사면허가 취소될 수 있었다. 리베이트를 받은 것에 대해서도 배임수재죄로 처벌해달라고 썼다.

폭풍처럼 몰아치는 분노의 달음박질을 컴퓨터 자판을 두드리는 손이 따라가지 못했다. 문장에서 증오의 불꽃이 태풍 속의 번개처럼 정신없이 번쩍거렸다.

한창 고소장을 작성하고 있는데 사무실로 전화가 왔다. 신해성모병원의 행정처장이라는 사람이었다.

"허허허허. 하판사님, 시간 한번 내주실 수 있습니까? 허허허허. 편하실 때 찾아뵙고 한번 모시고자 합니다. 허허허허. 오늘 저녁은 어떠십니까?"

그는 연방 탈탈탈거리는 싸구려 오토바이 소리 같은 헛웃음으로 진정성을 의심하게 했다.

"우리가 굳이 만날 필요는 없을 것 같습니다. 병원 차원에서 진상 파악부터 하는 것이 순서인 것 같습니다."

"허허허허. 옳으신 말씀입니다. 그래서 제가 이미 조사를 좀 해봤습니다. 허허허허. 그런데 판사님이 좀 오해를 하고 계신 것 아닌가……."

"오해요? 오해는 행정처장님이 하고 계신 것 같은데요. 우과장도 제게 류마티스가 아닌데 류마티스라고 거짓말을 했다고 여러 차례 인정을 했습니다."

"우과장은 그렇게 말하지 않던데요. 판사님이 진료실에 불쑥 찾아와서 자꾸만 뭘 인정하라고 하기에 진료하는 데 방해가 되어서 대충 달래서 돌려보냈다고만 하던데요. 허허허허."

"네? 뭐라고요?"

나는 돌로 뒤통수를 맞은 듯 아득해졌다. 내 앞에서 무릎을 두 차례나 꿇고 빌더니 하루도 안 지나서 뒤집고 발뺌을 하다니.

"판사님, 마음 불편하신 게 있다면 푸십시오. 경제적인 보상은 저희가 충분히 생각하고 있습니다. 허허허허."

나는 신해성모병원에 대해 일말의 신뢰를 가지고 있었다. 신해시에서 가장 규모가 큰 종합병원인 데다 가톨릭에서 운영하는 '성모' 병원이기 때문에 최소한의 양심은 있을 거라 믿었다. 그러나 행정처장과 대화를 하고 난 뒤에 내가 순진했음을 깨달았다. 병원의 이익을 최우선으로 생각해야 하는 행정처장이 진실을 규명할 의지가 없는 것은 당연한 일이었다. 그는 설사 우동규가 사기 진료를 시인했다고 하더라도 그런 적이 없다고 잡아떼라고 사주할 수 있는 입장에 있었다. 만약 우동규의 사기 진료가 사실로 확인될 경우에는 그동안 가짜 류마티스 환자를 양산함으로써 올리던 막대한 수익이 끊길 뿐만 아니라 성모병원의 이미지도 큰 타격을 입을 터였기 때문이다.

"병원의 태도를 보니 문제를 해결할 의지가 없는 것 같네요. 전 그냥 경찰에 신고할 수밖에 없겠습니다."

"그게 과연 판사님 입장에서 득이 되는 결정일까요? 허허허허."

그는 은근히 협박을 하고 있었다.

"제 입장까지 생각해주지 않으셔도 될 것 같습니다."

전화를 끊고 나니 수십 년 묵은 구렁이의 몸뚱이에 얼굴을 비비기라도 한 것처럼 기분이 더럽고 소름이 끼쳤다. 행정처장의 전화를 받고 나니 고소장을 쓰는 손이 한층 빨라졌다.

다음 날 출근을 하자마자 지원장이 나를 방으로 불렀다. 키가 백

팔십 센티미터를 훌쩍 넘길 정도로 체격이 좋은 지원장이 숯검정처럼 짙은 눈썹을 꿈틀거리면서 물었다.

"하판사, 어제 신해성모병원에 찾아갔었다면서?"

"원장님께서 그 일을 대체 어떻게 아십니까?"

"내가 잘 아는 학교 선배가 있는데 그분하고 그 의사가 잘 아는 모양이야. 그 선배가 내게 이 사건이 좀 원만히 해결되게 해달라고 부탁을 해 왔어."

우동규가 하루 만에 지원장에게까지 영향을 미칠 수 있다는 것이 섬뜩하면서도 불길했다.

"병원 쪽에서는 하판사가 오해를 하고 있는 것 같다고 하더군."

"오해요?"

"그래도 자기들이 하판사에게 그런 오해를 야기한 책임도 있으니 경제적으로 원하는 만큼 충분한 보상을 하겠다고 하더라고."

지원장은 신해성모병원 행정처장이 한 것과 꼭 같은 이야기를 했다. 나는 지원장에게 그 사건의 전말을 설명하고 병원에서 조치가 없으면 경찰에 신고할 생각도 있다고 말했다. 그러나 지원장은 내 말이 못마땅하다는 표정이 역력했다.

"하판사, 판사는 사건이 법정에 왔을 때 재판하는 사람이지, 길거리에 나가서 악당을 물리치는 배트맨이 아니야. 그리고 리베이트, 과잉 진료 같은 문제는 국가 전체적으로 환경이 바뀌어야 손을 볼 수 있는 거지 일개 판사 혼자서 바꿀 수 있는 게 아니야. 게다가 성모병원이잖아. 우리나라에서 제일 센 곳이 어딘지 아나? 재벌보다 더 센 데가 어딘지 알아? 종교 단체야. 섣불리 덤볐다가는 하판사가 다쳐. 다 하판사를 위해서 하는 말이야."

지원장은 내가 우동규를 고소해서는 안 되는 법률적인 이유를 몇 가지 더 들었다. 수년 전에 이미 끝난 사건인 만큼 입증해내기가 어렵고 유죄가 되더라도 벌금 정도밖에 더 나오겠느냐고 했다. 그러면서 우동규가 처벌을 받는다고 해서 돌아가신 어머니가 살아 돌아오시는 것도 아니지 않느냐고 덧붙였다.

그러나 나는 지원장의 말에 동의하기 어려웠다. 이 사건은 과잉 진료가 아니라 사기 진료였다. 벌금형만 나올 사안이라는 것도 수긍하기 어려웠다.

나를 위해 하는 이야기라는 말도 의심스러웠다. 지원장은 그해 승진 심사를 앞두고 있었다. 주변에서는 누구도 지원장이 승진할 가능성이 없다고 보았지만 오직 지원장 본인만은 예외였다. 자신이 국회의원 선거에 나가면 쉽게 당선되었을 것이라거나 행정고시를 쳤으면 진작 장차관을 했을 것이라는 말도 곧잘 하는 사람이었다. 지원장은 그 사건이 자칫 크게 불거지면 자신의 승진에 나쁜 영향을 줄 수 있음을 우려해서 서둘러 봉합하려는 것 같았다.

이 사건이 불거지면 지원장뿐만 아니라 나의 경력에도 장애가 생길 가능성이 높았다. 보수적인 법원에서는 경위야 어떻든 간에 법관이 경찰에 고소를 하면 달갑지 않은 돌출 행동으로 볼 것이다.

신해시라는 지역 또한 여간 말이 많은 곳이 아니라는 점도 신경이 쓰였다. 신해시 출신의 현직 판사가 그곳에서 가장 잘나가는 의사를 고소한 이야기는 금세 도시 전체에 소문이 날 것이 뻔했다. 길바닥을 요란하게 굴러다니는 소문에는 구정물이 묻기 십상이었다.

인간에 대한 일말의 진중한 애정도 없으면서 남들 이야기는 시시콜콜한 허물까지 파헤치는 사람들의 입속에서 엄마가 수천 번 부관참시될 수도 있었다.

신해성모병원의 행정처장이 나를 막으려 했을 때는 화가 더 치밀어 오를 뿐이었지만, 지원장까지 끼어드니 머리가 복잡해지기 시작했다. 하지만 아들이 엄마를 죽인 불구대천의 원수가 누구인지 알면서도 그냥 넘어갈 수 있는 것인가? 게다가 우동규를 그대로 두면 앞으로 수천 명, 수만 명이 빨대가 꽂힌 채 그에게 건강과 재산을 흡입당할 개연성이 높았다. 비록 지원장은 판사가 길거리에 나가서 악당을 물리치는 배트맨이 아니라고 했지만 설사 배트맨이나 판사가 아니더라도 한 명의 시민으로서 그런 치명적인 불의를 보고도 모르는 척 눈을 감고 지나치는 것이 옳은 일인가? 나는 고소장을 완성하고도 송부할지를 결정하지 못했다.

집으로 돌아가 텔레비전을 보다가 문득 배트맨이 떠올라서 영화 「배트맨 비긴즈」를 찾아서 보았다. 내용은 이러했다. 고담시 최고 재벌의 아들인 브루스 웨인은 꼬마일 때 눈앞에서 부모가 강도의 총에 맞고 죽는 장면을 목격했다. 강도는 감옥에 갔지만 고작 십년 정도 지난 뒤 부패한 판사에 의해서 가석방으로 풀려나게 되었다. 법정에서 그 장면을 직접 지켜본 브루스 웨인은 벌떡 일어나 성큼성큼 법정 밖으로 나가 권총을 꺼내 들고 범인이 풀려 나오기를 기다렸다.

마침내 범인이 법정 문을 열고 밖으로 나왔다. 브루스 웨인은 권총을 빼 들고 그를 겨냥했다. 하지만 그가 방아쇠를 당기기도 전에 탕! 탕! 탕! 어디선가 총소리가 들리고 범인은 그 자리에서 쓰러져 죽어버렸다. 범인에게 원한이 맺힌 또 다른 누군가가 브루스 웨인보다 한발 앞서 총을 쏜 것이었다.

자기 손으로 복수를 하지 못한 브루스 웨인은 힘없이 돌아서서 여자친구 레이첼의 차에 올라탔다. 고담시의 검사인 그녀는 브루스 웨인의 손에 권총이 들린 것을 보고 그의 뺨을 때렸다. 철썩. 그리고 말했다.

"당신이 하려고 한 것은 복수지 정의가 아니야. 정의는 세상과의 조화지만 복수는 자기만족일 뿐이야."

그 이후 주인공은 세상과의 조화라는 정의를 구현하기 위해 배트맨이 되어 돌아왔다. 영화가 끝난 뒤에도 레이첼의 대사가 계속 질문을 던졌다. 내가 하려는 것은 정의가 아니라 자기만족일 뿐인가?

그 해답을 구하기 위해 나는 밤에 서연이에게 전화를 걸었다. 우동규와 있었던 일들을 이야기하고 경찰에 신고를 해야 할지 상의하고 싶었다.

"전화기가 꺼져 있어 소리샘으로 연결 중입니다."

한숨이 나왔다. 또 잠적한 모양이었다. 서연이는 아무 말 없이 짧게는 이삼 일, 길게는 열흘씩 잠적하곤 했다. 화도 내보고 그러지 말라고 사정도 해봤지만 변하지 않았다. 서연이가 왜 그러는지 도저히 이해가 되지 않았다. 잠적한 동안 어디에 갔었는지 물어보아도 서연이는 끝내 입을 열지 않았다.

서연이가 잠적을 하고 나면 내 마음은 전쟁터로 돌변했다. 곳곳에서 대포를 쏘고 수류탄이 쾅쾅 터졌다. 받지 않을 것을 알면서도 거듭 전화를 걸고 답이 없을 줄 알면서도 문자메시지를 반복해서 보냈다. 살갗이 벗어진 사람처럼 예민해지면서 서연이가 예전 남자친구를 만나 섹스를 하는 공상들이 바늘로 찌르듯이 나를 고문했다.

"삐 소리가 나면 녹음하시고 녹음이 끝나면 별표나 우물 정 자를 눌러주시기 바랍니다."

나는 삐 소리가 울린 후에도 한동안 아무 말 없이 긴 한숨만 내쉬다 말문을 열었다.

"이봐, 또 잠적한 거야? 너무하네. 나 오늘은 정말 힘들단 말이야. 너하고 이야기하고 위로받고 싶단 말이야. 그런데 왜 또 아무 말 없이 사라져버린 거야? 정말 너무하네."

할 말이 소진되자 나는 쩝쩝 입맛을 다시며 별표를 눌렀다.

"녹음되었습니다. 전송하시려면 별표를, 취소하시려면 우물 정 자를 눌러주십시오."

나는 잠시 고민하다가 우물 정 자를 눌렀다.

"취소되었습니다."

나는 수면제를 찾았다. 그러나 약통에는 이미 수면제가 남아 있지 않았다.

"아이 씨……."

욕이 새어 나왔다. 서연이가 지난번 잠적했을 때 수면제를 다 먹고 사놓는다는 것을 계속 깜빡 잊고 있었다. 수면제가 없다는 사실이 의식될 때마다 잠이 멀리 달아났다.

다음 날 점심시간에 수면제를 새로 처방받기 위해 효린이가 있는 병원을 찾아갔다. 처방전을 받은 다음 효린이와 함께 병원 앞 김밥집에서 간단하게 점심을 먹었다. 내가 우동규와 있었던 일들을 이야기하고 그를 경찰에 고소할 생각이라고 하자 효린이가 정색을 하면서 말렸다.

"신해성모병원은 신해시에서 가장 오래되고 큰 종합병원이야. 직원들만 천 명이 넘어. 신해시의 정치인들, 종교인들, 지역 유지들과 뿌리 깊게 연결되어 있어. 선배는 단지 의사 한 명이 아니라 그 많은 사람들과 싸워야 하는 거야. 이기기도 어렵고 이긴다 해도 선배가 다칠 거야."

"그렇다고 엄마의 원수를 눈앞에 두고 가만히 있을 수는 없잖아. 네 엄마가 당했다고 생각해봐. 그래도 그렇게 말할 거야?"

"선배가 다치면서까지 나서는 것을 과연 선배 어머니께서 원하실까? 선배 어머니 선배가 판사로서 성공하기를 바라지 않으셨어? 그런 일로 법원에서 미운털이 박히면 성공하기 어렵잖아."

나는 힘에 부쳐서 더 이상 그 이야기를 할 수가 없었다. 신해성모병원 행정처장은 그렇다 치더라도 지원장에 이어서 효린이까지 말리자 기운이 빠졌다. 나는 김밥을 입에 밀어 넣고는 초점 없이 창밖의 도로를 내다보면서 우물거렸다.

"선배, 수면제는 중독성이 있으니까 너무 의존하지 마."

"노력 중이야."

"공황장애는 좀 괜찮아?"

"그저 그래."

"선배, 좀 근본적인 해결 방법을 찾아보는 게 어떨까?"

"근본적인 해결 방법? 그게 뭔데?"

"정신분석을 좀 받아봐."

"정신분석?"

"프로이트나 융은 들어봤지? 사람들은 이성으로 모든 일을 결정한다고 믿지만 사실 대부분의 일은 무의식이 결정해. 의식은 마음의 빙산의 일각이야. 마음의 대부분은 의식 아래 가라앉아 있는 무의식이라고. 괜히 어떤 일이 하기 싫거나, 특별한 이유 없이 어떤 사람이 싫거나, 원치 않는 말이 입 밖으로 튀어나오는 것도 모두 무의식의 작용이야. 그 무의식을 들여다보는 것이 바로 정신분석이지."

"정신분석을 받으면 어떻게 되는데?"

"무의식에 뿌리 박힌 갈등들이 해소되어서 날아가버리지. 무의식은 시간과 논리가 통하지 않는 곳이야. 꿈속처럼 일의 시간적 선후가 뒤바뀌기도 하고 공간이 뒤죽박죽되기도 하지. 정신분석은 무의식에 존재하는 비논리적인 갈등들을 논리가 지배하는 의식 세계로 끄집어내는 거야. 그러면 마치 곰팡이를 햇볕에 내놓은 것처럼 무의식에 있던 갈등들이 증발해버리는 거지."

"그래도 그런 데까지 찾아가는 건 좀 그렇지 않아?"

"선진국에는 특별히 문제가 없어도 정신분석가나 심리치료사에게 정기적으로 상담을 받는 사람이 많아. 누구에게도 털어놓을 수 없는 비밀을 말할 수 있는 친구를 사는 거지. 나도 의대를 다니면서 정신분석을 받았어. 해보니 좋아서 선배에게도 권하는 거야."

"프로이트의 이론은 황당한 소설이라는 게 중론 아니야? 사람들을 죄다 변태 취급한다며? 정신분석가들이 그런다던데. '곰곰이 생각해봐. 넌 네 엄마를 겁탈하려고 했어. 너랑 네 아버지가 엄마를 놓고 경쟁을 했어.' 요즘엔 그걸 정말로 믿는 사람 별로 없잖아."

"그렇게 말하는 사람들 중에서 정신분석학 책을 한 권이라도 제대로 읽거나 정신분석을 직접 받아본 사람은 영 점 일 퍼센트도 안 될걸."

나는 조금 꺼림칙하면서도 호기심이 발동했다.

"마침 신해시에 제법 실력 있는 정신분석가가 있어. 노희진이라는 분인데, 서울에 있다가 남편이 지방 발령을 받는 바람에 신해시에 와 있어. 내가 말을 해놓을 테니까 한번 찾아가봐. 경찰에 고소를 할지에 대해서도 정신분석가와 상담을 해봐. 고소 문제는 그 뒤에 결정해도 늦지 않을 거야."

주말에 나는 효린이가 소개해준 정신분석가를 찾아갔다. 주택가에 있는 평범한 이 층 집이었다. 초인종을 누르자 톤이 낮은 사십대 여성의 목소리가 들렸다.

"누구세요?"

"아, 저는 효린이에게 소개받고 온 하지환이라고 합니다."

"아, 기다리고 있었어요. 곧장 이 층으로 올라오세요."

마당이 널찍했다. 계단을 따라 이 층으로 올라갔더니 그녀가 문

을 열어주면서 웃으며 인사했다. 소년처럼 짧은 머리와 치켜 올라
간 눈꼬리 때문에 성격이 강해 보였다. 이 층 거실은 서재처럼 꾸며
져 있고 잔잔한 클래식 음악이 흐르고 있었다. 일 층에서는 가족들
과 함께 살고 이 층에서는 정신분석을 하는 모양이었다. 그녀는 나
를 방 안으로 안내했다. 그곳에는 사람이 누울 수 있는, 길고 큰 의
자가 놓여 있었다.

"저 카우치에 앉으세요."

내가 카우치에 앉자 그녀는 카우치 머리맡에 있는 작은 나무 의
자에 앉았다. 그녀의 등 뒤로 큰 창문이 있었는데 대부분이 커튼에
가려져 방 전체가 어둑어둑했다. 대신 한쪽 구석에 주황색 등이 은
은하게 켜져 있었다. 벽에는 호수 한가운데 떠 있는 하얀 조각배 그
림이 걸려 있었다. 조각배에는 사람은 없고 노 두 개만 비스듬히 걸
려 있었다. 그녀는 내게 정신분석이 어떤 것인지 알고 있느냐고 물
었다.

"네, 효린이에게 설명도 좀 듣고, 오기 전에 책도 두어 권 찾아서
읽었습니다. 상당히 흥미로웠습니다."

"정신분석은 구경하는 입장에서는 흥미로울지 몰라도 직접 받는
입장에서는 매우 고통스러운 작업이에요. 의식이 도저히 감당할 수
없어서 수십 년 동안 피해 다니던 감정과 갈등을 직면해야 하니까
요. 그런데 무슨 일로 정신분석을 받으시려는 건가요?"

"공황장애를 앓고 있습니다. 여자친구가 있는데 잠적할 때마다
불안해져서 불면증도 겪고요. 엄마가 의사에게 사기를 당했고 결
국 그 때문에 돌아가셨다는 것을 최근에 알게 되었는데 그놈을 경

찰에 고소할지 말지도 고민 중입니다. 배트맨의 여자친구가 그러더군요, 정의는 세상과의 조화지만 복수는 자기만족일 뿐이라고."

말을 뱉고 나니 그녀의 눈에 내가 배트맨의 여자친구와 대화하는 망상을 가진 사람으로 보일 수 있다는 생각이 들었다.

"아, 그건 어젯밤에 본 「배트맨 비긴즈」라는 영화에 나온 이야기입니다."

그녀는 아무런 대꾸를 하지 않았다.

"그런데 분석은 얼마나 오래 걸리나요?"

"사람마다 다르기 때문에 정해진 기간은 없어요. 짧게는 육 개월도 하지만 이삼 년씩 하는 경우도 많습니다."

"사실 제가 정신분석을 장기적으로 할지에 대해서는 확신이 없는 상태입니다. 오늘 그냥 시범적으로 분석을 한번 받아볼 수 있을까요?"

"그건 곤란합니다. 장기간 치료받을 결심이 서지 않았다면 시작하기 어렵습니다. 조금 하다 마는 것은 외과 의사가 개복만 해놓고 나머지 수술을 내팽개치는 것과 같지요."

뜻밖에도 그녀가 거절하자 당황스러웠다.

"그렇지만 분석을 해보지도 않고 어떻게 긴 시간 동안 계속할지를 결정할 수 있나요?"

"그건 서로의 무의식이 결정하지 않을까요?"

"그렇군요. 잘 알겠습니다."

나는 자리에서 일어났다. 오려면 오고 말려면 말라는 식의 태도가 거슬렸다. 고객의 제안을 딱딱하게 거절한 것도 융통성이 없어

보였고, 그렇게 처신이 미숙한 사람이 정신분석을 제대로 할 수 있을지 의문이 들었다. 왠지 상담 내용도 누설할 것 같았다.

정신분석가를 만나고 돌아온 후 나는 자전거를 타기 시작했다. 신해시에 살 때 자전거 타기는 거의 유일한 낙이었다. 출퇴근을 자전거로 하면서부터는 자전거에서 해가 뜨고 자전거에서 해가 졌다. 자전거를 타고 아침 공기를 얼굴로 가르면 새로 산 베개에 얼굴을 비비는 것처럼 상쾌했다. 페달을 열심히 밟으면 서서히 움직이는 산의 그림자도 내 힘으로 옮기는 것 같은 착각이 들었다. 대로에서는 숨이 넘칠 때까지 전속력으로 달렸고 좁은 골목에서는 음악을 들으며 산책하듯 탔다. 경비행기를 모는 생텍쥐페리가 된 기분으로, 오르막에서는 별을 향한 비상을, 내리막에서는 대지로의 짜릿한 추락을 시도했다.

그러는 사이 자전거는 어느새 공동묘지로 들어서고 있었다. 양지바른 언덕 위에 줄을 맞추어 늘어선 무덤들은 햇빛 속에서 삶의 과거를 말리고 있는 것 같았다. 저녁 어스름이 깔리면서는 무덤들이 각자의 과거를 태우다 막 꺼져버린 키 작은 촛불처럼 느껴졌다. 자전거는 무덤들 사이를 굽이굽이 헤집으며 엄마를 찾고 있었다. 그 많은 사람들 가운데 나 홀로 살아서 움직인다는 사실이, 숱한 사람들을 곁에 둔 채 홀로 죽어가기라도 하는 것처럼 묘하게 억울했다. 불현듯 내가 죽은 사실을 모르는 채 떠돌고 있는 귀신이 아닐까 의심이 들었다.

나는 엄마의 무덤 앞에 자전거를 세웠다. 소주병을 꺼내 잔을 올리고 절을 했다. 엄마 생전에는 절을 하지 않았기에 할 때마다 어색했다. 한 잔은 무덤 위로 뿌리고 다른 한 잔은 내가 마셨다. 잔이 몇 순배 돌았지만 어색함은 가시지 않았다.

"땡땡땡땡땡땡땡땡." 화물 기관차가 콧소리를 내면서 달려오는 환상이 시작되었다. 숨이 막히고 심장이 벌렁거리고 어지러워졌다. 나는 엄마의 무덤에 비스듬히 몸을 기대 앉았다. 몸은 무덤 아래로 가라앉고 영혼은 하늘로 떠오르는 기분이 들었다. 화물 기관차가 지나쳐 가고 공황장애 증상이 가라앉은 후에도 나는 그대로 송장처럼 누워 있었다. 등으로, 풀에 남아 있는 온기와 흙의 냉기가 각기 살아서 전해졌다. 시선의 붓으로 어둑한 하늘 위에 의미 없는 그림을 그리다 불쑥 물어보았다.

"엄마, 복수를 원해요?"

서늘한 바람 한 줄기가 코끝을 스쳐 지날 뿐 아무런 답이 없었다. 불현듯 무덤 속으로 파고들고 싶어졌다. 무덤 속은 의외로 따뜻하고 안온할지 모른다는 생각이 들었다.

자리를 털고 일어나 무덤을 향해 돌아서자 나는 그대로 비석이 되었다. 나의 몸에 엄마의 입김이 새겨놓은 비문을 읽어보았다. 엄마는 내게 판검사가 되어서 한을 풀어달라고 했다. 나는 그 말을 판검사가 되라는 말로만 들었지 판검사가 된 이후에 한을 풀어달라는 의미로 해석해본 적은 없었다.

언덕을 내려오는 길에는 엉덩이를 들어 올린 채 전속력으로 페달을 밟았다. 머리카락이 흩날리고 옷깃이 펄럭였다. 살아 있다는 느낌이 들었다.

다음 주 월요일이 되기를 기다려 나는 신해경찰서를 직접 찾아가 작성해놓은 고소장을 제출했다. 그리고 얼마 후 고소인 조사를 받았다. 그때 처음으로 손지은 경위를 만난 것이었다. 간단한 진술을 마치고 마지막으로 조서에 지장을 찍으면서 내가 그녀에게 말했다.

"좁은 고향 도시에서 판사가 경찰에 고소를 한다고 이런저런 뒷말이 나올까 봐 좀 걱정이 되네요."

그러자 그녀는 조금도 지체하지 않고 말했다.

"깡패를 동원하는 것도 아니고 경찰에 적법하게 신고하는 건데 판사든 도지사든 대통령이든 무슨 상관이 있나요?"

나는 뜬금없이 배트맨의 여자친구 레이첼의 대사까지 끄집어냈다.

"세상과의 조화가 아니라 자기만족을 위한 것이 아닐까 해서……."

"세상과의 조화든 자기만족이든 간에 나쁜 짓을 한 사람이 벌을 받는 게 정의 아닌가요?"

강단 있는 그녀의 그 말은 당시 내가 받은 유일한 지지이자 위로였다.

신해경찰서에서 집으로 돌아오는 길에 효린이한테 전화가 왔다.

"선배, 어디야?"

"신해경찰서에 막 고소장 접수하고 돌아가는 길이야."

"뭐, 벌써? 왜 그랬어? 정신분석 받으면서 생각 좀 해보지."

효린이의 목소리가 갑자기 커졌다가 차츰 늘어졌다. 적지 않게 실망한 듯한 말투였다.

"정신분석 받아봤는데 나한테는 잘 안 맞는 것 같아."

"참고 좀 더 해보지 그랬어."

나는 효린이가 마치 아내라도 되듯이 간섭하는 것에 짜증이 나서 빨리 전화를 끊고 싶었다.

"지금 운전 중이라 나중에 전화할게."

그날 나는 효린이에게 전화하지 않았다.

권총

신해경찰서 입구에 택시가 멈춘다. 널찍한 마당에는 노란색과 파란색 줄무늬가 그려진 경찰차가 줄지어 서 있고 담벼락을 따라 나무들이 제복을 입은 보초처럼 서 있다. 나는 현관 앞에서 손지은에게 전화를 건다.

"손경감님, 저 이제 막 경찰서 현관에 도착했어요."

"아, 지금 나갈게요."

경찰서 현관문이 삐거덕 열리고 회색 근무복을 입은 손지은이 웃는 얼굴로 내 앞에 선다. 큰 키가 마른 몸매 때문에 더 커 보인다. 긴 생머리를 잘라내고 파마를 한 것이 왠지 아쉽다. 이 사건 때문에 과로를 하는지 얼굴이 초췌하지만 혈색은 나쁘지 않다.

우리는 반갑게 웃으며 인사를 나눈다.

"저 때문에 퇴근도 못 하고 계속 일하시는 거 아닌가요?"

"아니에요. 우리는 사건이 안 끝나면 퇴근도 없어요, 하하하."

그녀는 나를 사 층 수사과로 안내하고는 소파에 앉히고 냉장고 문을 열며 묻는다.

"하판사님, 뭐 드시겠어요? 커피? 오렌지 주스?"

"전 그냥 따뜻한 물 한 잔 주세요."

"오케이! 저는 커피."

그녀가 두 개의 머그잔을 들고 와 내 앞에 마주앉는다. 우리는 잠시 서로의 안부를 묻다가 곧 본론으로 들어간다.

"동혁이의 시체는 어디서 발견되었나요?"

"일하던 화장장 숙소에서요."

"어떻게 죽었나요?"

"권총에 맞아서 죽은 것 같아요. 권총이 바닥에 떨어져 있고 총알이 황동혁 씨의 복부를 관통했어요. 사체가 발견된 현장 사진을 보여드릴까요?"

동혁이의 사진을 보아야 하는가. 재판을 하면서 시체 사진을 적잖이 보아왔지만 동혁이의 사진을 보는 것은 망설여진다. 그러나 대답을 하기도 전에 손지은이 책상으로 가더니 사진들을 가지고 온다.

사진 속 동혁이의 숙소는 열댓 평 정도 되는 아파트이다. 거실에는 소파가 기역 자로 배치되어 있고 텔레비전, 싱크대 외에 낯익은 사 단짜리 낡은 전축이 있다. 나는 사진 속 동혁이의 숙소에 가본 적이 있다. 그곳에서 턴테이블에 퀸의 레코드판을 올려놓고서 동혁이와 술을 마셨다. 술에 취하자 동혁이가 권총을 꺼내 보여주었다. 그는 권총을 남자의 성기처럼 세워놓고는 핥는 시늉을 하며 히죽거렸다.

사진 속 전축의 유리는 깨져 있고 그 앞에 유리 조각들이 흩어져 있다. 전축에서 「보헤미안 랩소디」가 흘러나오는 것처럼 환청이 들린다.

So you think you can stone me and spit in my eye.

So you think you can love me and leave me to die.

Oh, baby, can't do this to me baby.

Just gotta get out, just gotta get right out of here.

그래서 네가 나에게 돌을 던지고 내 눈에 침을 뱉을 수 있다고 생각해?

그래서 네가 나를 사랑하고도 죽게 내버려둘 수 있다고 생각해?

이봐 자기, 내게 이럴 수는 없는 거야.

곧 빠져나갈 거야, 여기서 곧바로 나갈 거야.

동혁이는 가장 큰 소파 위에 비스듬히 앉은 채로 죽어 있다. 고개를 젖히고 입을 벌린 채 눈꺼풀은 반 정도 벌어져 흰자위만 번들거린다. 하얀 와이셔츠 위에 복부를 중심으로 검붉은 핏자국이 구겨진 넥타이처럼 흘러 있다. 거실 바닥에는 손잡이만 검은색이고 총신은 은색인 권총이 한 자루 떨어져 있다. 탄창은 불룩한데 총열은 짧다.

"전축 유리가 깨져 있고 소파들도 나뒹구는 것을 보면 동혁이가 누군가와 몸싸움을 한 것 같네요. 권총에 다른 사람의 지문은 없던가요?"

"없었어요. 오직 황동혁 씨 지문만 있었어요. 그것도 자살이라는 충분한 증거는 되지 못하죠. 누군가가 장갑을 끼고 총을 쏜 다음에 황동혁 씨 지문을 총에 묻혀놓았을 수도 있으니까요."

"발자국은요? 다른 사람 발자국은 없었나요?"

"발자국이 여러 개 있었어요. 이 숙소를 황동혁 씨만 쓴 것이 아니라 다른 직원들도 수시로 들락거린 모양이에요. 물론 그들의 행적도 조사하고 있어요."

"핏자국이 바닥의 다른 곳에도 떨어져 있네요."

"맞아요. 핏자국은 숙소 근처 포도밭에서 시작되어 집 안까지 이어져 있었어요. 발포는 포도밭에서 되었고 황동혁 씨가 부상을 입은 채 집 안까지 들어왔다는 뜻이죠."

나는 한 손으로 입을 감아쥐고 생각에 잠긴다. 손지은이 말을 잇는다.

"판사님도 자살이라 보기엔 좀 이상하다고 생각하시죠? 자살을 하려고 했으면 그냥 집에서 쏘면 되지 굳이 포도밭에서 총을 쏘고 집까지 걸어 들어와서 죽을 필요가 있었을까요? 그 포도밭은 황동혁 씨의 숙소에서 약 백 미터나 떨어져 있거든요. 그리고 자살을 하려면 머리나 심장처럼 치명적인 부위를 쏘면 되는데 왜 굳이 복부를 쏘았냐는 거죠."

"누군가가 포도밭에서 동혁이를 쏘았고 동혁이는 피를 흘리며 집으로 도망쳤다는 뜻이군요."

"그렇죠. 그 누군가가 따라 들어왔을 수도 있고, 아닐 수도 있고. 권총에 지문이 남지 않도록 장갑을 꼈을 테고요."

"살인이라면 우발적인 살인은 아니겠군요. 혹시 우동규의 흔적은 없었나요?"

"그렇지 않아도 우동규 과장이 의심돼서 그의 행적을 알아보라고 수사관을 보내놓았어요. 혹시 우동규 외에는 짚이는 사람이 없나요?"

그렇게 질문을 던져놓고서 그녀의 눈동자가 어둠 속을 비추는 서치라이트처럼 나의 눈동자를 살핀다. 나는 고개를 젓는다.

"전혀 없어요."

"그건 그렇고, 사망 추정 시간인 어젯밤에 황동혁 씨가 판사님에게 전화를 걸었더군요."

"네."

"어제만 정확히 일곱 통 걸었어요."

"네."

"그런데 판사님은 처음 한 통을 받고서 십 분 정도 통화한 다음 그 뒤로는 한 통도 받지 않으셨더군요. 그 전 일주일 정도는 거의 매일 통화를 했는데도 불구하고요."

"네."

"왜 그러신 거죠?"

"좀 부담스러웠어요."

"뭐가요?"

"담배 한 대 피워도 되나요?"

"네, 그러세요."

나는 담배를 꺼내어 문다. 담배 연기를 내뿜자 동혁이의 목소리가 들리는 듯하다. 손지은은 책상으로 가서 컴퓨터 앞에 앉아 내 말을 받아 적을 준비를 한다. 키보드를 두들기는 소리가 신경을 예민하게 자극한다. 나는 그녀에게 그동안 동혁이와 있었던 일화들을 들려주기 시작한다.

　중학교를 졸업하고 나와 동혁이는 서로 다른 학교에 진학하게 되었다. 고등학생이 된 후에도 우리는 틈틈이 만나서 같이 음악을 듣거나 목욕을 하거나 당구를 쳤지만 서서히 그 횟수가 뜸해졌다. 이후 내가 서울로 대학을 가면서 고교만 졸업하고 신해시에서 이런저런 일을 하기 시작한 동혁이와 거의 연락이 끊기게 되었다. 엄마의 장례식에서 우연히 만났지만 그 후에 다시 연락이 끊겼다.

　그러다 재작년 내가 신해지원에 근무하던 어느 날이었다. 판결문을 쓰고 있는데 수위실에서 전화가 왔다.

　"판사님, 황동혁이라는 사람이 판사님과 친구라면서 뵙겠다고 하는데요."

　"네, 제 친구 맞습니다. 어서 들여보내주세요."

　동혁이는 양복을 말끔하게 차려입고 나타났다. 엄마의 장례식 이후 삼 년 만에 본 것인데도 십 년은 더 지난 것처럼 동혁이의 얼굴은 나이 들어 보였다.

　"하지환 판사님, 반갑수다!"

　동혁이는 장난스럽게 히죽거리면서 양팔을 쭉 벌린 채 포옹을 청했다. 나는 다가가서 손을 내밀어 악수만 했다.

　"야, 나는 법원, 검찰 이런 데 들어오면 괜히 기분이 찝찝하고 솔직히 겁난데이. 가슴이 아 있나, 두근두근한데이."

동혁이는 손바닥을 가슴에 가져다 대고 심장이 뛰는 시늉을 과장되게 해 보였다.

"오늘 결혼식이라도 가는 거가? 쫙 빼입었네."

"아니, 결혼식은 무슨. 내가 결혼식에 갈 때 이렇게 쫙 빼입고 가는 줄 아나? 오늘 하판사님 모처럼 뵙는다고 꽃단장 좀 했지."

"영광이네."

"내가 영광이지. 야, 근데 니는 여기 내려왔으면 연락을 해야지 와 아무런 연락을 안 했노?"

"내가 연락처를 잃어버려서. 니 생각은 했는데 미처 연락을 못 했네."

"허긴 나도 너거 어머니 장례식 때 받은 전화번호로 몇 번 걸어 봤는데, 전화번호가 바뀐 것 같더라고."

동혁이가 명함을 내밀었다. 검은색 띠가 둘러진 특이한 명함이었다. 직함은 이사로 되어 있었다.

"회사 전체에서는 이산데 화장장에서는 사장이다. 혹시 니 주변에 갈아버리고 싶은 놈 있으면 언제든 말해라. 쥐도 새도 모르게 깔끔하게 삭제해줄 수 있다. 원래 사람 죽이는 건 일도 아닌데 시체를 없애는 게 보통 일이 아니거든. 다 그걸 못 해가 경찰에 잡히는 거거든. 물에 처넣으면 떠오르고 땅에 묻어도 썩는 냄새 때메 파리가 끓고. 근데 화장을 해뿌면 제일 깔끔하지."

그런 말을 하면서 동혁이가 두 손을 맞잡고 비비는데 막 누군가를 죽여서 태워버리고 손을 터는 것 같아 섬뜩한 기분이 들었다.

동혁이의 하얀 와이셔츠 소매 밑으로 파란 문신이 어른거렸다. 나는 신해시에서 판사로 일하는 동안에는 가깝게 지내기 어렵겠다고 생각했다.

"판사님, 오늘 저녁에 시간 되나? 모처럼 만났는데 소주 한잔 해야지?"

"아, 내가 할 일이 많아. 신참이라 퇴근도 먼저 하기 좀 그렇고. 나중에 시간 나면 연락할게."

그렇게 핑계를 대고 그를 피했다. 다음 날에도, 다음 주에도, 다음 달에도 동혁이가 술을 마시자고 전화를 해 왔지만 엇비슷한 핑계를 대면서 거절했다. 그러다 어느 날에는 동혁이가 내게 전화를 걸어 청탁을 해 왔다.

"하판사, 내가 아는 선배가 신해경찰서에 잡혀 있거든. 친구야, 니가 경찰서에 전화 한 통만 해줄래?"

시골이다 보니 아직도 판사가 경찰이 수사하는 사건을 좌지우지할 수 있다고 믿는 모양이었다. 나는 요즘 세상에 판사가 경찰서에 전화해서 사건 청탁을 하는 경우는 없다며 그가 생각하는 만큼 판사가 힘이 세지 않다고 말했다. 그러자 동혁이는 마치 의외의 일격을 당하기라도 한 것처럼 수화기 너머에서 잠시 침묵했다. 그러고는 오랫동안 연락하지 않았다.

그러다 동혁이가 다시 연락을 한 것은 반년 이상 지난 어느 날이었다. 불쑥 전화를 한 동혁이는 그날 꼭 만나고 싶다더니 퇴근 시간에 차를 몰고 법원 앞으로 나를 데리러 왔다. 검고 큰 그의 승용

차에 오르자마자 동혁이는 내게 묻지도 않고 유흥업소가 모여 있는 구역으로 차를 몰았다.

"룸살롱은 안 간다. 그냥 삼겹살에 소주나 하자."

내가 그렇게 말하자 동혁이는 과장되게 껄껄 웃으면서 대꾸했다.

"판사님, 김칫국부터 마시는 거 아입니꺼? 누가 좋은 데 간다카덩교?"

그렇게 말하면서도 동혁이는 기어코 룸살롱 마당에 차를 세웠다. 동혁이가 차에서 내리자 부하들인지 룸살롱 직원인지 모를 양복 입은 건장한 청년 서넛이 허리를 직각으로 꺾어서 인사했다. 그 청년들에게 둘러싸여 끌려가다시피 안으로 들어가면서 나는 동혁이에게 말했다.

"여자 부르면 그냥 간다."

"판사님, 또 김칫국 마시시네. 누가 여자 불러준다 카덩교?"

동혁이는 방에 앉아서 양주 병을 열더니 내게 스트레이트 잔을 내밀었다.

"친구야, 너무 신선 세계에만 있지 말고 땅 위로 내려와서 우리 좀 자주 만나자. 우리 친구 아이가."

동혁이는 윙크를 찡긋해 보이면서 내 잔에 술을 따랐다. 잔을 부딪치고 나서 그는 스트레이트 잔에 있는 양주를 한입에 털어 넣었다. 술이 몇 잔 돌고 나자 동혁이가 웨이터를 불렀다.

"시아씨 잘된 년으로 두 명 넣어봐라."

그 말에 나는 자리에서 일어났다.

"하판사, 어디 가노?"

대답을 하지 않고 문을 열고 나가려는데 동혁이가 번개처럼 다가와서 내 팔꿈치를 움켜쥐었다. 씨름 선수의 손아귀에 샅바가 잡힌 것처럼 억센 힘이 느껴졌다. 그때 문이 열리고 웨이터와 여자 종업원들이 들어왔다. 그들은 일어서서 실랑이를 벌이는 우리를 빤히 쳐다보았다.

　"일단 앉아라."

　동혁이가 히죽거리면서 말했지만 나는 정색을 하고 말했다.

　"손 놔라."

　그런데도 동혁이는 웃으면서 나를 껴안아서 자리에 앉히려고 했다. 그 순간 나도 이해할 수 없을 정도로 화가 머리끝까지 치밀어 단번에 손을 뿌리치고 동혁이를 떠밀어버렸다. 어디서 그런 힘이 솟아났는지, 동혁이가 갑자기 뒤로 떠밀리면서 테이블 위로 넘어졌다. 동혁이의 얼굴에서 웃음이 사라졌다.

　"미안하다, 지환아."

　그는 그렇게 말하고는 웨이터와 여자 종업원을 모두 내보냈다. 동혁이는 내게 잔을 내밀었고 나도 미안한 마음에 자리에 앉아서 잔과 술을 받았다. 서먹해진 분위기 속에서 동혁이는 일부러 과장되게 밝은 목소리로 이런저런 재미있는 이야기를 하려고 노력했다. 특히 화장터에서 일하면서 생긴 무섭거나 웃긴 에피소드들을 들려주었다. 술이 돌면서 목소리가 점차 커졌다.

　"그런데 니 어데 글그치는 놈 진짜 없나? 깔끔하게 묻고 싶은 놈 있으면 말해봐라."

　그때 우동규의 얼굴이 떠올랐지만 말을 하지는 않았다.

"지환아, 내가 니 누구 없애고 싶은지 다 알고 있다. 물어주까?"

나는 녀석이 뭔가를 알고 저렇게 말하나 싶어 그의 눈빛을 살폈다.

"묻고 싶은 놈이 하나 있다."

"누구?"

동혁이가 내 눈빛을 유심히 살피며 말했다. 중학생 때 나를 괴롭히던 놈을 손봐주기 전에 나를 쳐다보던 눈빛이었다.

"나 자신."

"에이 씨, 확 진짜 화장터에서 갈아뿔라."

동혁이는 잠시 낄낄거리면서 웃더니 갑자기 정색을 했다.

"안 그래도 내한테 니 갈아달라고 찾아온 놈이 있었다."

이번에는 내가 정색을 했다.

"누가?"

"그건 나도 모른다. 오더는 고객한테 다이렉트로 받는 게 아니라서. 나는 못 한다 했지만 내가 아니라도 딴 놈 시킬 수도 있으니까 니가 걱정돼서 함 보자 했다."

그 누군가는 두말할 나위 없이 우동규일 것이다. 내가 당하기 전에 먼저 수를 써야 하는 것인가? 그것은 정의가 아니라 복수에 지나지 않는 것인가? 정의의 추는 남의 일을 구경하는 제삼자의 저울 위에서나 무게를 가질 수 있는 것이다. 막상 자신이나 자신의 가족의 목숨이, 밥줄이 걸렸을 때는, 복수의 추 반대편에서 저울질되는 것은 그로 인해 자신이 치러야 하는 대가뿐이다. 그날 술을 아무리 마셔도 좀처럼 취하지 않았다.

그로부터 며칠 뒤 동혁이 아버지의 부음을 들었다. 동혁이의 아버지는 옛날 나와도 이야기를 제법 나누었고 나를 예뻐해준 분이라 나는 애틋한 애도의 감정에 젖었다. 그런데 동혁이가 내게 "친구야, 니 판사님 직함 넣어가 화환 하나만 보내줄래?"라고 부탁했다. 나는 당황스러웠다. 초임 판사가 자기 이름으로 화환을 보내는 것은 꼴사나운 일이었다. 나는 화환을 보내는 것은 어렵고 장례식에는 곧 가겠다고 말했다. 그때도 수화기 너머로 잠시 어색한 침묵이 흘렀다.

　장례식장에서 서로의 근황을 이야기하다가 나는 우동규 사건 이야기를 했다. 그러자 동혁이는 자신의 아버지도 우동규에게 오랫동안 류마티스 치료를 받았다고 했다. 나는 고개를 갸웃거리면서 말했다.

　"너거 아버지 손가락은 류마티스 관절염 환자의 손가락 모양이 아니었는데."

　그 말에 동혁이는 나보다 더 격분했다. 당장 우동규의 병원으로 쳐들어갈 기세였다. 나는 자칫하다가는 약점을 잡힐 수 있으니 적법한 절차들을 밟아보자고 설득했다. 동혁이는 나중에 경찰에 다른 피해자들의 대표로서 고소를 했을 뿐 아니라 보건소 등에도 민원을 넣어서 진상 조사와 우동규의 처벌을 요구했다.

　"그런데 그 모든 것이 동혁이가 원하는 대로 처리되지 않았어요. 급기야 동혁이는 「현장수첩」 피디한테까지 그 사건을 제보했어요. 그런데 「현장수첩」에서 잔뜩 취재를 하고 방송 날짜까지 잡았는데 열흘 앞두고 갑자기 방송을 취소했어요. 그래서 동혁이가 상심에 빠졌고요. 며칠 전부터는 매일같이 제게 전화해서는 어떻게 좀 해달라고, 우동규를 해결해달라고 졸랐어요."

"해결한다는 건 무슨 뜻인가요?"

"저도 잘 몰라요. 동혁이가 그냥 그렇게 말했어요. 감옥에 넣어달라거나 하는 뜻이었는지 모르죠. 동혁이는 원래 저를 실제 이상으로 대단한 사람이라고 믿어왔어요. 게다가 판사는 아무나 감옥에 넣을 수 있는 사람인 줄 착각을 하고 있었지요. 저는 그게 그렇게 쉬운 일이 아니라고 했지만 믿으려고 들지 않았어요. 며칠 전부터는 스토커처럼 제게 매달렸고 저도 지쳐서 어제는 전화를 받지 않은 거예요."

"「현장수첩」 방송이 취소된 이유는 뭔가요?"

"동혁이 말로는 다른 류마티스 전문의들이 카메라 앞에서 우동규가 엉터리로 진료했다는 진술을 하려고 나서질 않았기 때문이라고 했어요. 좁은 류마티스 전문의 세계에서 우동규와의 친분도 있고 그 의사들 중에도 우동규처럼 약을 처방하는 경우도 왕왕 있기 때문이라고 들었어요. 그 때문에 동혁이가 많이 낙심했죠. 마지막으로 통화를 했던 어젯밤에도 방송이 취소되어 짜증이 난다, 희망이 없다고 했어요."

"그런데 황동혁 씨는 정말 살인 청부업자였나요?"

"글쎄요, 그건 모르겠어요. 그 녀석 특유의 허풍일 수도 있고."

"황동혁 씨가 자기 손으로 우동규를 죽여버리겠다는 말은 하지 않았나요?"

"그런 말은 전혀 없었어요."

"황동혁 씨의 숙소에 가본 적은 있나요?"

"아니요, 없어요."

"그럼 황동혁 씨에게 총이 있는지 없는지는 모르나요?"

"네, 그건 몰라요."

다라라라라락. 키보드 위를 오가는 그녀의 손놀림이 빠르고 경쾌하다.

"이걸로 하판사님에 대한 조사를 끝내야겠네요."

잠시 후 프린터가 징하고 울리면서 진술조서 초안이 출력된다. 나는 그것을 금세 읽고 지장을 찍는다.

"판사님은 오늘 어디서 주무세요?"

"이제 알아봐야죠. 동혁이 장례식장에서 눈을 좀 붙일 수도 있고, 신해바닷가 근처 모텔에서 잘까도 생각 중이에요."

"신해바닷가 근처로 가시면 제가 태워드릴게요. 저희 집이 거기서 가까워요."

그 사건의 기억

    나는 문밖 어두운 복도에서 손지은을 기다린다. 비상구등만 희미한 불빛을 뿜어내고 있다. 잠시 후 그녀가 사복 차림으로 나온다. 회색 정장 치마에 검은색 재킷을 걸치고 속에는 몸매가 드러나는 짙은 보라색 티셔츠를 받쳐 입고 있다. 옷을 바꾸어 입으니 딴사람 같다. 경찰서 마당으로 걸어가면서 그녀가 자동차 열쇠를 꺼낸다. 흰색 소형 승용차 양쪽의 노란색 등이 깜빡거리며 잠금장치 열리는 소리가 난다. 조수석에는 희고 큰 개의 털가죽 같은 시트가 덮여 있다.

    "차가 예쁘네요. 냄새도 좋고."

    "경찰차 같을 줄 아셨어요? 저도 퇴근을 하면 경찰이 아니라 사람이 된답니다."

    차를 출발시키면서 그녀가 말한다.

    "저도 「현장수첩」에서 연락을 받았어요. 피디와 작가가 우동규 사건을 취재하겠다면서 저를 찾아오기도 했고요. 방송이 안 나와서 궁금해하고 있었는데, 그게 결국 취소되었군요."

"아, 손경감님도 그 피디와 작가를 만나셨군요. 그분들이 저도 찾아왔었어요. 혹시 피디는 불독같이 생긴 남자고, 작가는 군인 같은 포스가 나는 젊은 여자분 아니던가요?"

"맞아요, 맞아. 하하하."

그녀는 맞장구를 치고 한바탕 웃더니 그 사건 이야기를 끄집어낸다.

"그 사건을 수사하는 동안에도 수사가 끝나면 하판사님과 한번 만나서 사건 뒷이야기들을 편하게 해보고 싶다는 생각을 몇 번 했어요."

"저도 마찬가지였어요. 손경감님과 그 사건에 관해 이런저런 이야기를 나누고 싶었어요. 제겐 살면서 가장 힘든 일이었거든요. 그때 수사 과정은 어땠는지 궁금한 것도 많고. 신해시에 다시 오면 손경감님을 한번 찾아봬야겠다고 생각했는데, 떠나고 나니 막상 다시 와지지가 않더군요."

화제는 자연스럽게 그 사건으로 옮아가고 나는 고소장을 넣은 직후의 이야기부터 하기 시작한다.

신해경찰서에 고소장을 넣고 나자 주변 사람들이 찾아와 우동규와 합의를 해주고 고소를 취하해달라고 요청했다. 신해지원에서 근무하는 동료 판사도 자신과 사법연수원 같은 반이던 변호사를 통해 부탁을 받았다면서 우동규에 대한 고소를 취하하면 경제적으로 넉넉하게 보상하겠다는 말을 전해 왔다. 나는 동료 판사에게 우동규가 어떤 짓을 했는지 설명해주었고, 그 판사는 듣고 보니 자기가 우동규에게 더 화가 난다면서 자기 말은 못 들은 것으로 하라고 했다.

인근 도시에서 일하는 고교 선배인 정봉석 변호사도 나를 찾아와서 자신의 지인의 지인의 지인이 우동규와 아는 사이라면서 고소 취하와 합의를 요구했다.

"형님, 더 이상 길게 이야기하실 필요 없습니다. 전 합의할 생각이 없습니다."

"에헤이, 하판사. 그렇게 까칠하게 굴지 마소. 이 사건 오래가면 좁은 동네서 시끄럽고 하판사한테도 좋을 게 없어. 돈 준다고 할 때 받고 끝내는 게 피차 좋은 거 아니야? 그냥 나한테 맡겨봐. 내가 알아서 최대한 많이 받아줄 테니까."

"이건 돈 문제가 아닙니다."

"우동규가 또 사기 칠까 봐 그러는 거지? 걱정 마. 이번에 식겁했으니까 앞으로는 진짜 류마티스라도 류마티스가 아니라고 할걸."

평소에 말을 거칠게 하는 정봉석 선배는 이례적으로 부드럽고도 친절하게 같은 이야기를 반복했다. 나를 설득하면 우동규한테 성공 보수를 받는 모양이었다.

어느 날에는 우리나라 최대 로펌의 변호사가 신해시까지 나를 찾아왔다. 그는 우연히 자기 친구의 친구인 우동규를 만나게 되었는데 우동규로부터 이 사건을 원만하게 해결할 수 있도록 도와달라는 요청을 받았다고 말했다.

"저는 돈을 받고 사건을 수임한 것이 아닙니다. 단지 법조계 선배로서, 인생의 선배로서 하판사님을 도와드리고 싶어서 찾아왔습니다. 우동규도 이번에 혼이 났으니 다시는 문제를 안 일으키고 성실하게 진료할 것입니다. 판사님이 강자 아닙니까. 그러니 그만 너그러이 봐주십시오. 우동규를 그렇다고 죽일 수는 없지 않습니까?"

나는 아무래도 그런 행동이 경우가 아닌 것 같아서 물어보았다.

"혹시 고향이 신해시 쪽이신가요?"

"아니요, 저는 여기서 먼 지역 출신입니다."

"혹시 제 법대 선배이신가요?"

"아니요, 저는 다른 학교 나왔습니다."

"그럼 사법연수원은 몇 기이신지요?"

"저는 미국 변호사입니다."

대체 나의 고향 선배도, 학교 선배도, 친척도 아닌 처음 보는 사람이 난데없이 내가 청하지도 않은 인생 조언을 하다니. 기본적인 예의나 상식이 있는 사람인지, 자기는 다른 누구에게도 조언을 할 수 있는 위치에 있다고 믿고 사는 사람인지, 심지어 한국 최대 로펌의 변호사가 맞는지조차 의아해졌다. 단순히 경우가 없는 정도가 아니라 나를 은근히 협박하려는 것인가 하는 생각도 들었다.

"우동규 과장한테 가서 전하십시오. 자기 잘못을 인정하지도 뉘우치지도 않고 이런 식으로 고소 취하 부탁만 하니 더 화가 난다고요. 저는 칼을 빼 든 이상 엄마를 죽인 그가 반드시 대가를 치르도록 할 겁니다."

내가 강하게 말하자 그 변호사는 자신은 앞으로 이 사건에 관여

하지 않겠다고 하고는 서둘러 자리를 떠났다.

그로부터 며칠이 지난 어느 밤이었다. 잠을 자고 있는데 전화벨 소리가 어둠 속에서 날카롭게 튀어 올랐다. 이 밤중에 누굴까? 서연이? 급하게 몸을 일으켜 휴대전화를 받았다.

"너 지금 디비져서 자고 있었냐? 하하, 이 새끼 좀 봐라. 너 이 새끼, 잠이 와?"

어떤 남자가 분을 참지 못하고 목소리를 부르르 떨면서 욕을 퍼부었다.

"야, 이 썹할 새끼야. 너 나보다 나이도 어린 놈이 감히 나한테 덤벼들어? 야, 이 간이 배 밖에 나온 새끼야. 감히 나한테 덤벼? 너 판사 생활 제대로 할 수 있을 거 같아? 너 이제 죽었다. 하하하하하하하. 너 이제 좆 됐어, 썹할 놈아. 너 이제 어떻게 하냐? 하하하하. 너 이제 사표 써야 돼. 하하하하하. 너 이제 내 앞에 무릎 꿇고 제발 살려달라고 빌어야 돼, 이 썹할 놈아. 한번 빌어봐, 이 새끼야."

우동규였다. 내 앞에서 무릎을 꿇고 자기가 배추 장수 아들이라면서 봐달라고 애원하던 그 남자와 같은 사람이라는 것이 믿기지 않았다.

"야, 하지환이. 좆같은 네 엄마가 이딴 짓 하라고 시켰어? 네 엄마처럼 너도 병신 만들어줄까?"

다른 욕들에는 별 느낌이 없었는데 엄마에 대한 욕이 나오자 잠이 달아나버렸다. 눈자위가 힘줄처럼 툭툭 부풀어 올랐다. 턱에서 드라큘라의 이빨이 돋아나는 것 같았고, 그 이빨로 그 놈의 혀를 잘근잘근 씹어주고 싶었다. 부아를 가라앉히느라 손바닥으로 얼굴을 거듭 쓸어내렸다.

"하지환이 너 이 새끼, 일주일만 기다리고 있어라. 딱 일주일. 그동안 가루로 만들어서 술에 타서 마셔버릴 테니까. 연변족한테 삼백만 원만 주면 일주일이면 너 같은 놈 목을 딴다. 네 엄마도 같이 죽여주려고 했는데 아쉽게도 먼저 죽었더구만."

그렇게 말하고도 분이 풀리지 않는지 우동규는 뒤집어지는 목소리로 고래고래 고함을 쳤다.

"야! 하지환이! 씹할 놈아! 왜 가만히 있어? 대답해! 대답을 해야 내가 더 갈궈줄 거 아니야! 대답하라니까!"

"아, 미안. 녹음하느라 대답을 못 했어. 계속해."

내 말에 수화기 너머로 갑자기 침묵이 흘렀다.

"지금 공중전화인데 돈이 떨어져서 일단 끊는다."

잠시 후 우동규는 이렇게 말하고 전화를 뚝 끊었다. 공일육으로 시작하는 공중전화가 있었던가? 결코 내게 지고 싶지 않다는 유별난 자존심이 느껴졌다. 시계를 보니 새벽 두 시였다.

"그랬군요. 우동규가 하판사님한테 그런 협박 전화까지 했다니. 아깝다, 그때 진짜로 녹음을 했어야 했는데."

손지은은 그렇게 말하고는 나를 힐끔 돌아보고 웃는다. 차가 터널을 지나 고가도로로 올라간다.

"그런데 우동규한테 그런 전화를 받은 게 언제쯤이죠?"

"고소장 넣고 손경감님한테 고소인 조사를 받고 일주일도 안 지

낳을 때인 것 같아요."

"제가 처음으로 우동규를 조사한 날이었나 봐요. 그때 조사가 새벽 한 시 넘어서 끝났거든요."

"그랬군요. 조사받고 화가 나서 나에게 그렇게 퍼부었던 거군요."

"그때 제가 엄한 데서 화풀이하지 말라고 경고를 했어야 했는데."

"하하하, 그때 우동규를 처음 조사하면서 느낌이 어떻던가요?"

"음, 아주 별로였어요."

그녀가 우동규를 처음으로 조사한 이야기를 들려주기 시작한다.

피의자 신문을 하던 날 우동규는 부장검사 출신 변호사 외에도 삼십 대 중후반으로 보이는 남자를 인사시켰다.

"제 처남인데 현직 검사입니다."

그는 검사라고만 할 뿐 명함을 주지도 않고 이름이나 소속을 정확하게 밝히지도 않더니 우동규가 조사를 받는 동안 마당에서 왔다 갔다 하면서 창문으로 조사 과정을 힐끔힐끔 쳐다보았다. 그에 아랑곳하지 않고 우동규의 기본적인 인적 사항과 이전까지의 경력을 물어본 후 본론으로 들어갔다.

"신해성모병원에서 근무한 지는 얼마나 되었나요?"

"십삼 년 정도 되었습니다. 류마티스 전문의 따고 거의 바로 근무하기 시작했습니다."

"지금까지의 병원 생활에 만족하고 있나요?"

"완쾌되지 않는 환자들을 보면 속이 상할 때도 있지만 의사로서 환자들의 건강과 행복을 위해 최선을 다하며 열심히 살고 있습니다."

"류마티스는 어떤 병인가요?"

"류마티스는 면역체계에 이상이 생기는 병으로 류마티스 관절염, 루푸스, 베체트병, 통풍, 강직성 척수염 등 다양합니다."

"퇴행성 관절염은 어떤 병인가요?"

"퇴행성 관절염은 비만이나 노화로 연골이 마모되어서 통증을 일으키는 것으로 류마티스와는 별개입니다."

"피의자는 하지환 씨의 모친인 이석화 씨를 아시죠?"

"네, 제 병원에 구 년을 다니다가 한 사 년 전부터는 오지 않고 있습니다. 듣자 하니 죽었다고 하더군요. 그래도 제가 열심히 치료해서 생각보다는 오래 살았죠."

"이석화 씨는 류마티스였나요?"

"아니요, 퇴행성 관절염이었습니다."

"이석화 씨가 퇴행성 관절염이라고 판단한 이유는 무엇인가요?"

"저희 병원에 오면 여러 가지 종합적인 검사를 하게 됩니다. 제가 육안으로 보기에도 류마티스가 아니었고 류마티스 인자 검사에서도 음성으로 나왔고 염증 수치도 낮아서 퇴행성 관절염이라고 판단했습니다."

"이석화 씨에게 퇴행성 관절염이라고 했나요?"

"당연하죠."

"이석화 씨의 일기장을 보면 피의자가 계속해서 이석화 씨한테 류마티스 관절염이라고 했다고 적혀 있는데요."

우동규는 옆에 앉아 있는 변호사에게 귓속말로 무엇인가를 물어보았다. 변호사는 미리 준비한 예상 질문과 답변으로 보이는 서류를 뒤적거리며 손가락으로 우동규에게 해당 부분을 짚어 보여주었다.

"저희 병원 환자들이 그러는 경우가 왕왕 있습니다. 간판부터 '류마티스센터'니까요. 퇴행성 관절염 환자들이 한 번씩 그렇게 이야기할 때마다 제가 깜짝깜짝 놀랍니다."

"그러면 이석화 씨도 그런 간판만 보고 혼자서 착각했다는 말인가요?"

"네, 그랬을 거라고 추정합니다."

우동규에게 일기장 사본을 꺼내 보여주며 물었다.

"여기 일기장을 보세요. 처음 피의자에게 진단을 받았던 날은 물론이고, 그 뒤로 스무 번도 넘게 피의자가 자신에게 류마티스라고 말했다는 내용이 있어요. 한동안 병원에 가지 않았을 때는 피의자가 '류마티스로 큰일이 나봐야 정신 차리겠냐, 병원을 열심히 다녀야 한다, 안 그러면 이렇게 된다'라면서 손발이 휘어진 류마티스 환자들의 사진을 보여주었다고 적혀 있고요."

"그것은 이석화 씨의 착각입니다. 저는 환자에게 희망을 주기 위해서 살아가는 사람입니다. 그런 식으로 겁을 주지 않습니다. 저는 모름지기 의사란 환자에게 희망을 주고 기운을 북돋워주는 것을 소명으로 안고 살아가야 한다고 믿고, 제 후배 의사들에게도 그렇게 가르칩니다."

"이석화 씨가 왜 그렇게 썼는지 모르겠다는 뜻인가요?"

"네. 진료를 받을 때마다 저에게 너무나 고맙다고 하고 진료를 잘

본다고 탄복을 했는데, 왜 사 년이나 지나서 갑자기 이런 문제를 제기하는지 납득이 가지 않습니다."

우동규가 류마티스라고 고지한 적이 없다고 부인하자 그에 반하는 정황들을 하나씩 따져 묻기 시작했다.

"피의자의 사무실에는 류마티스 환자들의 손발을 촬영한 사진이 있지 않나요?"

"있습니다."

"그 사진들을 이석화 씨에게 보여준 적이 없나요?"

"없습니다. 퇴행성 관절염 환자들에게는 제가 굳이 그런 사진을 보여주지 않습니다. 저도 많이 바쁜 의사입니다. 강의도 나가야 하고 외국 학회에서도 저를 초대하는 곳이 많습니다."

"이석화 씨 일기장에는 피의자가 그 사진들을 보여주면서 류마티스가 암보다 무섭다, 자신이 주는 약을 계속 먹지 않으면 이렇게 된다고 겁을 주었다고 돼 있던데요."

"그럴 리가 없습니다. 제 환자들이 한 달에만 천오백 명이 넘습니다. 제가 류마티스도 아닌 환자에게까지 그런 설명을 했겠습니까? 의사는 환자의 마음을 안정시켜주어야 하는 사람입니다. 그런 의사 입장에서 류마티스가 아닌 사람에게 류마티스에 대해 설명을 할 리도 없고 해서도 안 되는 일입니다."

"그런데 왜 이석화 씨가 굳이 자신의 일기장에 피의자가 그런 사진을 보여주었다고 써놓았을까요?"

"그걸 제가 어떻게 알겠습니까? 아마 병원 복도에 전시된 사진을 보고 착각을 일으킨 것 같네요."

"이석화 씨가 퇴행성 관절염이라고 했다면서 왜 류마티스 약을 처방한 거죠?"

"그건 제가 말씀드리겠습니다. 사실 처음에는 이석화 씨에게 류마티스인지 아닌지 애매한 증상들이 있었습니다. 그래서 항류마티스제를 쓰기 시작했습니다."

"좀 전에는 이석화 씨에게 류마티스 증상이 전혀 없었다고 하지 않았나요?"

"류마티스를 판별하는 일반적인 진단 기준이 일곱 가지 있습니다. 그에 비추어 보면 없다고도 할 수 있지만 의사는 경험과 소견이 무엇보다 중요합니다. 제가 보기에 류마티스기가 조금 있다고도 볼 수 있어서 항류마티스제를 쓰기 시작한 것은 맞습니다."

"그런데 이석화 씨가 퇴행성 관절염이라는 것을 안 뒤에도 계속 항류마티스제를 쓰지 않았나요?"

"그건 제가 말씀드리겠습니다. 퇴행성 관절염에도 항류마티스제를 간혹 쓸 수 있습니다. 예를 들면 요즘 골다공증에 혈압 약이 효과가 있는 것으로 밝혀져서 저도 골다공증 환자들에게 혈압 약을 처방하는 경우가 많은데 그것과 같은 이치입니다."

"상식적으로 생각하면 노화 현상인 퇴행성 관절염과 면역체계 이상인 류마티스는 병의 기저가 다르기 때문에 류마티스 약을 퇴행성 관절염 환자에게 사용할 수 없을 것 같은데, 어떤가요?"

"류마티스 관절염 환자가 퇴행성 관절염이 생길 수도 있고 퇴행성 관절염이 류마티스 관절염으로 발전할 수도 있습니다. 저는 퇴행성 관절염인 경우에도 염증 수치가 높게 나온다든가 하면 일반적인 소염제와 함께 인체에 아무런 해가 없는 류마티스 약 한 알을 처방합니다. 그러면 환자의 통증이 많이 완화되고 치료 효과를 크게 보게 됩니다."

"퇴행성 관절염에 항류마티스제를 쓸 수 있다는 의학적인 근거가 있나요?"

"모든 것은 결국 그 환자를 보는 의사가 결정하는 것입니다. 의학 교과서에 나와 있는 것은 일종의 참고 사항일 뿐입니다."

"약의 용법에 보면 진짜 류마티스 환자에게도 육 개월 이상 지속적인 투약은 금지하고 있는데 피의자는 이석화 씨에게 구 년 동안 계속해서 처방하지 않았나요?"

우동규는 항류마티스제를 육 개월 이상 투약하면 안 된다는 주의 사항조차 모르는 눈치였다. 그 부분에 대해서는 미처 답변을 준비하지 못했는지 변호사가 끼어들어서 휴식을 요구했다. 잠시 후 우동규가 변호사와 상의를 마치고 돌아왔다.

"환자들이 약을 처방한다고 꼬박꼬박 다 먹는 건 아닙니다. 이석화 씨도 그동안 꾸준히 병원에 온 것이 아니라서 중간중간에 병원 오는 것을 잠시 중단한 적이 있습니다."

그녀는 진료실에서 우동규와 내가 만났던 일에 대해서도 물어보았다.

"이석화 씨의 아들인 하지환 씨가 피의자와 진료실에서 면담한 적 있죠?"

"네, 다짜고짜 쳐들어와서 난동을 피웠습니다."

"그때 피의자가 이석화 씨는 류마티스가 아닌데 류마티스 관절염이라고 했다고 시인을 했다고 하던데요?"

"제가 그 자리에서 하지환에게 시인한 것은 사실입니다. 하지환이 판사의 신분을 내세우면서 협박과 강요를 해서 거짓말로 그렇게 말했습니다."

"하지환 씨가 어떤 협박을 하던가요? 본 경찰관이 녹취록을 여러 차례 읽어봤는데 협박한 내용은 전혀 없는 것 같은데 도대체 하지환 씨가 무슨 협박을 했다는 건가요?"

"판사가 경찰을 동원하겠다, 법으로 다스리겠다고 하는데 그 말이 협박이 아니고 뭐겠습니까?"

"그게 협박인가요? 하지환 씨가 피의자에게 욕을 하던가요? 아니면 한 대 칠 듯이 위협을 하던가요?"

"그러진 않았지만 발로 책상을 툭툭 걸어차고 주먹으로 책상 위를 탕탕 치면서 말했습니다. 또 저한테 '말 한마디면 끝나는 걸 남자가 무슨 변명을 그렇게 합니까?' 하고 큰 소리로 말했습니다."

"녹음 파일을 들어보면 그런 말이나 소리는 전혀 없던데요."

"그건 조작을 했을 겁니다. 저는 녹음을 하는지도 몰랐고 그 말 한마디면 간다고 하길래 시인을 한 것입니다."

"전문가인 의사가 환자를 진료한 것에 대해 누가 협박을 한다고 사실이 아닌 것을 시인했다는 것은 상식적으로 잘 이해가 가지 않는데요?"

"저는 그때 그 상황을 빨리 끝내고 싶었습니다. 하지환이 말 한마디면 다 끝난다고 하도 집요하게 그래서."

"주차장까지 하지환 씨를 따라가서 무릎을 꿇었나요?"

"네, 그랬습니다."

"피의자가 잘못한 것도 없는데 왜 무릎을 꿇었나요?"

"제가 무엇을 잘못했는지 영문을 몰라서, 너무 당황해서 무릎을 꿇은 것입니다."

"피의자는 자기가 이석화 씨를 속여온 것에 대해 처벌받는 것이 두려워서 처벌을 피하려고 무릎을 꿇은 게 아닌가요?"

"아닙니다. 하지환이 오해한 게 있으면 풀게 하려고 그랬습니다. 저는 제 환자들을 사랑하니까요. 환자가 서운한 게 있는 것 같아서 풀려고 그랬습니다. 저는 일단 풀어야 하는 성격입니다. 싸우는 성격이 아닙니다."

"마지막으로 하고 싶은 말 있나요?"

"저는 신해시에 아무런 연고도 없이 와서 그동안 갖은 음해에 시달렸습니다. 그래도 환자를 건강하게 만드는 것을 유일한 보람으로 여기고 지금까지 버텨왔습니다. 그런데 이렇게 억울한 누명을 쓰게 되니까 더 이상 신해시에 머물고 싶지가 않습니다. 저는 이 사건 결과가 어떻게 나든지 간에 곧 미국으로 유학을 떠날 생각입니다. 지금 존스홉킨스대학이나 하버드 의과대학과 조율을 하는 중입니다."

사기죄의 성립 요건

　손지은의 이야기를 들으면서 나는 어이없는 우동규의 거짓말에
웃음이 터지기도 하고 뱃속에서 천불이 나기도 한다. 조수석 창문
을 내리니 시원한 밤바람이 폐부로 스며들어 열기를 식힌다.

　"우동규의 말은 다 거짓말이었더라고요. 의사들이 최신 기법으
로 골다공증에 혈압 약을 쓴다는 것도, 나중에 제가 아는 골다공
증 전문의한테 물어보니까 전혀 사실무근이래요."

　"그 후로 존스홉킨스대학이나 하버드대학도 안 갔죠?"

　"당연하죠. 수사 중간에 우동규가 저한테 전화해서 자신이 억울
해서 자살까지 시도했다고 하소연하기도 했어요."

　"그게 사실이던가요?"

　"하버드대학 간다는 말이 사실이었다면 믿었겠죠. 그냥 동정을
얻으려고 한 말 같아요."

　"참 창조적인 양반이네요. 소설도 잘 쓸 것 같고."

"우동규의 소설 때문에 하판사님도 피해 꽤 입으셨잖아요."

"그랬죠. 불쾌했던 기억들이 또 떠오르네요."

우동규로부터 밤중에 협박 전화를 받은 후 삼사 일 지났을 때 지원장이 나를 방으로 불렀다. 내가 들어가자 지원장이 테이블 위에 문건들을 내밀었다.

"우동규 과장과 신해성모병원이 하판사를 상대로 제기한 고소장과 진정서 들이야."

엇비슷해 보이는 고소장과 진정서가 일고여덟 장 놓여 있었다. 살펴보니 내용은 같은데 수신처가 검찰, 대법원, 고등법원, 지방법원, 국정원, 청와대로 각기 달랐다. 그 내용은 이러했다.

하지환이라는 자가 신해성모병원 류마티스센터에 난입해서 다짜고짜 자신이 판사임을 내세우며 한 시간 반 동안 고성을 지르며 병원 업무를 마비시켰습니다. 그는 우동규 과장이 몸에 지니고 있던 제약회사 직원의 명함까지 완력으로 빼앗았습니다. 또한 근거 없이 우동규 과장을 사기꾼으로 몰면서 잘못을 시인해라, 시인만 하면 그냥 간다, 그러지 않으면 법으로 처단하겠다면서 강요와 협박을 일삼았습니다. 우동규 과장이 할 수 없이 시인을 하자 하지환은 돈을 내놓지 않으면 구속시켜 버리겠다고 했습니다. 우동규 과장이 끝내 금전 요구를 거부하자 하지환은 우동규가 사기 진료를 했다는 허위 사실로 경찰에 신고하였습니다. 이런 자는 판사로서 자격이 없다고 할 것이므로 귀 기관이 책임지고 반드시 처벌해주시기 바랍니다.

지원장이 흥미로운 말을 덧붙였다.

"그런데 말이야, 우동규 과장이 내 지인을 통해서 나에게 이런 말을 전해 왔어. 하판사에게도 전해달라고 해서 말하는 걸세."

나는 "그게 뭡니까?"라고 묻듯 지원장의 얼굴을 쳐다보았다.

"자기는 하판사를 고소할 생각까지는 없었는데 성모병원에서 자꾸만 하판사를 고소해야 한다고 끈질기게 고집을 부렸다는구만. 자기는 마침 해외에 나가 있었는데 병원이 그냥 병원과 자기 이름으로 고소장과 진정서를 냈다고 하는군."

대체 이건 또 무슨 소리란 말인가? 현직 판사를 청부살해 하겠다고 협박하고 허위 사실로 무고할 정도로 공격성이 강하면서 고소 건에 대해 다른 사람을 팔 정도로 겁도 많은 모양이었다. 그의 유별난 공격성의 원천은 유별난 공포심인 것 같았다.

허위 사실들로 가득한 고소장이었지만 나는 지원장에게 그 내용에 대해 하나하나 해명을 해야 했다. 불시에 난입한 것이 아니라 전날 미리 면담 약속을 하고 갔다, 오전 진료가 끝난 이후로 예약을 했기 때문에 진료에 지장이 없었다, 우동규와 면담한 건 한 시간 반이 아니라 고작 십 분이었다, 우동규를 면담하던 날에는 판사라는 단어를 입에 올리지도 않았다, 돈을 달라고 하거나 구속시켜버린다고 말한 적이 없다 등등. 내게는 너무 뻔하고 당연한 사실들을, 지원장이 행여 내 말을 믿지 않을까 봐 신빙성을 의식해가면서 설명해야 한다는 것에 기분이 씁쓸했다. 뻔한 일로 재판을 받는 사람들의 심정을 비로소 이해할 수 있을 것 같았다.

나는 당시 상황을 녹음한 파일까지 제출했다. 녹음을 해놓지 않았더라면 큰 낭패를 볼 뻔했다. 녹음을 할 때만 해도 그의 유죄를 증명하기 위한 일이라고 생각했지, 그 파일을 나의 무죄를 증명하기 위해 사용하게 될 줄은 몰랐다. 지원장이 그 파일을 들어보더니 언성을 높이며 지적했다.

"하판사가 나중에 언성을 높이기는 했구먼. 법관이 끝까지 품위를 지켰어야지 왜 굳이 약점 잡힐 행동을 했어?"

그 말에 뒷목이 뻐근해졌다. "엄마를 죽게 한 사기꾼 의사에게 품위를 지켜가면서 시종일관 나긋나긋하게 이야기할 수는 없는 것 아닌가요? 그리고 제가 그 병원에 간 것은 판사로서 재판을 하러 간 것이 아니라 아들로서 엄마를 죽게 한 의사를 만나러 간 것 아닙니까? 법관의 품위가 손상되는 것이 문제가 아니라 지원장님 승진하는 데 불편해져서 그러시는 것 아닙니까?"라고 말하고 싶었지만 그냥 "물의를 일으켜서 죄송합니다"라고만 말했다.

나는 똑같은 해명을 대법원 윤리감사실 심의관에게도 해야 했다. 우동규가 전날 대법원 윤리감사실 심의관을 직접 찾아가 눈물 연기까지 선보이면서 내가 권력을 동원해 자기에게 누명을 씌우고 있다고 말했다는 것을 나중에 알게 되었다.

우동규는 내게 겁을 주려고 고소나 진정을 했는지 모르지만 나는 우동규와 신해성모병원장을 무고죄로 추가 고소했다. 판사임을 내세우거나, 돈을 요구하면서 구속시켜버리겠다고 하거나, 완력으로 명함을 빼앗거나, 불시에 찾아가서 한 시간 반 동안 업무를 방해한 적이 없는데도 그들이 허위 사실로 나를 고소 또는 진정을 했다는 취지였다. 녹음 파일이 있기 때문에 사기 진료보다 입증이 더 쉬우리라 보았다.

나는 신해성모병원장 앞으로 편지와 함께 녹취록을 보냈다. 편지에서 나는 나에 대한 진정과 고소는 허위이니 정당한 법적 책임을 묻겠으며, 나는 법률 전문가라서 소송을 하는 것이 부담되지 않지만 다른 수많은 피해자들은 비용적으로나 정신적으로 부담이 되니 가톨릭 병원답게 스스로 진상을 파악해서 피해자들에게 자발적으로 배상을 해달라고 부탁했다.

그러자 얼마 후 신해성모병원 행정처장이 나에 대한 고소와 진정을 취하하겠다고 연락해 왔다. 다만 우동규의 사기 진료 여부는 소속 의사인 우동규가 완강히 부인하고 있으니 병원 측에서도 증거 없이는 어떻게 하기 어렵다며 경찰의 수사 결과를 지켜보고 조치하겠다고 했다.

신해성모병원이 각 기관에 취하서를 내자 우동규도 할 수 없이 따라서 취하서를 냈다. 우동규는 취하서를 낼 때도 다시 대법원 윤리감사실 심의관을 찾아가서 진정서의 내용은 일점일획도 사실과 다른 부분이 없지만 자기가 명색이 사람을 살리는 의사인데 젊은 판사가 흠이 있다고 죽이는 것은 자기 철학에 맞지 않아서 이번 한 번은 눈감아주기로 했다고 말했다.

그로부터 며칠 후 우동규가 내게 전화를 걸어왔다. 이번에는 고양이 앞의 쥐처럼 극도로 조심스러운 말투였다.

"저, 하지환 판사님이시죠? 안녕하세요. 저는 신해성모병원 류마티스센터 우동규라고 합니다. 일하시는데 갑자기 전화드려서 너무 죄송합니다. 저, 혹시 지금 통화 괜찮으신가요?"

"네, 말씀하세요."

"저, 외람되지만 제가 그동안 잘못한 일들이 많아서요, 판사님께 꼭 한 번 식사를 대접하고 용서를 빌고 싶은데요, 시간을 한 번만 내주실 수 있나요? 제발 부탁입니다. 꼭 한 번만 시간을 내주세요. 장소는 아무 데나 좋습니다. 제가 법원 근처에 좋은 식당을 잘 몰라서요, 판사님이 정해주시면 꼭 한 번 뵙겠습니다."

이건 또 뭔가? 욕설을 하면서 협박할 때는 언제고 용서를 빌기 위해서 식사 대접을 하겠다? 뭔가 찝찝했지만 나는 일단 그를 만나서 담판을 짓고 모든 사건을 마무리 지어야겠다는 심정으로 다음 날 오후 여섯 시 반에 법원 바로 앞 식당에서 보자고 했다.

"바쁘신 중에 제 청을 받아주셔서 너무나 감사드립니다. 내일 만나 뵙고 모든 것을 말씀드리겠습니다."

내가 거기까지 이야기하자 손지은이 시선을 정면에 둔 채 묻는다.

"그래서 그날 우동규를 만나셨나요?"

"아니요."

"왜요? 판사님이 안 나가셨어요?"

"저는 나갔죠. 제가 약속한 날 여섯 시 반에 식당으로 나갔는데 아무리 기다려도 우동규가 안 나타나는 거예요. 그래서 우동규에게 전화를 걸어보았죠. 그런데 전화기가 꺼져 있었어요."

"어머, 만나자고 해놓고는 나타나지도 않고 전화기를 꺼놓았다고요?"

"네, 그래서 제가 신해성모병원 류마티스센터로 전화를 걸어보았어요. 간호사가 받길래 우동규 과장이 있느냐고 물어보니 있대요. 그래서 제가 이름을 대면서 바꾸어달라고 했어요. 간호사가 잠깐만 기다려보라고 하더니 잠시 후 우동규 과장이 저랑 통화를 원하지 않는다고 하는 거예요."

"네? 세상에나. 대체 왜 그런 거죠?"

"제가 어떻게 알겠습니까, 그 양반 마음을. 그날 그 식당에서 혼자 밥을 먹었어요. 그러면서 깨달았죠. 지금 상대하고 있는 사람은 내가 도저히 수를 파악할 수 없을 정도로 고단수이거나 아니면 여간 미친놈이 아니구나."

그 말에 그녀가 까르르 웃는다. 그러면서 차가 갑자기 빨라지기 시작한다. 나는 "어, 어" 하면서 창문 위쪽에 있는 손잡이를 붙잡는다. 차가 노란불 신호등이 막 꺼지고 빨간불로 변하는 사거리 교차로를 아슬아슬하게 통과한다.

"경찰이 이래도 되나요?"

"퇴근 후엔 경찰이 아니라 사람이라니까요."

그녀는 타인들에게 보여지는 외적 인격과 진정한 자기 자신이 다르다는 것을 이미 깨우친 모양이다. 어떻게 알게 된 걸까? 나는 재작년에 정신분석을 받기 전까지만 해도 페르소나와 나 자신을 동일시했다. 그러니 사회적인 기준에서 볼 때 기대만큼 훌륭하지 않은 실제 자신에 대한 실망감에 시달릴 수밖에 없었다. 정신분석을 받으면서 페르소나는 페르소나일 뿐이라는 인식이 나의 숨통을 틔

워주었지만 나는 여전히 페르소나와 실제 모습의 괴리에 대해 위선이라며 손가락질하는 세상의 눈치를 보지 않을 수 없었다.

"하판사님은 퇴근 후에도 근엄한 판사인가요?"

"저는 퇴근 후엔 피고인이 되죠."

손지은의 승용차가 신해바닷가에 진입한다. 술집과 모텔의 불빛들이 밤바다를 초승달처럼 둘러싸고 있다. 바다 위는 네온사인과 별들이 수놓는 불빛들로 빙판처럼 번들번들하다. 차가 바닷가에 멈춰 선다. 목적지에 도착했지만 나도 그녀도 도착했다는 말을 하지 않는다.

"판사님, 저도 우동규 사건에 대해서 할 말 많이 남았는데 여기서 이야기 조금만 더 하다 가면 안 될까요?"

"좋죠."

내가 하고 싶었지만 참고 있던 말을 그녀가 먼저 해주니 반갑다. 우리는 차에서 내린다. 하얀 승용차 문짝을 등지고 선 손지은의 머리칼이 바닷바람에 나부낀다.

밤바다 위로, 모처럼 보는 별들이 총총 떠 있다. 저녁 태양이 풍덩 바다에 빠질 때 튀어 오른 바닷물이 거품을 일으키면서 별이 된다던 백사자의 설명이 어김없이 떠오른다. 내가 아직도 백사자를 잊지 못하는 것은 「보헤미안 랩소디」보다도 저 별들 때문인지 모른다.

'신해해수욕장'이라는 표지판이 민망할 만큼 해변은 좁고 시설물이라고는 벤치 서너 개가 고작이다. 그래도 대학교에 가기 전까지 신해시 밖으로 한 발짝도 나가보지 못한 나에게는 이 바다가 우물 안 개구리가 바깥세상을 동경하며 올려다보는 유일한 하늘이었다. 중고등학생 때 울적하고 답답할 때마다 신해바다를 찾았다. 자전거를 타고 오기도 했고 버스를 타고 오기도 했다. 언젠가는 비를 맞으면서 맨발로 걸어온 적도 있다.

그 시절 내 가슴은 황사폭풍이 몰아치는 삭막한 벌판이었다. 수시로 슬픔과 분노와 울분이 뒤엉켜 소용돌이를 일으켰다. 천둥번개가 사정없이 치고 비가 억수같이 퍼부었으며, 지진이 난 듯 땅이 요란하게 흔들렸다. 그럴 때 신해바다를 찾아오면 바다가 나를 알아보는 것처럼 꿈틀거리며 반응했다. 바닷바람이 거대한 붓으로 그림을 그리듯 내 가슴을 쓸어주었고, 웅장한 전축에서 나오는 듯한 파도 소리가 내면의 잡음을 덮어주었다. 바닷물에 발을 담그고 있으면 밀려온 바닷물이 충성스러운 강아지의 혀처럼 따뜻하게 핥아주었다.

나는 마음이 진정될 때까지 해변에 주저앉아서 모래밭이나 공책에 그림을 그리곤 했다. 그림을 하나씩 그릴 때마다 감정의 농축액이 새어 나오면서 내면의 농도와 기온이 변해갔다. 주로 사람을 그렸다. 다른 사람을 그리는 것보다 자화상을 그리기가 어려웠다. 나를 그린다고 그려봐도 완성하고 나면 내 모습이 아닌 것 같았다. 백사자 같기도 하고 프레디 머큐리 같기도 하고 한 번도 보지 못한 아버지 같기도 했다.

손지은과 나는 바닷가를 따라 걷기 시작한다. 해변의 어느 지점에서부터 그녀는 재작년 우동규 사건의 수사 과정들을 담담하게 이야기하기 시작한다.

　수사가 시작되자 온갖 곳에서 청탁 전화가 걸려 왔다. 우동규에게 왜 그렇게 청탁을 많이 부탁하느냐고 물어보았더니 우동규는 주변 사람들이 자기를 사랑하는 마음에 자발적으로 도와주는 것 같은데 자기는 그런 부탁을 한 적이 단 한 번도 없다고 대답했다.
　신해지청 검사도 수시로 전화를 걸어 사건의 진행 경과를 물어보았다. 사회적으로 떠들썩한 사건도 아닌데 경찰이 송치하기 전부터 검찰이 특정 사건의 진행 경과를 알아보는 것은 이례적이었다. 검사가 자주 전화하는 것으로 봐서 지청장에게 보고하기 위한 것임을 쉽게 알 수 있었다. 신해지청장은 서울 출신이라 신해시는 물론이고 인근 지역에도 연고가 없었다. 그런데도 이 사건에 관여하려고 한다면 선배 검사의 부탁을 받았을 가능성이 높았다. 신해지청장이 고참 부장검사급이기 때문에 지청장보다 선배라면 검사장급의 고위 간부일 터였다.
　검사들은 외부의 청탁은 물리치기 쉬워도 선배의 청탁은 뿌리치기 쉽지 않다고들 했다. 연차가 높은 검사일수록 아는 사람이 많아져 더 그렇다고 들었다. 언론에 나오는 큰 사건은 어쩔 수 없어도, 눈에 띄지 않을 것 같은 지방의 소소한 사건들에 대해서는 선배가 부탁하면 최소한의 성의 표시는 하는 경우가 많다는 것이다. 선배의 청탁을 거절하면 반듯한 검사로 인정받는 것이 아니라 눈치가 없거나, 융통성이 없거나, 예의가 없는 후배로 찍히기 십상이라고 했다.

우려는 얼마 지나지 않아서 현실화되었다. 신해지청장은 이 수사가 못마땅하다는 의사를 이곳저곳에서 피력했고, 심지어 어느 유력 인사들이 모인 자리에서는 수사팀장이 남자친구에게 차인 직후라 정신이 이상한 상태라는 우동규가 퍼뜨리던 헛소문까지 전했다. 좁은 도시라서 유력한 사람의 말은 하룻밤에 천 리를 달렸다.

다른 피해자들이 더 있을 수 있다고 보고 신해성모병원에 대한 압수수색 영장을 신청했지만 신해검찰청은 영장 신청을 기각했다. 할 수 없이 압수수색 대상을 대폭 축소해서 다시 영장을 신청했다. 그런데도 신해검찰청은 영장을 또 기각했다. 이번에는 성모병원에 칠 년 이상 다닌 환자들 중에서 우동규가 항류마티스제를 지속적으로 처방한 환자들만을 대상으로 또다시 압수수색 영장을 신청했다. 이번만큼은 어쩔 수 없었는지 신해검찰청이 영장을 청구했고, 법원에서 발부되었다.

압수수색 영장이 발부되자 우동규나 신해성모병원은 자진해서 자료를 제출하겠다고 했다. 경찰이 들이닥쳐서 컴퓨터 등을 들고 나오는 것이 원칙이지만 검찰에서도 수사를 못마땅하게 생각하는 마당에 강제로 빼앗아 오기는 부담스러워졌다. 임의 제출을 허용했지만 우동규는 자료의 양이 많다는 이유로 한꺼번에 줄 수 없다며 기록을 매일 조금씩만 넘겼다. 대상 환자가 어림잡아 이천 명이었지만 우동규는 고작 백 명도 안 되는 환자의 기록만 넘기고는 중단해버렸다.

할 수 없이 우동규가 제출한 환자들의 기록만이라도 꼼꼼히 살펴보았다. 이어서 의심이 가는 환자들은 경찰서로 부르거나 집으로 찾아가서 조사를 하기 시작했다. 그러나 그중 상당수는 이미 이사를 갔거나 연락처가 바뀌어버린 후였다.

경찰이 환자들에 대한 조사를 시작하자 우동규는 그동안 류마티스라고 속여온 환자들에게 류마티스가 아니라고 말을 바꾸기 시작했다. 환자의 대부분이 노인들이라 크게 문제 삼지 않고 그냥 자신이 잘못 들었나 보다 하는 경우가 많았다. 그 무시무시한 류마티스가 아니라고 하니 마냥 좋아하는 사람도 적지 않았다.

간혹 우동규가 류마티스라고 말한 것이 분명하다며 우동규에게 따지는 환자들도 있었다. 우동규는 그들에게는 처음 왔을 때는 류마티스였는데 자신이 잘 치료해서 류마티스가 완치되었다고 둘러댔다. 불치병인 류마티스가 유독 신해시에서만 완치되는 기적이 일어나고 있었다.

우동규는 환자들에게 자신이 류마티스라고 말한 적이 없다는 확인서도 받기 시작했다. 확인서에는 우동규 과장의 진료에는 아무런 문제가 없고 향후 일체의 민형사상 소송이나 이의를 제기하지 않겠다는 내용이 포함되었다. 오랜 치료 기간 동안 우동규와 안면이 있던 고령의 환자들은 영문도 모른 채 우동규의 청을 들어주었다. 우동규는 이미 경찰에 진술한 증인들을 찾아다니면서 진술을 번복시켰다. 그것은 증거 인멸로서 구속 사유였지만 압수수색 영장도 받기 어려운 마당에 구속 영장을 청구할 엄두는 나지 않았다.

항류마티스제를 파는 제약회사로부터 리베이트를 받은 것에 대해 우동규는 대부분 부인했다. 신용카드로 대신 결제해서 증거가 명확한 경우에는 그것을 받은 직후에 모두 현금으로 돌려주었다고 둘러댔다. 우동규에게 십여 년 동안 리베이트를 준 제약회사 직원은 자신이 현금으로 다 돌려받았다고 입을 맞추었다. 일 년에 대여섯 차례나 우동규의 네 가족이 비즈니스 클래스를 타고 유럽, 남미 등을 여행한 비용도 제약회사 직원의 신용카드로 결제되었는데 그역시 현금으로 직후에 다 돌려주었다고 했다. 왜 굳이 제약회사 직원의 신용카드로 결제했느냐고 묻자 우동규는 자신의 아내와 연락이 되지 않아서 일단 평소 자기를 존경하는 제약회사 직원이 신용카드를 잠시 빌려주었다고 대답했다.

우여곡절 끝에 수사를 일단 종결하고 다음과 같이 수사 결과를 발표했다.

피의자는 류마티스 약을 개발하는 회사들이 판매 촉진을 위해 자사의 약을 처방하는 의사들에게 지속적으로 리베이트를 제공하는 관행을 이용하여 리베이트를 많이 받고, 환자 수를 늘려 병원에서의 입지를 높일 목적으로, 퇴행성 관절염 환자에게 류마티스라고 거짓으로 진단하여 지속적으로 병원에 오게 하고 지속적으로 특정 제약회사의 류마티스 약을 복용하게 하기로 마음먹고, 환자들에게 '아주머니는 류마티스입니다. 류마티스는 퇴행성 관절염보다 더 중한 병입니다. 암처럼 무서운 병입니다. 계속 약을 먹지 않으면 이 사진의 손발처럼 됩니다'라는 거짓말로 겁을 주는 방식으로 진료비, 건강보험관리공단 부담 진료비를 편취하여 신해성모병원으로 하여금 이익을 취득하게 하였다.

피의자의 위와 같은 치료 행태(류마티스 관절염이 아닌 환자들에게 류마티스라고 고지하여 치료를 지속한 것)는 단 한 번의 실수나 오진이 아니라, 환자들이 자신이 류마티스에 걸렸다고 인식하여 순순히 지속적인 치료를 받게 하기 위한 고의에 의한 것으로 판단된다.

사회적으로 의사는 환자들의 생명, 신체를 다루는 최상의 전문가로 존경받는 존재이다. 환자들은 의사를 전적으로 신뢰하고 자신의 건강을 의사에게 맡긴다. 의사라면 양심과 전문 지식에 따라 환자들의 질병 상태를 정확하게 진단하고, 최적의 치료 방법을 선택해야 하며, 환자들에게도 자신의 질병에 대해 정확하게 알려줄 책임이 있다. 그러나 본건의 피의자 우동규는 환자들의 신뢰를 악용하였다. 이상, 지금까지의 수사 결과 스무 명의 피해자들에 대한 피의자의 사기 혐의가 충분히 인정된다는 판단으로 기소 의견으로 송치한다.

수사 과정에 대한 이야기를 마친 손지은의 표정이 봄에서 겨울로 뒷걸음질 친 듯 어두워졌다. 말도 뜸해진다. 나는 그녀를 위로해 주고 싶어진다. 마침 근처에 재작년에 효린이와 자주 가던 조개구이 집이 보인다.

"손경감님, 우리 저기서 잠깐 앉았다 갈까요?"

"아, 저기 저도 단골이에요."

가게 바깥에는 파란 파라솔을 꽂은 둥글고 하얀 테이블이 서너 개 놓여 있다. 우리는 바다를 향해 비스듬히 앉는다. 머리에 두건을 쓴 젊은 남자 종업원이 메뉴판을 들고 오자 그녀는 메뉴판을 제대로 보지도 않고 소주와 조개구이를 시킨다.

손지은의 표정이 어두운 이유를 나도 잘 알고 있다. 경찰이 그 사건에 대한 수사 결과를 발표한 직후부터 사건이 점점 더 심한 풍파에 부딪혔기 때문이다. 그 이후의 이야기는 나 역시 아는 내용이라 굳이 손지은의 설명이 필요 없다.

수사 과정에서 신해시에 널리 소문이 난 사건임에도 불구하고 신해시에 뿌리를 둔 방송이나 신문은 수사 결과를 일절 보도하지 않았다. 신해시의 기자들은 신해성모병원이 신해시에서 가장 큰 광고주이기 때문에 보도할 수 없다고 공공연히 말했다. 오히려 중앙의 방송국이 사건의 수사 결과를 간략하게나마 보도했다.

시장이나 시의원들도 침묵했다. 병원 직원들과 재단 수녀원의 수녀들 및 직원들까지 천 명이 넘는 사람들의 표를 잃고 싶지 않았던 것이다.

한편 이 사건이 소문나면서 피해자들이 하나둘 나를 찾아오기 시작했다. 그들은 자신들이 계속 속을 수도 있었는데 그것을 막아주었다며 내게 감사를 표시했다. 이 사건과 관련해서 견제와 비난만 받다가 처음으로 모르는 사람들에게 감사 인사를 받은 터라 나는 가슴이 뭉클했다. 그들 중에는 당장 고소를 하겠다는 이들도 적지 않았지만 일단 내가 고소한 사건이 처리되는 것을 보고 해도 늦지 않는다며 내가 만류했다. 내가 고소한 건으로 우동규의 유죄가 확정되면 신해성모병원에서 자진해서 피해 배상을 해줄 수도 있으니 굳이 법률 비용을 들일 필요가 없을 수도 있기 때문이었다.

우동규의 환자였던 한 가톨릭 신부를 통해 그동안 몰랐던 놀라운 사실도 알게 되었다. 그는 신해성모병원이 한국 가톨릭 교단과는 관련이 없어서 병원이 범죄를 저지르더라도 교단에서 관여하거나 통제할 방법이 없다고 했다. 또 신해성모병원은 신해수녀원의 부속 기관일 뿐이고 신해수녀원 수녀들은 수녀원에서 자체적으로 뽑기 때문에 성당에 있는 수녀들과도 신분이 다르다는 것이었다. 신해시에서 태어나고 자란 나는 그때까지 신해성모병원이 한국 가톨릭 교단과 무관하다는 생각을 한 번도 해본 적이 없었다. 그것은 대부분의 신해시민도 마찬가지일 터였다.

당초보다 수사 범위가 대폭 축소되었지만 그래도 손지은의 수사 결과는 우동규에게 위협적이었다. 피해자의 숫자가 스무 명 정도 되니 유죄 판결이 나오면 실형을 받을 가능성이 높았다. 물론 그러려면 신해검찰이 법원에 기소부터 해야 했다.

신해지청에 우동규 사건이 송치되자 검사에게 배당이 되었다. 그 검사는 지청장이 우동규의 편에 서 있음을 알고는 두 달 뒤 있을 인사 발령 때까지 차일피일 결정을 미루다 다른 지역으로 전근해 갔다. 사건은 새로 전입 온 여성 검사에게 재배당되었고 그녀는 우동규의 유죄를 확신하고 기소하는 내용으로 공소장을 작성했다. 그러자 지청장은 그 공소장을 몇 달 동안 결재하지 않고 미루다가 끝내 처리하지 않은 채 다른 요직으로 영전해 갔다. 훗날 검사들은 지청장이 결재를 안 하고 가버린 경우는 처음 본다고 했다.

이어서 부임한 신해지청장은 우동규의 고등학교 두 해 선배였다. 지청장은 부임 후 얼마 지나지 않아서 이 사건을 검찰시민위원회로 넘겼다. 검찰시민위원회제도는 시민들이 기소 여부를 결정한다는 취지에서 만든 제도였다. 검사의 기소 또는 불기소 의견을 먼저 들은 후 시민들이 반대를 하면 이의를 제기하는 식이었다. 주임검사는 시민검찰들 앞에서 우동규 사건에 대한 의견을 낭독했다. 그러나 그녀가 낭독한 것은 자신이 써둔 공소장이 아니라 새 지청장이 직접 써준 다음과 같은 불기소 결정문이었다.

○ 피의자 우동규가 퇴행성 관절염을 앓고 있는 환자 10여 명에게 류마티스 관절염이라고 허위의 병명을 고지하고 류마티스 관절염 처방을 하여온 사실(이에 대하여 피의자는 류마티스 관절염이라고 고지한 사실이 없다고 주장하나, 환자들의 진술 및 수사 기록에 의하면 피의자가 위 환자들에게 류마티스 관절염이 아니라는 사실을 알면서도 류마티스 관절염이라고 고지한 사실이 인정된다)은 인정된다.

○ 그러나 사기죄는 자신이 재물 또는 재산상 이익을 취득하기 위한 재산죄인바, 피의자는 류마티스 관절염 전문의로서 명성을 높이거나 병원 내에서 자신의 입지를 공고히 할 생각으로 이런 행위를 하였을 개연성이 더 높은데, 이러한 이익은 재물이나 재산상 이익이라고 볼 수 없어 재산죄인 사기죄로 처벌할 수 없다.

○ 피의자가 특정 항류마티스제를 판매하는 제약회사로부터 정기적으로 현금, 여행 경비, 비서 채용 경비를 지원받아온 사실은 인정되나 그러한 지원을 받은 시점 전후에 피의자가 항류마티스제를 처방한 건수에는 큰 변화가 없으므로 대가성을 인정할 수 없다.

이 검사의 의견에 대해서 시민검찰들은 아무도 이의를 제기하지 않았다. 법률 전문가인 검사가 법적으로 따져볼 때 죄가 성립하지 않는다는데 일반 시민들이 그것이 아니라고 나서기는 사실상 불가능했다.

불기소 이유의 요지는 우동규가 환자들을 속이기는 했지만 자기 명성을 높이거나 병원에서의 입지를 공고히 하기 위한 것이었기 때문에 재물죄인 사기죄가 되지 않는다는 것이었다. 자기 명성을 높이거나 입지를 공고히 하기 위해서 사기를 치면 사기죄가 안 된다는 말은 법대를 다닐 때나 판사가 된 뒤에도 들어본 적이 없었다.

제약회사 직원으로부터 받은 리베이트에 대가성이 없다는 것도 상식 밖이었다. 리베이트는 오랜 세월 동안 제공되었는데 어떻게 그 전후에 약 처방 정도에 변화가 없다고 대가성이 없다고 할 수 있겠는가? 우동규는 여러 다른 회사의 항류마티스제는 처방하지 않고 오로지 자신에게 리베이트를 주는 그 제약회사의 약만 처방하는데도 검찰은 대가성이 없다고 한 것이었다.

내가 무고죄로 고소한 부분마저 무혐의 결정이 나왔다. 내가 돈을 요구하지도 않았는데 돈을 요구하면서 안 주면 구속시켜버리겠다고 했다고 허위 진정한 부분에 대해 검찰은, 내가 우동규에게 민형사상 법적 책임을 모두 묻겠다고 했고 그중 민사 책임은 금전 배상을 의미하니까 우동규 입장에서는 돈을 요구한 것으로 받아들일 수 있었다고 했다. 진료가 끝난 이후로 예약하고 십 분 정도 면담을 하고 나왔는데도 불시에 병원에 쳐들어가서 한 시간 반 동안 고성을 지르며 병원 업무를 방해했다고 허위 고소한 부분에 대해서는, 당시 병원에서 오후 환자들이 한두 명 기다리고 있었던 것으로 보이고, 우동규가 겁을 먹은 상태였기 때문에 십 분이 한 시간

이상으로 길게 느껴졌을 수도 있으니 단순한 과장에 불과하다고 했다.

행여 내가 당사자라서 내 눈에만 그런 논리가 말이 안 되는 것처럼 보이나 싶어 주변의 판사, 검사, 변호사 들에게도 그 결정문을 보여주었다. 열이면 열, 답변은 하나같이 이해할 수 없다는 것이었다. 나는 검찰의 힘은 사람을 감옥에 보낼 수 있다는 데 있는 것이 아니라 감옥에 가야 할 사람에게 면죄부를 줄 수 있다는 데 있음을 절감했다.

불기소 결정이 나온 날 신해지청장이 내게 직접 전화를 걸어왔다. 그와는 인사 한 번 나눈 적이 없었다.

"하판사님 어머님 일인데 무혐의 결정을 하게 돼서 유감입니다. 하지만 법리적으로도 그렇고 시민들이 전원 찬성을 하니 어쩔 수 없었습니다."

화가 치밀었지만 처음으로 통화만 하는 지청장에게 항의할 수 없었다.

"수사하시느라 그간 수고 많으셨습니다."

그러나 지청장은 단지 내게 미안하다는 말을 하려고 전화를 건 것이 아니었다.

"그런데 이 사건 항고는 하지 않으면 안 될까요? 이제 하판사님도 이 사건을 잊고 본업에 충실하셔야 하지 않겠습니까? 하판사님의 재판을 기다리는 사람이 많습니다."

항고할 생각 하지 말고 일이나 열심히 하라는 취지였다. 따귀라도 맞은 것처럼 모멸감에 눈물이 주르륵 흘렀다. 나는 수화기를 붙잡고 간신히 말했다.

"생각해보겠습니다."

신해지원장도 그날 나를 불러서 자신이 화해를 주선할 테니 이쯤에서 사건을 마무리 짓자고 했다. 나는 지원장에게도 똑같이 말했다.

"생각해보겠습니다."

훗날 신해시 법조계 회식 자리에서 만난 수사검사가 술에 취한 채 내게 다가와서 미안하다고 말했다.

"하판사님, 미안합니다. 저도 어쩔 수 없었습니다."

그녀가 내게 술잔을 정중하게 내밀었다. 그 잔에는 그녀가 나에 대해 가졌을 심적인 부채감이 담겨 있는 것 같았다. 나는 그 잔을 거부하고 싶었지만 차마 그러지 못하고 받아 마셨다. 그녀는 한결 홀가분해진 듯 보였고 그만큼 나는 더 무거워졌다.

무혐의 결정이 나오자 우동규와 성모병원은 병원 곳곳에 대자보를 붙였다. 결정문에서 류마티스가 아닌데 류마티스라고 피해자들을 속여왔다는 사실을 인정했음에도 불구하고 그들은 오로지 검찰의 결론이 무혐의라는 것만 선전했다. 간호사들에게 모든 환자에게 전화를 걸게 해 같은 내용을 전파했다. 경찰의 수사 결과가 나올 때는 침묵했던 신해시 기자들도 의사가 속였다는 사실은 빼고 무혐의 결정만을 널리 보도했다. 아동 성폭행범이 처벌을 받지 않고 풀려나 초등학교 앞에 떡볶이 집을 차렸다고 광고하는 격이었다.

무혐의 결정으로 받은 충격은 쉽게 가시지 않았다. 술을 마셔도,

자전거를 타고 전속력으로 달려보아도, 신해바닷가에서 모래 위에 무수히 그림을 그려도 달라지지 않았다. 결과적으로 효린이의 말이, 지원장의 말이 옳았다. 내가 맞서 싸우는 상대는 우동규라는 한 사람의 의사가 아니었다. 지질한 사기꾼 의사 한 명을 기소하기 위해서는, 무지한 노인들을 속여서라도 수익을 올리는 것이 우선인 종합병원, 종교적 이미지를 상업적으로 이용하면서 사기 진료는 방조하는 종교 재단, 힘들고 오래 걸리는 신약 개발 대신 의사들에게 리베이트 주는 것을 핵심 판매 전략으로 삼는 제약회사, 선배의 부탁을 무시하지 못하는 검사들, 결속이 강한 우동규의 고교 동문들, 진실 보도보다는 광고주에 대한 예우가 우선인 지역 언론, 정의보다는 표가 중요한 지방 정치인들 등을 모두 변화시켜야만 했다. 이들은 의료, 공권력, 법률, 종교, 언론, 정치 등 일반인들이 쉽게 파고들 수 없는 전문성이라는 방패 뒤에 숨어 있었다. 나 혼자서 무슨 수로 이 방패를 모두 뚫을 수 있겠는가? 배트맨도 아닌데.

진작 효린이 아버지에게 부탁해볼걸 그랬나 하는 후회도 들었다. 수사 과정에서 지청장이 우동규 편을 들자 얼마 전까지만 해도 검사장이었던 효린이 아버지에게 도움을 청해볼까 생각하지 않은 것은 아니었다. 하지만 우동규가 반칙을 한다고 나까지 그럴 수는 없다고 생각했다. 그리고 설마 검찰이 판사가 관여된 사건을 이런 식으로 결정하리라고는 미처 생각지 못했다. 따지고 보면 검사가 판사를 위해서 검찰 선배의 심사를 거스를 이유가 하나도 없었다. 판사는 기껏해야 검사가 나중에 변호사 개업을 했을 때 맡게 될 많은 사건들 중 하나를 담당할 가능성이 있을까 말까 한 존재일 뿐이었다.

검찰의 황당한 결정을 받고 보니 억울함을 풀려고 재판을 받으러 왔다가 도리어 오판을 받은 사람들이 얼마나 황망한 심정으로 돌아갔을지 알 것 같았다. 억울한 사건 자체보다도 재판이나 결정을 엉터리로 한 판검사 때문에 더 큰 한이 가슴에 인두로 새겨질 수 있다는 것을 절감했다. 다른 것은 몰라도 정의로 장난치면 안 된다는 말을 신해지청장들에게 해주고 싶었다. 그 지청장들은 요직을 거치며 승승장구했고, 그중 한 명은 검사장으로 승진했다. 내가 어릴 때부터, 타인들에게 차별과 멸시와 억울한 일들을 당했다면서 판검사가 되어 한을 풀어달라고 한 엄마의 심정을 그제야 어렴풋이 이해할 수 있을 것 같았다. 사표를 쓰고 싶은 마음도 소용돌이쳤다. 엄마도 지키지 못하는 사람이 어찌 다른 사람들의 억울함을 풀어줄 수 있을지 자괴감이 들었다.

내가 그런 이야기를 하는 동안 손지은은 나를 빤히 쳐다보면서 경청한다. 경찰서에서 나를 조사할 때의 집중과는 다른 기분 좋은 집중이다. 내 이야기가 끝나자 그녀가 능숙하게 소주병을 흔들고 뚜껑을 딴다. 서로의 잔을 채우자 그녀가 건배를 제의한다.

"억울한 판사님을 위해."

잔을 부딪치고 단번에 잔을 비운 그녀가 말한다.

"판사들 중에서 억울한 일을 당해본 사람이 몇 명이나 되겠어요? 하판사님은 억울한 일을 당해봐서 그 심정을 잘 알 테니까 앞으로 좋은 재판을 할 거라 믿어요."

"그 사건 이후에 재판에 임하는 자세가 달라지긴 했어요. 당사자들이 억울해질까 봐 기록을 몇 번씩 더 검토하게 되었죠. 그러다 보니 부작용도 생겼어요. 좀처럼 결단을 내리지 못해서 미제가 쌓여가요. 판결을 내린 뒤에도 내 결정이 잘못되었을지 모른다는 불안감이 떠나지 않고요."

불판 위에서 조개가 탁탁 소리를 내면서 익어간다.

"판사님, 그런데 저는 판사님한테 서운한 게 있어요."

서운하다는 그녀의 말에 나는 긴장이 된다.

"네? 그게 뭔가요?"

"검찰 결정이 그렇게 억울했는데 왜 항고를 하지 않았나요?"

나는 말없이 술잔만 비운다. 그녀의 목소리가 한층 더 높아진다.

"저는 그 사건 정말 힘들게 수사했단 말이에요. 경찰이 된 이후 제일 힘들었어요. 판사님이 당연히 항고하실 줄 알았는데 항고를 포기하시니 당황스러웠어요. 설마 신해지청장이나 신해지원장이 항고를 하지 말라고 해서 포기한 건 아니겠죠?"

그때는 항고를 할 기운이 없었다. 특히 검찰시민위원회를 거쳐 결정한 사건을 고등검찰청에서 뒤집기는 어려운 일이었다. 오랜 세월 변호사를 한 어떤 선배는 "진실에는 힘이 있어서 아무리 덮으려고 해도 조금씩 비집고 나오게 되어 있어. 그러니 희망을 가지고 끝까지 해봐"라고 격려해주기도 했다. 하지만 검찰의 해머 같은 결정을 얻어맞고 나니 무력감과 회의감이 나를 압도해서 저항해볼 의지조차 생기지 않았다.

"그때 마음이 여러 가지로 복잡했어요. 하지만 제가 항고를 포기하는 데 무엇보다 큰 영향을 미친 건 따로 있어요."

"그게 뭐예요?"

"정신분석이요."

"정신분석요? 그게 어떻게 영향을 미쳤다는 건가요?"

"이야기하자면 길어요."

"이야기해주세요. 밤을 새우는 한이 있어도 그 이유는 꼭 들어야겠어요."

퀸의 카우치

효린이가 소개시켜준 정신분석가를 한 번 만나본 후 나는 정신분석을 하지 않겠다고 결심했었다. 그런데 그녀를 만난 날 밤 유난히 생생한 꿈을 꾸었다. 엄마와 함께 살던 집을 대청소하는 날이었다. 바람에 나부끼는 거실 커튼 자락 위로 아침 햇살이 눈부시게 비치고 있었다. 청소를 도와주기 위해 친구들이 몰려들어서 좁은 집이 부산하게 북적거렸다. 모두들 아직 도착하지 않은 한 명을 기다리느라 대청소를 시작하지 못하고 있었다.

얼마 후 마침내 기다리던 친구가 도착했다. 나는 그 친구를 엄마에게 인사시켰다. 엄마는 등만 보여주고 뒤돌아 앉은 채 인사를 받았다. 그 직후부터 그 친구가 우리 집을 샅샅이 뒤지기 시작했다. 나는 그에게 "우리 집이 좀 후지지?"라고 말했다. 그러고 나니 숨기고 있던 것을 고백한 것처럼 마음이 후련해졌다.

그런데 다음 날 마음속에서 이상한 변화가 감지되기 시작했다.

종일 정신분석가가 눈앞에 어른거렸다. 그녀의 단점으로 보인 것들이 장점이 아닐까 하는 생각이 차츰 스며들었다. 시범적으로 분석을 해보자는 내 제안을 거절한 것도 출중한 실력에서 비롯되는 자신감 때문인 것 같았다. 딱딱하고 직설적인 태도도 친절한 사람보다 내 무의식을 시원하게 파헤치기에 유리할 것 같았다. 나는 며칠 후 그녀를 다시 찾아갔다. 그녀는 처음보다 편안한 표정으로 웃어 보였다.

"결국 다시 오셨군요."

"제가 다시 올 줄 아셨습니까?"

"짐작은 했죠."

"어떻게요?"

"이 일을 하다 보니 반은 무당이 되었어요."

그녀가 웃고 나도 덩달아 웃었다.

"혹시 꿈을 꾸셨나요?"

"아니, 그걸 어떻게 아셨죠?"

"무당이라니까요."

그녀가 웃었지만 나는 이번에는 놀라서 웃음이 나오지 않았다. 그녀에게 꿈 이야기를 해주었더니 그녀가 다 듣고서 몇 가지 질문을 했다.

"그 집은 어떤 집이었나요?"

"어릴 때 엄마와 살던 집이었어요. 지금은 저 혼자 살고 있는 작고 후진 집이에요."

"늦게 도착한 친구는 어떤 친구인가요?"

"성격이 강하고 직설적이에요. 입이 싸서 비밀도 잘 누설하고 남에 대한 배려가 부족한 편입니다. 대학 시절 저의 자취 집에 온 적이 있는데 집 안 구석구석을 허락 없이 뒤진 적이 있었어요. 그렇다고 제가 그 친구를 싫어하지는 않아요. 솔직한 것 같아서 부럽기도 해요."

"그 친구에게 집을 보여주고 나니 왜 마음이 편해졌나요?"

"현실에서도 꿈에서도 그 친구는 제가 부잣집 아들인 줄 알고 있었어요. 그렇다고 그 친구에게 저희 집이 가난하다고 굳이 사실대로 말하고 싶지는 않았어요. 뭔가 속이고 있는 것 같아서 마음이 불편했는데 마침내 그 친구에게 우리 집 사정을 샅샅이 드러내 보여주고 나니 마음이 편해진 것 같아요."

"집은 사람의 마음을 상징할 때가 많아요. 집이 좁고 후진 상태라는 건 하지환 씨의 마음이 그렇다는 것이죠. 대청소는 정신분석을 의미해요. 무의식의 묵은 갈등을 청소할 준비를 하고 있나 보네요. 꿈에 나오는 친구는 저를 의미해요. 저한테 받은 인상이 그 친구의 인상과 유사한 점들이 있었나 봐요. 그 친구처럼 제가 하지환 씨의 마음 곳곳을 샅샅이 살펴볼 거라 여기는 것이죠. 그 친구가 입이 싸다고 한 것을 보면 제가 분석 내용을 다른 곳에 이야기할까 봐 두려운 마음도 있군요. 걱정 마세요. 저는 절대 상담 내용을 누설하지 않습니다. 아무튼 그 친구를 집으로 불러들여서 대청소를 맡긴 것은 하지환 씨의 무의식이 저를 정신분석가로 수용했다는 뜻이죠. 다른 사람들이 하지환 씨의 집이 부자라고 오해한다는 것은 그들이 하지환 씨가 행복할 거라고 오해한다는 의미죠. 꿈에서 엄마가 돌아앉아 있는 것은 엄마나 여자친구와 소통이 잘 안 되었기 때문인 것 같아요."

수사드라마의 마지막 장면에서 수사관이 범인을 앞에 앉혀놓고 그의 모든 범행 수법과 의도를 낱낱이 밝히는 것처럼 그녀의 분석은 예리하고도 정확했다. 나는 그녀에게 한동안 정기적으로 정신 분석을 받기로 했다.

본격적인 정신분석이 시작되었지만 생각처럼 쉽지는 않았다. 카우치에 장시간 누워 있는 것부터가 비행기의 좁은 좌석에 앉은 것처럼 편하지 않았다. 누워 있으면 천장만 보일 뿐 분석가는 시야에 들어오지 않아서 고립감과 불안을 느꼈다. 벽에 걸린 하얀 조각배 그림은 배에서 노를 젓던 사람이 조난을 당해 바닷물에 빠져버린 것처럼 보였다.

"몸에 힘을 빼세요. 숨을 깊이 들이마셨다가 내뱉기를 반복해보세요. 그다음 현재 떠오르는 느낌이나 생각을 이야기해보세요. 심장이 쉬지 않고 뛰는 것처럼 우리 마음에서도 끊임없이 감정이나 생각이 흘러가잖아요. 그것을 그냥 말씀해주시면 돼요."

그녀가 시키는 대로 해보았지만 여전히 말이 나오지 않았다. 사실 아무런 생각이 안 나는 것은 아니었다. 카우치에 누운 사람이 "이런 거 하려고 그 비싼 돈을 내는 것 자체가 제정신이 아닌 것 같습니다"라고 말하자 분석가가 "이제 정신이 멀쩡하게 치료되었습니다"라고 대답하는 카툰 장면이 떠올랐다. 하지만 체면상 그렇게 쩨쩨한 생각을 고백할 수는 없었다.

침묵이 흐르는 시간이 길어지자 뇌의 MRI 사진을 찍으러 통 속에 들어가 있는 기분이 되었다. 반년에 한 번씩 그 통 속에 들어가는 것은 내가 가장 견디기 힘든 일 가운데 하나였다. 그 속에 있을 때면 의사가 나를 잊어버리고 어딘가로 가버렸을까 봐 초조해지곤 했다. 할 말이 하도 없어서 뇌 MRI 사진을 촬영했던 이야기를 했다.

"통 속에 들어가 있으면 너무 답답해요. 삼십 분 동안이나 몸을 움직이지도 못한 채 꼼짝없이 누워 있어요. 관 속에 들어간 느낌이죠. 의사가 유리벽 너머 다른 방에 있어서 꺼내달라고 소리쳐도 제 목소리를 못 들을까 봐 걱정이 되죠. 저를 잊어버리고 그냥 밥 먹으러 가버릴까 봐 자꾸만 신경이 쓰여요."

내가 이야기를 하는 동안 그녀는 아무런 대꾸도 하지 않았다. 이야기가 끝나고 침묵이 흘러도 이래라저래라 말이 없었다. 그저 시간이 다 되면 "오늘은 이만할까요?"라고 말할 뿐이었다.

다음 세션들에서도 말이 잘 안 나오는 것은 마찬가지였다. 대부분은 할 말이 없거나, 말할 힘이 없거나, 말하기가 너무 귀찮거나 했고, 심지어 갑자기 배가 아파오기도 했다.

"저항 때문이에요."

몇 번의 세션 동안 침묵하던 그녀가 처음으로 도중에 뱉어낸 말이었다.

"저항이요?"

"의식은 도저히 감당하기 힘든 갈등을 무의식의 방에 가두어버려요. 그 갈등이 쉽게 밖으로 나오지 못하도록 간수가 무의식의 방문을 지키고 있지요. 무의식의 갈등을 끄집어내려고 하면 그 간수가 격렬하게 저항을 하죠."

그날 밤 꿈을 꾸었다. 대학교에 있던 음악감상실에 갔다. 텅 빈 감상실에 혼자 앉아 있는데 감상실 주인이 다가와서 악보를 주고 돌아갔다. 음악감상실이면 편해야 할 텐데 그곳은 낯설고 불편했다. 주인이라는 여자도 음악감상실과는 안 어울리는 것 같아서 주인이 맞느냐고 따져 물었다. 다음 세션에서 분석가에게 꿈 해석을 요청했다. 그녀는 내게 음악감상실, 감상실 주인, 악보 등의 단어에서 무엇이 연상되는지를 물은 다음 꿈을 해석해주었다.

"감상실은 이곳 분석실을 의미해요. 주인은 저고요. 이곳이 편안하게 위로를 해주는 공간인 줄 알았는데 하지환 씨가 막상 와보니 뭔가 낯설고 불편했다는 의미 같습니다. 꿈에 나온 여자가 감상실 주인이 맞는지를 의심한 것은 여전히 분석가로서의 제 자격을 의심한다는 것이죠. 혹시 악보를 영어로 뭐라고 하는지 아세요?"

"뮤직 시트나 스코어 아닌가요?"

"스코어는 점수라는 뜻이기도 하죠. 감상실 주인이 악보를 주었다는 것은 제가 하지환 씨의 점수를 매긴다고 생각한다는 의미예요. 그런 부담과 의심 때문에 지금 말이 잘 안 나오나 보네요."

듣고 보니 그럴듯했다. 꿈 해석으로 저항들이 용해된 것인지 몰라도 신기하게 그 이후부터는 말이 술술 나왔다.

나는 다음 세션에서 우동규에 대한 이야기를 해보려고 했다. 시작하기 전에 이렇게 말했다.

"저는 이 사건의 당사자이기 때문에 가해자인 의사에 대한 감정에 취해서 그 사건을 객관적으로 보지 못할 수도 있습니다. 그것을 감안해서 들으시기 바랍니다."

평소 주로 듣기만 하던 분석가가 내 말을 꼬치꼬치 따져 묻기 시작했다.

"감정에 '취한다'고 표현하시네요. 취한다는 것이 술에 취한다고 할 때와 같은 의미인가요?"

"음…… 기본적으로 다르지 않죠. 감정에 취해서 이성을 잃고 진실을 객관적으로 보지 못한다는 뜻이니까요."

"그러면 감정을 어떻게 해야 하나요?"

"배제해야죠."

"왜요?"

"감정이 섞이면 진실을 제대로 보지 못하니까요."

"왜요?"

"당연하지 않습니까? 감정은 주관적인 것이니까요."

"사람들 사이의 일을 이해한다는 건 결국 그들이 느낀 감정을 이해하는 것 아닌가요? 그런데 왜 감정을 배제해야 진실을 볼 수 있다고 믿는 건가요?"

"감정 자체를 배제한다기보다는 저의 개인적 이해관계를 배제해야 한다는 뜻이었어요."

"개인적 이해관계는 왜 배제해야 하나요? 정신분석을 받으러 왔으니 개인적인 이야기를 해야 하는 것 아닌가요?"

나는 말문이 막혔다. 그녀가 궤변 같은 질문을 하는 것인지, 내가 뭔가를 혼동하는 것인지 헷갈렸다. 그녀가 이례적으로 집요하게 물고 늘어지는 것이 당황스럽기도 했다.

"직업의 영향이 있는 것 같습니다. 제가 재판할 때 그런 자세를 취하려고 노력하거든요."

"여기서 재판하세요?"

"물론 아닙니다. 하지만 그래야 제 말이 보다 설득력 있지 않을까요?"

"누구를 설득하려 하시는 건가요?"

"글쎄요."

"지금 이 방에 또 다른 사람이 있나요?"

"선생님을 설득하고자 했겠네요."

"왜 저를 설득하려고 하신 건가요?"

"후…… 대답을 찾기가 쉽지 않네요. 선생님이 저의 편이 되어주길 바라는 것 같기도 하고 저를 비난하지 않도록 이해시키려는 것 같기도 하고……"

"제가 같은 편이 아니라고 느끼시는 건가요?"

"……."

"모든 사람이 다 자기편이 아니라고 느끼시나요?"

"사람마다 다르죠. 하지만 사람이란 대부분 자기 코가 석 자니까 전적으로 타인의 편을 들어주지는 않을 거라 생각해요."

"저도 전적으로 하지환 씨 편을 들어주지 않을 거라 생각하는 건가요?"

"그런 것 같습니다."

"편을 들어준다는 것은 무슨 뜻인가요?"

"저를 비난하지 않고 지지한다는 의미겠지요."

"감정을 공감해주는 것보다 비난하지 않는다는 것을 먼저 말씀하시네요."

"듣고 보니 그러네요."

"그래서 꿈에 나온 악보의 영어 단어로 스코어를 떠올리고 배트맨의 여자친구의 말조차 의식하신 거군요."

"아……."

그 모든 것이 다 연결되어 있다는 것이 신기했다. 내가 타인의 시선을 의식하고, 특히 타인이 나에게 잘못이 있다고 생각하는지 여부에 민감하다는 것도 발견하게 되었다.

"제가 하지환 씨가 잘못했다고 생각할까 봐 불안하세요?"

"음…… 글쎄요. 그럴 수 있을 것 같습니다."

"제가 하지환 씨가 잘못했다고 생각하면 어떨까요?"

"음, 기분이 별로 안 좋을 것 같습니다."

"대답이 다 '그런 것 같습니다'네요. 자신의 감정이 무엇인지 파악하는 데 자신이 없으신 건가요?"

"……."

"다른 사람들이 하지환 씨가 잘못했다고 비난하면 어떨까요?"

"우울할 것 같아요. 제가 형편없는 사람이라는 뜻이니까요."

"만 원짜리 지폐를 다른 사람들이 천 원짜리라고 하면 천 원짜리가 되는 건가요?"

"얼마짜리인지를 저만 정확히 알고 다른 사람들은 다 틀릴 것이라고는 생각하지 않습니다. 많은 사람들이 동의한다면 그 의견이 대체로 맞지 않을까요?"

"다른 사람들이 하지환 씨에 대해서 본인보다 더 잘 안다는 건가요?"

"……."

어떻게 보면 말장난 같기도 했지만 그녀의 질문을 따라가다 보면 나 자신을 새로운 각도에서 볼 수 있었다. 새롭게 알게 된 내 모습은 감정을 다채롭게 느끼지 못한다는 것이었다. 그녀는 그 사건에서 느낀 감정들부터 연상해보라고 했다.

"분노요, 분노를 느꼈어요. 정말 화가 났어요. 우과장이 엄마에게 그 독한 류마티스 약을 장기간 먹인 것에 대한 분노. 그래서 엄마가 암이 생겨서 돌아가신 데 대한 분노. 우리 엄마만 당한 것이 아니라 셀 수 없이 많은 고향 어른들이 당한 데 대한 분노. 그런 짓을 하지 않아도 충분히 잘 먹고살 수 있는 놈이 제약회사로부터 리베이트를 받기 위해 그런 짓을 했다는 데 대한 분노. 그런 짓을 하다가 들키고도 끝내 거짓말을 하면서 진실을 은폐하려 하는 데 대한 분노. 자신보다 어린 사람에게 아버지가 법조인이라고 했다가 곧바로 배추 장수라고 말을 바꾸고 살기 위해서는 자존심도 없이 무릎을 꿇는 뻔뻔함에 대한 분노. 그런 나쁜 사람을 자신의 이익을 위해 비호해주려는 사람들에 대한 분노. 이 사건에 대해서 별 관심도 진정한 애정도 없으면서 이러쿵저러쿵 판단하는 주변 사람들에 대한 분노."

"분노만 이야기하시네요."

150

"그럴 수밖에 없지 않나요? 대부분 분노가 생기는 상황이었으니까요."

"물론 분노를 느낄 만한 상황이지만 분노만 느낄 상황은 아니죠. 많은 일이 여러 사람들 사이에서 일어났잖아요. 어떻게 분노만 생겼겠어요? 사람은 진짜 감정을 숨기기 위해 다른 감정을 사용할 때가 많아요. 다른 감정을 겉으로 내세우면서 속 깊은 곳에 차오르는 진짜 감정을 피하는 거죠."

"그럼 제가 진짜로 느껴야 할 감정을 피하기 위해 분노를 대신 느낀다는 말인가요?"

"그런 것 같은데요."

나는 카우치에 누워 연상하면서 그 사건을 겪으며 느낀 분노 외의 감정들을 찾아보려고 애썼다. 마치 강 밑으로 지나다니는 물고기를 찾는 것처럼 분노 밑의 다른 감정을 낚아채보려 애썼다. 그러나 쉽지 않았다. 그 사건을 되새기자 또다시 분노의 불길이 타올라 마음을 새카맣게 태웠기 때문이다. 그 불길 속에서 침착해지려 애쓰면서 다른 감정의 잔해들이 있는지 가만히 살펴보았다. 그랬더니 과연 분노라고 하기 어려운 다른 감정들도 어른거리는 것을 알 수 있었다.

"그러고 보니 다른 감정들도 있네요. 사람들을 속이고 그들의 건강을 해치고도 엄청난 돈을 벌면서 멀쩡하게 살아가는 그 의사에 대한 배신감, 얄미움, 시기심. 아버지가 배추 장수였다는 콤플렉스에 찌들어 있는 데 대한 연민과 한심함. 그놈을 마음대로 벌하지 못하는 데 대한 좌절감과 무력감. 그런 놈을 비호하는 사람들에 대한 실망감. 비참한 엄마의 인생에 대한 슬픔과 미안함. 내 편을 적극적으로 들어주지 않는 주변 사람들에 대한 배신감과 섭섭함."

"거 보세요. 많은 종류의 감정을 느끼잖아요."

"아…… 정말 저는 감정을 제대로 느끼지 못하고 살아왔군요. 그것을 이제야 알게 되다니……."

"처음 태어나서 발로 글씨 쓰는 법만 배운 사람은 손에 펜을 쥐어주어도 펜을 발에다 갖다 꽂지요. 손으로 글씨를 쓰면 훨씬 편하다는 것을 모르는 거죠. 사람마다 감정을 쓰는 취향이 달라요. 어떤 사람은 주로 우울한 감정을, 어떤 사람은 열등감을, 어떤 사람은 슬픔을 주로 써요. 하지환 씨는 분노의 감정을 주로 쓰는 거고요. 하지만 여러 가지 감정을 다양하게 사용하는 게 제일 좋아요. 계절별로, 등산을 갈 때, 운동을 할 때, 파티에 갈 때 다 다른 옷을 즐겁게 바꾸어 입는 것처럼 다양한 감정을 정확하게 사용하면 인생이 훨씬 다채롭고 즐거워지겠죠. 사실 그보다 중요한 것은 각 감정이 충분히 소화돼서 갈등이 남지 않게 된다는 거예요. 슬픔을 느껴야 할 때도 분노를 느끼면 슬픔의 감정이 제대로 배출되지 않고 몸속에 남아서 다른 갈등을 일으키게 되거든요."

"감정을 사용한다는 게 무슨 뜻인가요?"

"그 감정을 정확하게 파악하고 충분히 느끼고 적절하게 배출하는 걸 말해요."

"저는 그 사건에서 느낀 감정을 아직 배출하지 못했겠네요. 그동안은 제대로 인식조차 못 했으니까요."

그녀는 빙긋이 웃으면서 고개를 끄덕거렸다.

"방금 저는 그 감정들을 사용한 건가요?"

"아니요, 이제 겨우 감정들의 존재를 인식했을 뿐 소화했다고는 볼 수 없죠. 인식한 감정들도 과연 정확하게 이름 붙인 것인지 하나씩 확인을 해봐야 하고요. 앞으로의 세션에서는 그 감정들을 하나씩 확인하고 제대로 느끼고 배출하는 작업을 할 거예요."

감정을 제대로 사용하지 못한다는 것 외에도 나는 내가 현실에 발을 디디고 있지 않다는 점을 발견하게 되었다. 나는 바로 지금, 바로 여기에 온전히 존재하지 않고 있었다. 그녀는 자동 세차기를 통과할 때 자동차의 창을 제대로 닫지 않아 거품과 물이 차 안으로 스며들듯이, 내 무의식이 생산해내는 판타지가 현실 인식의 시계를 뚫고 침투하고 있다고 했다.

"사람은 누구나 무의식의 환상에 어느 정도 발을 걸쳐놓고 있어요. 그 정도가 다를 뿐이죠. 같은 장소에서 같은 것을 보고도 각자 다른 느낌을 가지는 것도, 누군가와 사랑에 빠지는 것도, 소설과 영화와 음악이 인위적으로 만들어진 것임을 알면서도 눈물을 흘리는 것도 모두 환상이 침투하기 때문이죠. 하지만 하지환 씨에게는 다른 사람들보다 환상이 더 쉽게 침투하는 영역이 몇 가지 있는 것 같아요."

내가 한창 절에 다닐 때 스님들이 "모든 것은 마음이 짓는 장난이다"라고 했던 말이 떠올랐다. 과거에 대한 회한과 미래에 대한 불안에만 마음을 두는 내게 스님들은 모든 상념을 버리고 '바로 여기, 오직 지금'에만 집중하라고 했다.

그날 나는 집으로 돌아가는 길에 휴대폰 카메라로 내 얼굴을 찍어서 그것을 한참 동안 들여다보았다. 길게 내려온 매부리코, 화난 듯 치켜 올라간 양쪽 눈썹, 갈매기 날개처럼 길게 뻗다가 꼬리는 울상으로 처진 눈, 툭 튀어나온 광대뼈, 뾰족한 턱, 그 모든 것들이 마치 녹음한 내 목소리를 들을 때처럼 낯설고 어색했다. 자화상을 그리고 나면 늘 내 모습이 아닌 것처럼 느껴지는 것과 비슷한 맥락이었다.

생각해보면 그림이나 사진의 문제가 아니었다. 나는 원래부터 내 얼굴에 대해 내 것이 아닌 것 같은 이물감을 느끼고 있었다. 나 자신이 내가 아닌 느낌, 내 인생이 내 것이 아닌 듯한 느낌이 불현듯 침투할 때가 있었다. 간헐적으로 솟아오르는 자살 충동도 나로부터 내가 아닌 그 어떤 존재를 추방하고 싶은 충동인지도 몰랐다.

그런 이물감이 어디서부터 온 것일까? 따로 짚이는 데가 있었다. 그것은 나의 얼굴이 아버지를 닮았다는 것이다. 실물로든 사진으로든 본 적은 없지만 나는 내가 아버지를 닮았다고 확신하고 있었다. 아무리 봐도 엄마를 닮지 않은 거울에 비친 나의 얼굴과 간혹 나의 얼굴에 시선을 두고 딴생각을 하는 듯한 엄마의 눈빛 속에서.

그 무렵 꿈을 꾸었다. 여교사가 내게 밤하늘의 별을 보러 가자고 했다. 그녀의 가슴에는 'QUEEN'이라는 글자가 쓰여 있었다. 그녀는 나를 자신이 다니던 대학교의 천문대로 데리고 갔다. 천문대의 천장은 무수히 많은 삼각형의 유리들로 덮여 있었다. 유리에 뿌옇게 먼지가 끼어 있어서 별이 보이지 않았다. 유리 위에는 과녁들이 그려져 있었는데 한 청년이 큰 활을 들고 과녁을 향해 화살을 쏘았다.

다음 세션이 시작되자마자 나는 그 꿈 이야기를 꺼냈다.

"그 꿈속에서 어떤 기분을 느꼈나요?"

"그냥 좀 답답했어요. 별을 보러 갔는데 결국 별은 못 보고 어떤 청년이 활을 쏘는 것만 구경했으니까요."

"활 쏘는 걸 보는 건 별로 재미없나요?"

"그건 별로예요. 저는 그런 묘기에 그다지 감동받지 않아요."

"별을 보았다면 어떤 느낌이었을 것 같나요?"

"좋았겠죠. 저는 원래 별 보는 걸 좋아하거든요."

"어떻게 좋은지 그 느낌에 집중해서 좀 더 구체적으로 말씀해보세요."

"감동적이고 신비롭고 황홀한 느낌이에요. 별은 마치 다이아몬드처럼 무엇과도 비교할 수 없는 귀한 가치를 압축해서 담아놓은 것 같아요. 그 자체로 생명을 발산하는 것 같고."

"여교사는 저를 의미하네요. 활을 쏘는 청년은 하지환 씨고요. 별은 외부 세계의 진실, 감정, 사람 등을 의미해요. 뿌연 유리는 무수한 갈등으로 더럽혀져 있는 하지환 씨의 무의식이죠. 하지환 씨는 외부 세계의 사람이나 감정과 접촉하기를 갈망하지만 무의식의 갈등 때문에 제대로 접촉하지 못하고 있어요. 유리가 깨끗하지 않으면 현실을 있는 그대로 인식할 수 없죠. 외부 세상은 순간순간 끊임없이 변해요. 아기 때는 엄마 품에 있었지만 성인이 되면 독립을 해야 하지요. 게다가 함께 살아야 하는 배우자가 생기면 혼자서 살 때와는 세상이 천양지차로 달라지죠. 돌봐야 할 아이가 생기면 세상이 또다시 뒤집어지죠. 유리가 깨끗하면 현실이 바뀔 때마다 변화를 제때 인식할 수 있지만 유리가 더러우면 현실이 바뀌었는데도 예전의 시각으로 사물을 보게 되죠. 그러니 유리가 더러워지지 않도록 끊임없이 닦아야 해요. 하지만 유리를 닦는 작업은 고통스럽죠. 자기 자신을 직시하고, 자기의 오류를 인정하고, 자기를 변화시켜야 하니까요. 그래서 대부분의 사람들은 그냥 그대로 살아요. 운이 좋은 일부만이 죽을 때까지 자신의 유리를 닦으면서 살아가죠. 유리를 닦지 않으면 당장은 고통을 회피할 수 있겠지만 결국 정신 질환이나 미성숙을 초래하게 되죠. 나이는 들어가지만 심리적으로는 한 살, 두 살에 머물러 있게 되죠. 그런 사람들은 외부 세계를 있는 그대로 접촉하는 황홀한 감동을 느낄 수 없어요."

"그럼 과녁은 무슨 의미인가요?"

"그건 하지환 씨가 한번 직접 연상을 해보세요."

"과녁은 뭔가를 맞히는 것이죠. 중심으로부터 밖으로 나갈수록 점수가 낮아지죠. 과녁을 맞히는 사람은 좋은 점수를 받기 위해 집중해서 활을 쏴요. 정작 중요한 별은 보지 않고 과녁만 맞히는 것이죠. 아하, 알겠어요! 과녁을 맞히는 것은 타인들이 정해놓은 기준에 맞춰서 행동하는 나의 성향을 의미하는 거네요."

"잘하셨어요."

"그러고 보면 저는 그동안 인간관계를 맺을 때 상대방 자체와 접촉하지 않고 상대방과 저 사이에 있는 관념적인 관계에만 집중했던 것 같아요. 어떤 사람과의 관계의 사회적 의미를 평가한 후 그 관계 속에서 점수가 높은 행동을 하려고 노력하는 식이에요. 과녁을 맞히는 것과 다를 바 없죠. 그러니 누군가를 만나고 돌아오는 길에도 내가 한 말과 행동이 적절하고 좋게 평가받았는지 여부만 되새길 뿐, 정작 상대방 자체와 접촉하고 즐거움을 느끼는 일은 별로 없었죠. 그동안 제 인생관도 이 사회에서 누구나 좋다고 공통적으로 인정하는 가치를 가급적 많이 생산하자는 것이었는데 그것도 과녁 맞히기였네요. 그 가치라는 것도 제가 정하는 것이 아니라 사회나 다른 사람이 정하는 것을 전제로 한 것이고요. 하지만 타인의 시선이나 사회적 평가를 의식하지 않는 사람이 있나요?"

"의식이야 할 수 있겠지만 건강한 사람들은 그런 것에 그리 큰 비중을 두지 않죠. 그런 것이 자신의 진짜 가치를 결정하지 않는다는 것을 잘 아니까요. 사람에게는 저마다 각자의 가치와 매력이 있죠. 대부분의 사람들이 가을을 좋아한다고 해서 봄의 가치나 매력이 떨어지는 건 아니잖아요. 건강하지 않은 사람들은 그 사실을 믿지 못하죠. 그런 사람들은 남들이 인정해주지 않으면 자기 자신의 가치도 볼 줄 몰라요."

"그러면 저는 과녁을 그만 맞히고 유리를 닦아야겠네요. 별을 보기 위해서."

"빙고!"

"유리를 닦으려면 어떻게 해야 하나요?"

"일단 유리를 하나씩 잘 살펴보아야겠죠. 유리에 어떤 종류의 얼룩이 어떻게 묻어 있는지 정확히 알아야 닦는 방법을 적절하게 강구할 수 있겠죠. 어떤 얼룩은 쉽게 닦이지만 어떤 얼룩은 특별한 방법을 써야 지워질 수도 있겠죠. 어떤 얼룩은 아예 지울 수 없을 수도 있을 테고."

그녀가 꿈에서 퀸이라고 쓰인 옷을 입고 나온 것의 의미에 대해서는 세션에서 이야기하는 것을 깜빡하고 말았다. 집에 가며 생각해보니 퀸은 프레디 머큐리가 속한 밴드의 이름이자 여왕이라는 뜻의 영어 단어이며, 엄마의 상징이기도 한 듯했다. 그날 이후 나는 휴대폰 전화번호부에서 그녀의 이름을 퀸으로 변경했다.

다음번 꿈에서는 한국이 북한을 무력으로 침공했다. 나는 한국의 군인이었고, 막사 안에서 독일 통일에 대한 책을 읽고 있었다. 대규모의 북한군이 막사 주변을 포위해 오는 상황이었다. 그대로 전멸되는가 싶었는데, 대통령이 막사 안으로 들어와 나가서 싸우자고 외쳤다. 그 말에 나를 비롯한 한국 군인들은 사기가 올라서 총을 들고 밖으로 뛰쳐나갔다. 다음 세션에서 그녀가 꿈을 해석해주었다.

"하지환 씨에게는 북한이 어떤 이미지인가요?"

"폐쇄적인 나라죠. 체제가 합리적이지도 않고요. 70년대 이후 발전이 없는 나라죠."

"폐쇄적이고, 합리적이지도 않고, 70년대 이후 발전이 없는 곳. 그곳이 어디일까요?"

대체 뭘까? 그러다 얼마 지나지 않아 스스로 답을 찾을 수 있었다.

"아…… 무의식! 내 무의식이네요."

북한이 무의식이라면, 개방되고 체제가 합리적이며 세월에 따라 발전을 거듭해온 남한은 의식이었다. 내가 독일 통일에 관한 책을 보고 있었던 것은 남북 통일, 즉 의식과 무의식의 통합을 지향한다는 것이었다. 남한이 전쟁을 일으킨 것은 나의 의식이 무의식과의 싸움을 시작한 것을 의미했다. 군의 최고 통수권자인 대통령은 내 의식을 지배하는 자아(ego)였다.

　"앞으로의 세션에서 하지환 씨가 본격적으로 무의식과 전쟁을 벌일 것 같은 느낌이 드네요."

세 번의 장례식

　정신분석을 시작하고 얼마 지나지 않았을 때, 잠적했던 서연이와 열흘 만에 연락이 닿았다.

　"대체 어떻게 된 거야? 어디 갔었어?"

　흥분한 내 목소리와는 대조적으로 서연이의 목소리는 휴일의 도심처럼 차분했다.

　"잘 있었어?"

　서연이가 대답을 회피하자 내 말투는 더욱 거칠어졌다.

　"어디서 뭘 하다 이제 돌아온 거냐고!"

　"좀 잤어."

　"뭐? 그게 말이 돼?"

　"강원도에 있었어."

　"강원도에는 왜?"

　"그냥."

"나랑 가면 안 되는 거야?"

"그냥 혼자 가고 싶었어."

"참 이기적이다. 남자친구한테 어딜 가면 간다고 알려주는 건 최소한의 예의 아니야?"

"미안해."

내 목소리는 점점 커졌다.

"미안해, 미안해, 미안해! 뭐가 미안한 줄 정말 알긴 아는 거야? 매번 같은 일로 도대체 몇 번째야! 넌 앞으로도 또 그러고, 또 그럴 거 아냐. 나를 대체 얼마나 괴롭힐 거야?"

"정말 미안해."

서연이는 미안하다고 하면서도 결코 다시는 그러지 않겠다는 약속은 하지 않았다.

"또 그럴 거야?"

"오늘은 그만 자자, 졸려."

그 말에 그때까지 느낀 분노보다 더 큰 화가 치밀어 올랐다.

"내가 그동안 얼마나 힘들었는데 넌 졸린다고? 왜 이렇게 내 마음을 몰라주니? 차라리 광화문에 앉아 있는 세종대왕이 내 마음을 더 잘 알아주겠다."

나는 그렇게 말하고 일방적으로 전화를 끊었다. 그러고 나니 마음이 불편했다. 결국 먼저 전화를 걸어 화를 내서 미안하다고 했다. 서연이는 아무렇지도 않다는 목소리로 괜찮다고 했다. 나는 전화를 끊자마자 그대로 곯아떨어졌다. 히말라야 등반을 마치고 돌아와 처음으로 집에서 잠을 자듯이, 모처럼 깊은 잠에 빠졌다.

그날 밤 꿈에서 나는 화장실 변기에 앉아서 볼일을 보고 있었다. 볼일을 마치고 일어났는데 갑자기 화장실 문이 부서질 듯 거칠게 열리더니 조직 폭력배 한 명이 들이닥쳐서 회칼로 내 몸을 찌르기 시작했다. 나는 온몸에 자상을 입고 피를 흘리며 주저앉았다.

다음 세션에서 퀸에게 그 꿈 이야기를 했다.

"화장실에서 볼일을 보는 것은 감정을 표현하는 것을 의미해요. 하지환 씨가 여자친구에게 분노의 감정을 표출한 것을 의미하지요. 그런데 자객으로부터 보복을 당했네요. 하지환 씨가 감정을 제대로 표출하지 못하는 것은 상대로부터 보복을 당할까 봐 두려워하기 때문인 것 같아요. 그 보복의 수준이 조직 폭력배에게 회칼로 찔리는 정도로 강하다는 것은 그만큼 두려움이 크다는 뜻이고, 하지환 씨가 그만큼 감정 표현을 주저한다는 것이죠."

"저는 대체 어떤 보복을 두려워하는 걸까요?"

"그 답을 우리가 앞으로 함께 찾아내야죠."

나는 이어서 서연이가 종종 잠적하는 것에 대해 이야기했다.

"서연이가 잠적하면 제 마음은 지옥이 되어버려요. 일이 손에 잡히지 않고 종일 안절부절못하겠어요. 서연이가 전화를 안 받을 줄 뻔히 알면서 계속 전화를 걸거나 문자메시지를 보내요. 수면제 없이는 잠을 잘 수도 없고요. 아무런 근거도 없는데 서연이가 예전 남자친구를 만나고 있다는 생각도 들어요. 그러다 서연이가 돌아오면 마음이 단숨에 양떼가 몰려다니는 평화로운 목장으로 돌변해요. 수면제 없이도 잠을 잘 수 있죠. 그러면서도 한편으로는 서연이가 또 잠적할지 모른다는 생각에 신경이 곤두서고 짜증이 나요."

"서연 씨와 헤어지고 다른 사람을 만날 생각은 해본 적이 없나
요?"

그 질문에 내 목소리에서 힘이 쭉 빠졌다.

"수도 없이 했죠. 헤어지자는 말도 몇 번 했어요. 그때마다 하루
도 지나지 않아서 제가 먼저 찾아가서 다시 만나자고 했어요. 물고
기가 물 밖으로 나온 것처럼 불안하고 우울하고 곧 죽을 것만 같
았어요. 그래서 헤어질 엄두가 안 나요."

"헤어짐이 바로 하지환 씨가 두려워하는 보복인가 보네요. 예전
에 헤어진 경험이 있나요?"

"네, 첫사랑과 헤어질 때 참 힘들었어요."

벨트가 끼워진 채 방바닥에 구겨져 있는 바지. 뒤집힌 채 짝 없
이 나뒹구는 양말들. 짜장이 덕지덕지 말라붙은 나무젓가락들. 그
사이에서 종일 시체처럼 널브러져 있는 것이 첫사랑이 떠나고 난
뒤 나의 일과였다.

순간순간이 허무하고 우울하고 슬펐다. 걸어 다닐 기운조차, 앉
아 있을 기운조차 나지 않았다. 무슨 일을 해도 재미가 없고 하고
싶은 것이 하나도 없었다. 외로움보다 견디기 힘든 것이 허무감이었
다. 하루하루 무엇을 하며 살아야 할지 알 수 없었다. 허공에 날아
다니는 새들도 하루를 보람되게 보내는 것 같은데 나만 하루하루
를 헐값에 팔아치우는 듯했다.

학교에도 가지 않았다. 강의실에 앉아 있어보았자 집중을 할 수

가 없었다. 강의실에 있으면 아무도 없는 빈 공간에 감금이라도 된 것처럼 갑갑하고 숨이 막혔다. 동기들은 고시 공부로 바빴지만 나는 공부를 해야 하는 이유조차 찾지 못했다. 심지어 왜 직업을 가져야 하는지, 왜 하루 세끼를 먹어야 하는지, 왜 살아야 하는지에 대해서조차 답을 찾을 수 없었다.

무엇을 먹어도 맛이 없었다. 밥이 잘 넘어가지 않아 종일 굶는 날도 많았다. 속에서 신물이 올라오고 시력이 떨어지고 귀에서 고름이 흐르고 소변에 피가 섞여 나오고 두세 달 사이에 십 킬로그램이 빠졌지만 병원에도 가지 않았다. 이상하게도 몸이 아플수록 위로를 받는 것처럼 마음이 편해졌다.

다만 잠이 오지 않는 것만큼은 견디기 어려웠다. 몸이 피곤한데도 정신은 유리 조각이 가득한 침대 위에 누워 있는 듯했다. 밤이 깊어질수록 시계 초침 소리가 점점 또렷이 파고들었다. 하룻밤을 보내는 것이 바위를 옮기는 것처럼 힘들었지만 막상 날이 밝으면 나의 어제가 빈 노트 한 장보다 가볍게 찢겨버린 것 같아 우울했다.

나의 삶이 돌벼랑 끝에 한 손으로 매달려 있다가 다섯 줄의 핏자국을 그리며 추락하는 느낌이었다. 마치 면봉으로 귀를 후비듯 별다른 뜻도 없이 칼로 손목을 긋기도 했다. 그러고는 남의 몸에서 피가 흘러내리는 것처럼 그것을 멍하니 구경했다.

죽음 너머의 세상을 고향처럼 그리워했다. 삶의 무게를 일 그램도 느끼지 않아도 될 것 같은 그 특별한 무(無)의 세계가 이 땅에 존재하는 그 어떤 공간보다 안온할 것 같았다. 설사 그것이 천국

일지라도 죽은 뒤에 또 다른 생이 있다는 것은 상상조차 하기 싫었다.

나의 임종 장면이 하루에도 몇 번씩 눈앞에 어른거렸다. 링거를 꽂은 내 몸뚱이가 타버린 나무처럼 바싹 말라버린다. 몸은 이미 보이지 않는 관에 갇힌 듯 꼼짝할 수 없다. 관 밑에서부터 차오른 물이 눈과 입과 코를 차례로 뒤덮으며 관 뚜껑처럼 나를 가둔다. 찝찝하고 무서운 이물감이 물과 함께 코앞에서 넘실거린다. 침대 양쪽의 사람들은 나를 내려다보면서도 내 손을 잡아주지 않는다. 아무리 애를 써도 도와달라는 말도, 제발 빨리 죽여달라는 말도 새어 나오지 않는다. 그런 죽음의 과정은 독사가 득실거리는 다리를 맨몸으로 기어서 건너는 것만큼 끔찍하게 다가온다.

나는 그래서 자살을 하고 싶었다. 죽어가는 과정을 폴짝 뛰어넘어버리고 싶었다. 권총 한 발이면 그 끔찍한 과정을 생략할 수 있을 것 같았다. 하지만 죽을 용기가 없었다. 하루 종일 죽음의 문 앞에서 그 안을 기웃거리면서도 막상 문지방을 넘을 용기는 없었다. 겁쟁이. 그것은 '냉정한 자'와 함께 내 내면의 남루한 속옷 가슴팍에 적힌 글자였다.

그러던 어느 날 효린이가 내 자취방으로 찾아왔다. 내가 오랫동안 보이지 않아서 찾아나선 것이라고 했다. 효린이는 방구석에 처박혀 있는 나를 보더니 일단 자신이 다니는 학교 병원으로 가자고 했다. 내가 따라가지 않겠다고 하자 효린이는 119를 불렀다. 나는 각종 검사와 치료를 받으면서 꼬박 두 달을 병원에 입원해 있었다.

검사결과 내가 생각했던 것보다 몸 상태가 훨씬 좋지 않았다. 의사는 나의 위, 신장, 간 등 성한 곳이 없다면서 특히 문제가 되는 것은 뇌종양이라고 했다. 의사가 보여주는 뇌 사진을 보니 과연 작은 조약돌 같은 덩어리가 보였다. 뇌종양이라는 말에 효린이의 눈에 눈물이 맺혔지만 나는 덤덤했다. 오래전부터 나는 엄마처럼 젊은 나이에 병에 걸려 죽을 것이라는 확신을 가지고 살고 있었기 때문이다. 엄마가 불행한 일이 생길 때마다 "역시 나는 재수가 없어"라고 말했을 때 바로 이런 심정이었겠구나 짐작이 되었다.

의사는 수술을 해봐야 양성인지 악성인지 알 수 있다고 했다. 종양이 양성이라고 하더라도 크기가 계속 커지면 주변 뇌기능을 파괴할 수도 있으니 수술을 해야 한다고 했다. 그 말에 나는 하마터면 웃음이 터져 나올 뻔했다. 내게는 수술할 돈도, 간호해줄 사람도 없었지만 무엇보다도 병상에 누워 있는 엄마에게 내가 뇌종양에 걸렸다고 말할 수는 없었다. 중고등학생 시절 몸이 아파도 엄마에게 아프다고 말하지 못한 것도 같은 이유였다. 감기 몸살에 걸린 사람이 암에 걸린 사람에게 간호를 청할 수는 없는 일이었다. 나는 수술을 거부하고 퇴원했다. 수술에 대해서는 엄마가 돌아가신 후에나 생각하기로 했다. 가능성이 낮다고는 하지만 종양이 자라지 않을 수도 있었다.

설사 상황이 좋지 않게 진행된다고 하더라도 최악의 경우에는 자살이라는 해결책이 있었다. 물론 자살을 위한 용기가 축적되어야 했다. 프레디 머큐리는 에이즈에 걸리고도 마흔여섯 살이 될 때까지 서서히 죽어갔다. 카리스마 넘치는 나의 영웅 프레디가 자살을 하지 못했다는 사실은 위안과 동시에 실망을 주었다. 그는 왜 죽음이란 짐승에게 숨통을 물어뜯기기 전에 자살을 할 수 없었을까? 마이크 하나로 수만 명의 군중을 호령했던 것처럼 권총 한 자루로 자신을 체포하러 온 죽음의 전령을 무력화시킬 수 있지 않았을까?

반면 유약해 보이는 고흐는 자살에 성공했다. 그는 밀밭에서 배에 권총을 쏘고는 수백 미터 떨어진 집으로 걸어가 테오의 무릎에 안겨 숨을 거두었다. 서른일곱의 나이였지만 이미 그림 팔백여 점을 남긴 후였다. 나도 그렇게 많은 그림을 그리면 자살을 할 용기가 생길까?

그런 생각에 휩싸여 나는 음악을 틀어놓고 계속 그림을 그렸다. 그것이 그 당시 내가 하던 유일한 생산적인 행위였다. 그때도 「보헤미안 랩소디」가 내 심정을 대신 노래해주었다.

Too late, my time has come.

Sends shivers down my spine.

Body's aching all the time.

Goodbye everybody, I've got to go.

Gotta leave you all behind and face the truth.

Mama, oooh, I don't want to die.

Sometimes I wish I'd never been born at all.

너무 늦었어. 내 차례가 왔어.

공포의 전율이 등골을 타고 흘러.

몸은 하루 종일 아프기만 해.

모두들 안녕히, 나는 떠나야만 해.

모두를 떠나서 진실을 직면해야만 해.

엄마, 하지만 난 죽고 싶지 않아요.

차라리 아예 태어나지 말았어야 하는데.

"그런 고통의 시간을 겪은 지 몇 년이 지나서야 짧게나마 누군가를 사귈 수 있었어요. 그런데 헤어질 때마다 여전히 죽을 것만 같았어요. 연애가 거듭되면 익숙해질 법도 한데 마치 모든 사랑이 첫사랑인 것처럼 이별의 고통을 똑같이 겪었어요. 서연이는 지금까지 만난 사람 중에 가장 오래 만났기 때문에 헤어지면 고통이 더 크겠죠. 그래서 좀처럼 용기가 나지 않아요."

"이별을 언급할 때마다 죽음이라는 단어를 함께 쓰시네요."

등에 뭐가 묻었다고 일러주는 것처럼 퀸은 나만 모르고 있던 나의 명백한 모습을 지적해주었다. 덕분에 나는 내가 서연이와 헤어지는 것을 죽음과 동일시하고 있음을 깨달을 수 있었다. 죽음의 과정에 대한 유별난 공포를 가지고 있는데 헤어짐을 죽음과 동일시하니 헤어지는 과정에 대해 죽음 같은 공포를 느끼는 것이 당연했다.

그러나 따지고 보면 '이별=죽음'이란 등식이 반드시 성립하는 것은 아니었다. 죽으면 이별할 수밖에 없지만 이별을 한다고 반드시 죽는 것은 아니었다. 또 죽는다고 하더라도 죽음의 과정이 내가 지레 겁을 먹은 것만큼 고통스럽지 않을 수도 있는 것이었다. 머릿속으로는 이렇게 계산이 되지만 마음에서는 죽음과 이별이 분리되지 않았다.

"제 마음은 대체 왜 이렇게 믿고 있는 걸까요? 왜 이별과 죽음을 동일시하는 걸까요? 왜 죽음의 과정을 그토록 힘든 것으로 여기고 있을까요?"

"과거에 그런 경험을 했겠죠. 사람의 감정은 대부분 이전에 입력된 감정을 반복해서 느껴요. 가까운 사람이 죽은 적이 있나요?"

"네……"

"그 이야기를 좀 해주실 수 있을까요?"

나는 그때부터 몇 세션에 걸쳐 내게 큰 영향을 주었던 세 사람의 죽음에 대해 차례로 이야기하기 시작했다. 바로 어제 일인 것처럼 생생한 기분이 드는데도 막상 입 밖으로 끄집어내고 보니 기억이 사라진 부분이 적지 않았다. 도중에 기억이 잘 안 나서 이야기가 뚝 끊기기도 하고 잡념이 툭 떠올라서 말이 딴 데로 새기도 했다. 카우치에 누운 채 공황장애 증상을 겪기도 했다. 그럼에도 불구하고 나는 살기 위해 발버둥치는 조난객처럼 덤불을 헤치고 늪을 건너며 끊임없이 이야기를 밀고 나갔다.

백사자를 통해 「보헤미안 랩소디」를 알게 된 지 얼마 되지 않은 어느 맑은 봄날이었다. 나는 여느 때처럼 백사자와 낚시를 하러 갔다. 그때만 해도 신해성모병원 뒤쪽에 커다란 저수지가 있었다. 우리는 나뭇가지를 분질러서 낚싯대를 만들고 늪지대에서 잡은 지렁이를 미끼로 삼았다. 돈이 없어 오십 원에 파는 조립 낚시 세트를 살 수는 없었지만 낚시터에 가면 사람들이 쓰다가 버린 찌를 주울 수 있었다. 백사자는 다음 날인 할머니 생일 밥상에 올릴 큰 물고

기를 잡고 싶어 했다. 잉어를 잡겠다고 큰소리를 쳤지만 잉어는커녕 그물에는 잔챙이 서너 마리뿐이었다.

"와 이래 안 잡히노. 좀 더 깊이 들어가봐야겠다."

백사자는 바지를 걷고 물속으로 걸어 들어갔다. 조금 걸어가면 수면 위로 솟아오른 바위가 있었는데 그 위에서 잡으면 더 잘 잡힐 것 같았다. 따라가고 싶었지만 원래 겁이 많은 나는 엄두를 내지 못했다. 검은 하늘도 검은 물도 검은 바위도 겁이 났다. 낚싯대를 들고 앉아 있던 백사자가 잠시 후 벌떡 일어나며 환호했다.

"잉어다! 잉어다!"

"진짜가!"

"그래! 인자 잡았다!"

하지만 곧이어 풍덩 하는 소리와 함께 백사자가 물에 빠지고 말았다.

"백사자! 백사자! 상화 형! 상화 형!"

백사자가 수영을 할 줄 모른다는 것을 그가 물속에서 허우적거리는 것을 보고서 처음 알게 되었다. 그는 머리가 물 밖으로 나왔다 속으로 잠겼다를 반복하면서 고통스럽게 퍼덕거렸다. 기겁을 한 나는 백사자를 그대로 두고 도망을 치기 시작했다. 그길로 백사자의 집을 향해 달려가서 자고 있는 할머니를 깨웠다. 할머니는 나의 손을 붙잡고 저수지를 향해 뛰었다. 할머니가 뛰는 것은 그때 처음 보았다. 치마저고리를 입은 할머니는 옷에 걸려서 넘어지기도 하고 신고 있던 고무신이 벗겨지기도 했다.

그다음 순간부터는 분절된 몇 장면들만 기억에 남아 있다. 저수지 근처에 경찰이 쳐놓은 바리케이드. 빨갛고 파란 색으로 섬뜩하게 번쩍거리던 경찰차의 경광등. 그 주변에 몰려들어 구경하던 검은 실루엣들. 호수로 들어가던 잠수부들의 물안경. 거적으로 덮인 들것. 흰색 봉고차의 뒷문을 열고 들것을 집어넣던 흰색 가운을 입은 사람들. 바닥에 주저앉아 하얀 고무신으로 땅바닥을 치며 통곡하던 할머니.

백사자의 장례식도 신해성모병원 장례식장에서 치렀다. 나는 병원의 허연 건물만 멀리서 바라보았을 뿐 왠지 무서워서 가보지 못했다. 대신 나는 다음 날에도, 그다음 날에도 날이 밝자마자 사자 동굴 앞으로 가서 예전처럼 백사자를 불렀다.

"사자야, 사자야, 뭐 하~노?"

"사자야, 사자야, 뭐 하~노?"

"살았나…… 죽었나……."

"살았나…… 죽었나……."

백사자는 아무런 대답이 없었다. 그로부터 한참 동안 나는 효원동 시장 어물전에 놓인 조각난 물고기나 목과 발이 잘린 채 통닭집에 매달린 닭을 볼 때마다 섬뜩해서 울음을 터뜨렸다.

며칠 후 사자 동굴에서 백사자 대신 머리를 풀어헤친 할머니가 나왔다. 할머니는 퀭한 눈으로 백사자의 유품인 공테이프들과 카세트라디오를 내게 주고는 손을 꼭 쥐고 손주의 얼굴을 찾기라도 하듯이 내 얼굴을 찬찬히 살펴보았다. 며칠 후 다시 사자 동굴에 갔을 때는 동굴이 철거되고 그곳엔 아무도 없었다. 나중에야 할머니가 천장에 목을 맨 채 발견되었다는 소문을 들었다.

백사자의 죽음 이야기를 들은 퀸이 물었다.

"백사자의 죽음으로 인한 충격을 어떻게 이겨냈나요? 친구들과 함께 나누었나요?"

"아니요, 백사자는 형이었기 때문에 저와 백사자를 같이 아는 친구는 없었어요."

"그럼 하지환 씨의 엄마가 위로해주었나요?"

"아니요, 엄마는 그저 '시장 구석에 사는 애가 물에 빠져 죽었으니 물가에 갈 때 조심해라'라고 할 뿐이었어요."

"단짝 친구가 죽었는데 아무도 위로를 해주지 않았단 말인가요?"

"그런 셈이죠."

"괜찮았어요?"

"그땐 그냥 덤덤했어요. 물론 가끔 울기도 했지만."

"안전벨트도 안 한 채 중앙선을 침범하는 차를 들이받아놓고서 별 느낌 없이 덤덤하다고 하는 것 같네요. 그 충격이 내면에 고스란히 남아 있었을 텐데."

"대신 한동안 매일 까까머리 낙타 위에 올라가서 눈을 감은 채 백사자의 카세트라디오로 「보헤미안 랩소디」를 들었어요. 하도 많이 들어서 공테이프가 늘어나 노래가 느려질 정도였어요. 그 곡을 듣고 있으면 마치 백사자가 예전처럼 곁에서 노래를 불러주는 것처럼 느껴졌어요. 까까머리 낙타에도 백사자의 영혼이 깃들었다고 믿었어요. 사람이 죽으면 흙이 되고 흙은 나무가 되니까요. 나중에는 까까머리 낙타 위에 프레디 머큐리와 고흐가 나란히 앉아 있는 그

림을 종종 그렸어요. 그 정도가 스스로 상처를 핥는 나름의 방법이
었던 것 같아요."

"그런데 프레디 머큐리도 얼마 후 죽지 않았나요?"

"맞아요, 그게 바로 제가 겪은 두 번째 죽음이에요."

백사자가 죽고 두 해 정도 지난 어느 날, 프레디 머큐리가 죽었
다. 그날 밤, 내가 매일같이 듣던 「별이 빛나는 밤에」는 프레디 머
큐리 추모 특집으로 꾸며졌다. 음악은 「보헤미안 랩소디」, 「러브 오
브 마이 라이프(Love of My Life)」, 「위 아 더 챔피언(We are the
Champion)」 등 모두 그의 명곡들로 채워졌다. 당시 서울에서는
'별밤'을 이문세가 진행했지만 신해시에서는 아나운서가 진행했다.
그날도 종일 뉴스를 진행하다 온 별밤지기는 프레디의 생애를 시장
후보자의 약력을 소개하듯 또박또박 읽어 내려갔다.

그에 따르면 프레디는 죽기 이틀 전에 자신이 에이즈임을 밝혔다
고 했다. 그가 동성애자였다고도 했다. 모두 처음 듣는 얘기들이었
다. 그와 그의 노래를 무척이나 좋아했지만 막상 그에 대해서는 아
는 것이 별로 없었다는 것을 깨달았다. 별밤지기는 프레디 머큐리
가 그날로 "마흔다섯의 짧고도 강렬한 생애를 마감하고 전설로 남
게 되었다"고 규정했다. 그날 밤 나는 엄마가 이불에 오줌을 쌌나
고개를 갸우뚱할 정도로 많은 눈물을 흘렸다.

"내가 태어나자마자 아버지가 돌아가셨다는 말을 들었을 때도,
백사자가 죽었을 때도 그 정도로 울지는 않았어요. 한 번도 만난

적 없는 외국 가수의 죽음이 제게 그렇게 큰 충격과 슬픔을 주었다는 것이 신기할 지경이었어요."

"그동안에는 백사자를 프레디 머큐리에 이입함으로써 무의식의 세계에서는 백사자가 프레디 머큐리처럼 살아 있다고 믿어왔던 게 아닐까요? 그러다 프레디 머큐리마저 죽자 비로소 백사자의 죽음을 직면하게 되어 눈물을 그렇게 많이 흘린 것이고요. 전형적인 회피 증상인 것 같네요."

"그렇군요. 지금 막 떠오른 생각인데 그때 제가 백사자가 죽은 나이에 이르렀는데, 저 역시 백사자처럼 어린 나이에 죽을 수 있다는 공포에 사로잡혔기 때문인 것도 같아요."

"정확한 분석 같네요. 그런데 프레디 머큐리의 죽음에 대해서는 다른 친구들과 이야기를 나눈 적이 있나요?"

"아니요, 그 시골 시장통에 퀸이나 프레디 머큐리를 아는 친구는 거의 없었어요."

"그러면 그 충격은 어떻게 극복했나요?"

"프레디 머큐리가 죽은 직후에 놀라운 일이 벌어졌어요. 「보헤미안 랩소디」가 전 세계적으로 다시 인기를 얻기 시작한 거예요. 영국에서는 1975년 구 주 연속 일 위를 했는데 그때 또다시 오 주 동안 일 위를 차지했어요. 미국 빌보드 차트에서도 오랫동안 이 위를 차지했죠. 그러고 나니 프레디 머큐리가 부활한 느낌이었어요. 아니, 그는 죽으나 안 죽으나 별 차이가 없다는 생각이 들었어요. 비록 프레디 머큐리는 죽었지만 그가 살아 있다 치더라도 별 다를 바 없다는 것을 알게 되었어요. 그때부터 저는 어떤 사람의 심장이 멈추더라도 제 심장에서 그에 대한 기억이 사라질 때까지는 그가 진정으로 죽는 게 아니라고 믿게 되었어요. 그러다 이듬해에 중학교에 들어가 동혁이를 만나게 되었고, 동혁이와 함께 프레디 머큐리를 애도하며 저도 모르는 사이에 그를 떠나보내게 되었던 것 같아요."

나는 이어서 엄마의 죽음에 대해 이야기하기 시작했다. 중학생 때 동혁이로부터 퀸의 레코드판을 생일 선물로 받고서 엄마에게 전축을 사달라고 했다가 꾸지람만 들은 적이 있었다. 일 년도 더 지난 어느 날이었다. 학교를 마치고 집에 가보니 까만 전축이 내 방에 들어와 있었다. 생일 선물도 사 준 적이 별로 없던 엄마가 그런 큰 선물을 사놓은 것이었다. 나는 턴테이블에 동혁이가 선물한 퀸의 레코드판을 올려놓고 「보헤미안 랩소디」를 틀었다. 그러나 음악에 집중할 수가 없었다. 선물이 이례적이었던 만큼 기쁨보다는 불안이 엄습했다.

바로 전날 엄마가 나를 옥상으로 불러냈다. 엄마가 나를 옥상으로 부른 것은 처음 있는 일이었다. 엄마는 별일 아니라는 점을 굳이 강조하면서 열흘 정도 볼일을 보고 올 테니 혼자서 밥을 잘 챙겨 먹고 있으라고 했다. 동네 그릇 가게 아줌마에게 말을 해놓았으니 저녁밥은 거기서 얻어먹으면 된다고 했다. 그러나 나는 저녁때가 지나도록 그릇 가게 아줌마네에 가지 않고 홀로 옥상에 올라가 앉아 있었다.

옥상은 우리 집에서 내가 가장 좋아하던 나만의 공간이었다. 양팔을 벌려 난간을 붙잡고 옥상으로 이어진 계단을 다다다 뛰어 오르면 마치 새가 되어 하늘로 비상하는 것 같았고, 옥상에 올라서면 하늘이 시원하게 펼쳐졌다. 그 밑으로 먼 산이 있고 거기서부터 인근의 간이역까지 이어진 철길을 볼 수 있었다.

옥상에는 천막으로 지어진 가건물도 있었다. 초등학생 때 나는 친한 친구들과 모임을 만들고 그곳을 아지트로 삼았다. 이름의 유래는 기억나지 않지만 그 모임의 이름은 '부지깽이'였다. 나는 모임의 상징으로 천막집 입구에 부지깽이 그림을 그려 붙였다. 어느 날 나는 아지트 문을 열고 들어갔다가 도둑고양이가 낳아놓은 새끼 여섯 마리가 소파 위에서 울고 있어서 소스라치게 놀랐다. 나와 친구들은 그 고양이들을 아지트에서 키웠다. 사실 키웠다기보다는 가지고 놀았다고 하는 편이 맞을 것이다. 짓궂은 친구들은 고양이를 높은 곳에서 떨어뜨리는 장난을 치기도 했다. 그러다 결국 엄마 고양이가 날카로운 철근 위로 떨어지는 바람에 죽고 말았다. 엄마를 잃은 새끼 고양이들은 몇 마리는 죽고 나머지는 뿔뿔이 흩어졌다. 그 뒤로는 왠지 무서워서 한동안 옥상에 올라가지 않았다.

옥상에서 하늘과 철길과 먼 산을 둘러보았지만 머릿속에는 딴생각들이 먹을 문지르듯이 검게 피어올랐다. 엄마가 말을 해주진 않았지만 나는 이미 그때부터 엄마가 큰 병에 걸렸다는 것을 직감했다. 그때 간이역에서 '땡땡땡땡땡땡땡땡땡땡' 기차가 들어오는 것을 알리는 금속성의 경고음이 들려오기 시작했다. 이어서 금속 기계들의 복잡한 마찰음과 연기가 분출되는 강력한 소음이 성큼성큼 다가오더니 곧이어 육중한 화물 기관차가 건널목을 가차없이 짓밟으며 지나갔다. 그 위협적인 진동과 소음이 내 마음을 극도의 불안에 빠뜨렸다.

　그 대목에서 카우치에 누워 있는 내 몸이 부르르 떨리기 시작했다. 화물 기관차가 나를 향해 돌진해 오는 환상이 또다시 나를 덮쳤다. 공황장애 증상이 시작된 것이었다. 나는 턱이 덜덜 떨리는 와중에도 더듬거리면서 말을 이었다.

　"화물 기관차가 돌진해 오는 환상이 어디서 비롯되었는지 방금 기억이 되살아났네요."

　"홀어머니가 죽을지 모른다는 엄청난 불안을 직시하기가 두려워서 마침 달려온 화물 기관차에 심어버렸나 보네요."

　퀸이 그렇게 말하자 증상이 갑자기 잠잠해졌다. 그리고 뭔가가 내 몸에서 새어 나가는 느낌이 들었다. 햇살에 드러난 드라큘라의 몸의 곳곳이 갈라지고 뭉개지고 끝내는 바람에 날아가버리는 장면이 지나갔다. 나는 화물 기관차가 다시는 달려오지 않을 것임을 확신할 수 있었다.

　"맞아요. 저는 그 상황을 직시할 자신이 없었어요. 그날 이후 엄마가 안 계신 동안에도, 엄마가 수술을 마치고 돌아온 뒤에도 저는 아무 일 없는 것처럼 행동했어요. 다른 사람 앞에서뿐만 아니라 혼자 있을 때도 아무 일도 없는 것처럼 행동했어요. 엄마가 죽으면 전 그날로 고아가 되고 먹고살 길부터 막막해지는 것이었지만, 그렇더라도 혼자서 신문 배달이라도 하면서 충분히 먹고살면서 예전처럼 공부도 잘하고 반장도 하고 친구들과도 잘 지낼 수 있을 거라고 믿기로 했어요. 프레디 머큐리가 죽었지만 살아 있는 셈 치기로 한 것처럼요."

"엄마가 불치병에 걸린 것에 대해서도 누구에게도 위로받지 못했나요?"

"아니요, 그건 위로받은 적이 있어요. 딱 한 사람한테."

"그 사람이 누군가요?"

"동혁이요."

엄마가 수술을 받고 온 후 두 달 정도 지났을 때였다. 엄마는 여전히 내게 수술을 했다는 말을 해주지 않았지만 나는 엄마가 숨기는 약봉지들을 보면서 엄마가 심각한 병에 걸렸다고 확신하고 있었다. 그 무렵 동혁이와 함께 집에 가던 길이었다. 우리는 양팔을 벌리고 균형을 잡으면서 비틀비틀 철로 위를 걷고 있었다. 그때 내가 뜬금없이 물었다.

"이봐, 나훈아. 엄마가 돌아가시면 어떤 기분일까?"

콧노래를 부르며 앞서 가던 동혁이는 뒤돌아서서 미간을 잔뜩 찌푸려 인상을 험악하게 구기고는 나를 한참 노려보았다. 나에게 평소에는 좀처럼 하지 않는 행동이었다.

"씨팔놈아, 재수 없는 소리는 달나라 가서 해라."

퉁명스럽게 면박을 준 동혁이는 다시 앞을 쳐다보고는 양팔을 벌리고 철로 위를 걸었다. 콧노래는 더 이상 부르지 않았다. 잠시후 젓가락처럼 나란히 뻗어 있던 철로가 물기에 미끄러지며 엿가락처럼 휘어 보였다.

"동혁이의 그 말이 제게 위로였다는 걸 나중에야 알았어요. 그것이 그때까지, 그 이후로도 엄마의 병과 관련해 제가 받은 유일한 위로였죠."

"그게 유일한 위로였다니……. 위로다운 위로는 받아보지 못했네요."

"동혁이의 그 말은 한편으로 엄마가 중병에 걸린 것이 '재수 없는 일'임을 확인시켜주기도 했어요. 그날 이후 그 재수 없는 일에 대해 누구에게도 말을 한 적이 없어요. 지금 처음으로 말하는 거예요. 엄마가 큰 병에 걸렸다는 사실은, 아버지가 죽은 게 아니라 실은 나와 엄마를 버리고 도망갔다는 사실과 함께 제 입을 재갈처럼 막아왔어요. 그 두 가지 비밀이 가슴에 시커먼 껌처럼 달라붙어 평생 저를 한없이 난처하고 초라하게 만들었죠."

세 사람의 죽음 이야기를 마치고 나니 마치 내가 상주가 되어 세 사람의 장례식을 연달아 치러낸 것처럼 기운이 고갈되었다.

"하지환 씨는 가장 가까운 사람들과 살아 있는 상태에서 이별을 한 것이 아니라 그들이 죽음으로써 강제로 이별을 당했군요. 그러다 보니 이별과 죽음을 구별하지 못하고 혼동하게 된 것 같네요. 죽음이 곧 이별이고 이별이 곧 죽음이라고. 그러니 산 사람과 이별할 때도 무의식에서는 상대가 죽는다고 인식하게 되는 것 같아요."

"그런데 이상한 게 있어요. 죽음으로 이별한 세 경우 모두 제가 아니라 상대가 죽은 거잖아요. 그런데 왜 저는 마치 제가 죽는 것처럼 공포를 느끼는 건가요?"

"중요한 사람과의 관계에서는 아기 때의 심리 상태로 퇴행하기 때문이지요. 아기는 엄마가 죽으면 곧 자기가 죽는 것처럼 느끼거든요."

퀸은 이어서 아기의 심리 상태를 설명해주었다. 아기는 생후 몇 개월 동안은 자기와 자기가 아닌 것을 구별하지 못한다. 자기가 팔다리를 움직이면 세상이 따라 움직이고 자기가 배가 고프면 온 세상이 다 배가 고픈 줄 안다. 그런 아기에게는 나와 타인의 경계나 나와 세상의 경계가 없다. 그러니 자기라는 정체성이 있을 수 없다. 아울러 자신이 모든 것을 통제할 수 있다고 여긴다. 자신이 신처럼 전지전능하다고 인식한다.

그러다 서서히 자신은 움직이는데 천장은 움직이지 않음을 발견하게 된다. 자기가 기쁘다고 엄마도 덩달아 웃는 것이 아님을 눈치챘다. 자신과 엄마가 별개의 존재임을 깨닫는 것이다. 그러면서 아기에게 자기라는 정체성이 생겨나기 시작한다. 그와 동시에 아기는 자신이 엄마와 분리될 수 있다는 가능성을 깨닫게 된다. 그때부터 죽음의 공포에 빠진다. 아기는 엄마가 없으면 생존 자체를 위협받기 때문이다. 이때 아기가 느끼는 극도의 불안과 공포를 분리불안 또는 멸절공포라고 한다.

"아기가 불안을 극복할 수 있도록 하기 위해서는 엄마가 제때 아기 곁에 있어주어야 해요. 아기가 찾을 때 금방 나타나서 젖을 주고 기저귀를 갈아주는 등 아기의 욕구를 충족시켜주어야 하죠. 이렇게 욕구가 충족되는 경험을 반복해서 한 아기는 엄마가 당장 눈앞에 보이지 않더라도 안정감을 느끼게 돼요. 심리적으로 엄마가 실재하고 있다고 확신하기 때문이죠. 이런 심리적 실재를 느낄 줄 아는 아기는 엄마와 떨어져서도 잘 살 수 있어요. 엄마가 없어도 자신이 죽지 않음을 인식하고 비로소 정신적으로 독립하게 되는 것이죠."

"그럼 서연이가 잠적할 때마다 제가 느끼는 불안이 아기의 멸절 공포와 같은 것이란 말인가요?"

"맞아요. 사랑에 빠지는 것 자체가 심리적으로는 아기 때로 퇴행하는 거예요. 자신이 아기가 되고 여자친구를 자신과 연결된 엄마로 인식하는 것이죠. 그럼으로써 외로움과 고독을 벗어날 수 있지만 한편으로 그 엄마가 자신을 떠날까 봐 두려워하게 되죠. 그러다 여자친구가 잠적을 하면 마치 엄마에게 버림받은 아기처럼 죽음의 공포를 느끼는 거예요."

엄마의 일기장

그동안 내 무의식 속에서는 '이별=죽음', '죽음의 과정=극심한 고통'이라는 두 개의 등식이 확고하게 자리 잡고 있었다. 그러니 '이별의 과정=극심한 고통'일 수밖에 없었다. 그런데 퀸이 '이별≠죽음'이라고 일러준 것이었다. 굳이 왜 그런지 설명할 필요도 없는 당연한 말이었다. 그 당연한 상식이 내게는 지난 세월 동안 전혀 당연하지 않았다는 것이 우습고도 무서웠다. '이별=죽음'이라는 등식이 성립하지 않음을 확인한 후 다음 세션부터는 '죽음의 과정=극심한 고통'이 옳은지 검증해보기 시작했다.

"제가 죽음의 과정에 대해 과도한 공포를 가지고 있는 것은 무엇 때문일까요? 죽음의 과정이야 모든 사람에게 두려운 일이겠지만 모든 사람이 저처럼 극도로 두려워하지는 않잖아요."

"그 역시 과거에 그런 경험이 있었기 때문이겠죠. 지금까지 말씀하신 것만 놓고 보면 엄마가 죽어가는 과정을 옆에서 지켜본 것과 무관하지 않은 것 같은데요."

그러고 보니 장례식 때 처음 엄마의 일기장을 받은 후 아직까지도 꼼꼼하게 읽어보지 못하고 있는 이유도 바로 그 고통스러운 죽음의 과정을 지켜본 기억을 떠올리기가 두려워서였던 것 같았다.

"그럼 제가 그 공포를 극복하려면 어떻게 해야 하나요?"

"엄마가 죽어가는 과정을 세션에서 다시 재생하고 견뎌내야죠."

"그 과정을 어떻게 재생할 수 있나요?"

그렇게 묻고 나자 머릿속에 한 가지 방법이 떠올랐다.

"엄마의 일기장을 정독해볼까요?"

"아주 좋은 방법이네요."

"하지만 여전히 두려워요. 내키지 않고."

"그 두려움조차 넘어서지 못하면 죽음에 대한 공포는 영원히 넘어설 수 없을 거예요."

나는 집으로 돌아가 잠시 망설이다가 용기를 내 창고방의 문을 열어보았다. 지난번 세션에서 화물 기관차 환상이 어디서 비롯되었는지 깨달아서인지 더 이상 공황장애 증상은 나타나지 않았다. 책장으로 다가가 나에게 등을 돌리고 서 있는 일기장을 꺼내 들었다. 내 방으로 가져가서 읽을까 하다가 갑자기 대담해져서 창고방에 있는 화장대 위에 일기장을 펴놓고 읽기 시작했다. 일기장 곳곳에 엄마가 투병 과정에서 겪은 고통들이 고스란히 적혀 있었다.

몸서리치게 외롭지만 사람들은 만나고 싶지 않다. 점점 더 비참해지는 내 몰골을 보여주느니 외로운 편이 낫다. 나를 기억하는 이들이 가능한 한 적었으면 좋겠다. 길에서 아는 사람을 만나도 눈만 마주치고는 황급히 지나친다. 그러다 너무 외로울 땐 그릇 가게 아줌마를 찾는다. 그냥 나오기 미안해서 사 온 그릇이 식구도 없는 집에 수북이 쌓여간다. 그래도 그나마 맘 편히 내 속을 얘기할 수 있는 사람은 그릇 가게 아줌마 하나밖에 없다. 하지만 미안해서 자주 가지는 못하겠다.

그릇 가게 아줌마가 내게 교회에 나와보라고 한다. 가서 마음의 평안을 얻어볼까 하는 생각도 들었지만 동정을 구걸하러 가는 것 같아서 싫다. 신발 가게 아줌마가 키우는 강아지가 사람 뺨치도록 애교가 많은 것을 보니 나도 개를 키워볼까 하는 생각이 든다. 하지만 강아지에게 정이 드는 것이 무섭기도 하다. 강아지가 나처럼 아프기라도 하면 얼마나 슬플까.

병원에서 전화가 왔다. 정기검진을 받으라 한다. 작년에도 걸렸으니 올해는 꼭 받아야 된다고 한다. 혹시라도 암이 재발했다는 소리를 들을까 봐 올해도 가고 싶지가 않다. 이렇게 바보 같은 행동이 앞으로 더 큰 후회를 부를 것임을 알면서도 도망가고 싶다는 생각만 든다.

몸 상태가 점점 나빠지는 것이 느껴진다. 속도 메슥거리고 헛구역질도 빈번해진다. 류마티스 약을 삼키면 속이 녹아내리는 듯 아프다. 하지만 죽지 않으려면 먹어야 한다. 목에는 기분 나쁜 몽우리가 만져진다. 허리에 힘이 잘 들어가지 않고 눈뿌리가 얼얼하다.

　병원에 갈 수도 없고, 가지 않을 수도 없고, 이래저래 마음이 지옥이다. 재발하면 돈도 많이 들 텐데…… 왜 이리 나는 되는 일이 없는지……. 그래도 지환이가 판검사가 될 때까지는 살아야지.

　검사결과가 나오기 전날이다. 조마조마하고 불안해서 일이 손에 잡히지 않는다. 미장원 손님에게 헛가위질을 여러 번 해댔다. 내일 병원에 가면 재작년처럼 아무 이상이 없다면서 일 년 후에 다시 오라고 하면 좋겠다. 하지만 이번에는 자꾸만 나쁜 예감이 든다. 혹시 재발했다고 하면, 재수술을 받아야 한다고 하면, 나는 어떻게 해야 하는 걸까?

　의사가 전화로 검진 결과를 알려주었다. 암이 재발했으니 빨리 재수술을 받으라고 했다. 다른 곳에도 암이 전이되었다고 한다. 전화가 끊어지고도 한참 동안 수화기를 제자리에 가져다 놓지 못했다. 밤새 잠이 오지 않는다. 이런 생각 저런 생각 다 떨쳐버리고 눈을 감아보아도 잠은 오지 않는다. 심장 뛰는 소리가 저승사자의 발자국 소리처럼 뚜벅뚜벅 들려온다. 아무래도 잠이 오지 않아서 한밤중에 자리에서 일어나 밤거리를 헤매었다. 그렇게 혼자 시장통을 헤매고 있으니 미친년이 따로 없었다.

　병원에 전화를 걸어 의사 선생님에게 암 수술을 받지 않겠다고 했다. 의사는 거듭 수술을 받아야 한다 했지만 나는 그냥 죽겠다고 했다. 수술 이야기만 들어도, 의사 목소리만 들어도, 소독약 냄새, 항암제 냄새가 진동을 하는 것 같다.

집 안에만 틀어박혀 있다 보니 미쳐버릴 것 같다. 살 것도 없으면서 시장에 나갔다. 내일 태풍이 온다고 하더니 벌써부터 바람이 세차다. 가뜩이나 초조한데 세찬 바람이 등을 떠미니 발걸음이 더 급해진다. 암세포도 이 세찬 바람에 실려 깨끗하게 날아가면 좋으련만. 시장서 사 온 사과를 깎는데, 겉은 멀쩡하더니 속은 시커멓게 썩어 있다. 내 속도 이렇게 되어 있겠지.

정말 이렇게 죽는 것일까. 왜 나만 이런 병에 걸려야 하는 것인지……. 가혹한 운명이다. 신이 있다면 따져 묻고 싶다. 내가 뭘 잘못했기에 이런 병을 내게 주었냐고. 나만은 기적적으로 살아날 수 없는 것일까. 칼만 보면 가슴을 푹 질러버리고 싶다.

시냇물 흐르고 귀뚜라미 우는 소리 들으면서 달빛이 소복이 쌓여가는 평상 위에서 수박을 먹고 싶다. 고향을 한번 찾아가볼까. 그러면 나의 어머니, 나의 꿈, 나의 건강도 덩달아 다시 찾을 수 있을까나.
달아, 달아. 황금 물결 넘실대는 고향 들녘에서 나와 함께 놀던 달아. 좋은 시절은 어디로 다 흘려버리고 우린 지금 서글픈 얼굴만 마주 보고 있는 게냐.
달아, 달아. 누군가 내 안부를 묻는다면 죽었다고 전해다오. 그저

께 밤, 집으로 가다가 교통사고로 죽었더라고 전해다오.

몸이 너무나 아프고 고단한데도 무의식 중에 잠이 들지 않으려고 버티게 된다. 잠이 들면 죽어버릴 것만 같다. 두근, 두근, 두근, 두근. 심장 소리에 촉각이 곤두선다. 잠시라도 심장 박동의 박자가 흐트러지면 물에 빠진 사람처럼 벌떡 일어난다. 교통사고로 죽는 사람들이 한없이 부럽다. 죽음이 다가오는지 모르다가 칼날에 순식간에 베어진 그 사람들이 눈물겹도록 부럽다.

팔에 드리워진 링거 줄이 버거울 정도로 무겁다. 얇은 이불이 숨이 막힐 정도로 가슴을 누른다. 등가죽도 허리 가죽도 아래로 축 늘어진다. 몸이 몸을 옭아맨다. 몸이 몸에 갇혀간다. 자꾸만 아래로 추락해간다.

엄마의 일기를 읽는 동안 투병 생활 동안 들었던 엄마의 신음 소리가 턴테이블 위에 레코드판을 올린 것처럼 재생되었다. 일기장에는 죽음이라는 짐승이 한 왜소한 여인을 능욕하고 존엄을 짓밟는 과정이 적나라하게 기록되어 있었다. 철가면을 쓴 누군가가 벌거벗은 내 몸에 바늘로 한 땀씩 문신을 새기면 이런 기분이 들까. 페이지를 넘길 때마다 한숨과 신음이 새어 나오고 마른 침이 목구멍으로 넘어갔다.

일기장의 마지막 페이지까지 다 읽고 나자 자정이 넘었다. 일기장을 책장 구석에 꽂아두고 돌아서다가 화장대 거울에 비친 내 모습과 마주쳤다. 그 초췌한 몰골이 왠지 측은해 보인다는 생각이 드는 순간 울컥 감정이 북받쳐 오르면서 거울 속 얼굴이 일그러졌다.

그 무렵 서연이가 신해시에 내려왔다. 주말에 주로 내가 서울로 가서 만났는데 그날 처음으로 서연이가 내려온 것이었다. 나는 신해고속버스터미널까지 그녀를 마중 나갔다.

서울발 고속버스가 도착하고 문이 열리더니 하얀 원피스를 입은 서연이가 내렸다. 그녀는 나를 보고도 별 표정 변화 없이 작은 손을 살며시 들어올렸다. 서연이와의 관계가 엄마와의 관계와 양상이 유사할 것이라는 퀸의 말을 듣고 나니 서연이의 그 모습에서 엄마와 닮은 부분들이 비로소 눈에 들어오기 시작했다. 슬픔이 주렁주렁 매달린 처진 눈꼬리, 작은 키, 깡마른 체구, 허스키하고 톤이 낮은 목소리, 글을 좋아하는 것, 말이 별로 없는 것.

불현듯 스물일곱, 서연이의 나이였던 엄마가 떠올랐다. 그때 엄마는 까만 물방울들이 박힌 하얀 원피스를 입고 나를 초등학교 입학식에 데려가고 있었다. 그날의 엄마를 지금 만났다면 나는 엄마를 연인으로서 사랑할 수 있었을까? 모자관계가 아니었다면 지금쯤 그리움만 남길 수 있었을까? 나는 엄마를 닮은 서연이와, 서연이를 닮은 엄마와 데이트를 했다. 우리는 함께 신해바닷가를 거닐고 회를 먹고 차를 마시고 해안길을 드라이브하다가 집으로 갔다.

서연이가 움직일 때마다 엄마에 대한 기억이 우수수 떨어졌다. 서연이가 거실에 서서 우두커니 창밖을 내다볼 때의 슬프고도 멍한 표정 역시 엄마와 비슷했다. 엄마는 당시 진단을 받지 않았을 뿐이지 지금 돌아보면 서연이처럼 우울증을 앓고 있었던 것 같다. 우울한 눈빛, 무기력, 피해의식, 자기연민, 자신의 신세와 운명에 대한 원망과 탄식, 이어서 나오던 죽고 싶다는 말들. 엄마의 인생을 돌아보면 우울증이 생기지 않는 것이 비정상이었다. 고아나 다름없이 자란 배고픈 유년 시절, 남편의 도주, 경제적 궁핍, 류마티스, 암. 엄마를 짓누르는 것들은 어느 하나 가벼운 것이 없었다.

서연이가 샤워를 한 후 머리를 말릴 때도 엄마와의 기억이 자극되었다. 언젠가 엄마가 샤워를 하고 났을 때 우연히 방문 틈으로 안방 안을 들여다보게 되었다. 드라이기로 머리를 말리겠거니 했는데 문틈으로 보인 엄마의 머리는 마네킹처럼 민머리였다. 끔찍한 비밀을 엿보기라도 한 것처럼 내 심장이 놀라서 쿵쿵 뛰었다. 엄마는 항암 치료를 받으며 머리가 빠져 머리를 밀고 가발을 썼던 것이다.

나는 서연이와 같은 방에서 각자 음악을 듣거나 텔레비전을 보거나 책을 읽으면서도 우리 사이의 심리적 거리가 내가 엄마에게 느끼던 심리적 거리와 유사하다는 것을 느꼈다. 어릴 적 엄마와 같은 방에 있으면서도 나는 서로 다른 방에 있는 것 같은 괴리감을 느꼈다. 엄마는 유체이탈이 된 것처럼 멍한 눈으로 딴생각에 빠져 있었다. 그렇지 않으면 나에게 신경 쓰는 것이 아니라 손님이 오는지 확인하려고 가게 쪽으로 촉각을 곤두세우고 있었다. 그러다 손님이 오면 나를 내버려두고 가게로 나갔고, 손님이 간 뒤에도 방으로 돌아오지 않았다.

그날 밤 전축으로 음악의 커튼을 쳐놓고 서연이와 섹스를 했다.

서연이는 평소처럼 교성을 내지 않았고 나 역시 사정이 되지 않아서 별도로 자위를 했다. 이번에도 나는 사정 직전에 민망해져서 물었다.

"내가 이상해 보이지 않아?"

서연이는 언제나처럼 변화 없는 표정과 목소리로 대답했다.

"응, 괜찮아. 안 이상해."

서연이로부터 그 말을 들으면 고해성사를 하듯 속죄를 받은 기분이었다.

혼자 자는 여느 밤에는 집을 잃은 듯 불안하게 서성거리던 내 마음속 짐승이 서연이가 곁에 있으니 주인을 만난 것처럼 얌전해졌다. 나는 수면제 없이도 깊은 잠에 빠져들었다.

다음 날은 모처럼 늦잠을 잤다. 아무것도 먹은 것이 없으니 배가 고파왔다.

"서연아, 배 안 고파?"

"난 괜찮은데."

서연이는 하루 세끼를 제대로 챙겨 먹지 않았다. 아침은 아예 먹지 않았고 점심이나 저녁도 약속이 없으면 빵이나 과자, 김밥으로 때웠다. 어쩌면 그런 습관까지 엄마와 빼다 박았는지 놀라웠다. 엄마는 가게 일이 바빠서 자주 끼니를 걸렀다. 자신만 끼니를 거르는 게 아니라 내 밥을 챙겨주는 것도 함께 잊었다. 챙겨주더라도 대부분 가게에서 라면을 끓여주거나 밥에 보리차를 부어서 김치 몇 조각, 김 한 봉지와 함께 내줄 뿐이었다. 미장원 안이라 밥그릇에 머리카락이 들어 있기 일쑤였다. 그러다 보니 나는 다른 친구들 집에서 끼니를 때울 때가 많았다. 하루 이틀도 아니고 일주일 내내, 한 달 내내 한 집에서 밥을 얻어먹기도 했다. 훗날 친구 어머니들이 그 때문에 우리 엄마 흉을 보았다는 이야기를 전해 듣기도 했다. 물론 엄마의 잘못이라고만 할 수는 없었다. 엄마도 자라면서 누군가로부터 보살핌을 받아본 적이 없고 남편 없이 혼자서 벌이를 하면서 자식을 키우다 보니 밥을 챙겨줄 여유가 없었을 것이다.

문득 서연이한테 밥을 얻어먹고 싶어졌다.

"서연아, 부탁이 있어."

"뭔데?"

"밥 좀 해줘."

사실 집에서 밥을 거의 해 먹지 않아서 쌀이 있는지조차 기억나지 않았고 반찬도, 주방 기구도 제대로 있을 리 없었다. 난데없다는 것을 알면서도 나는 밥을 해달라고 졸랐다. 서연이는 황당해하는 표정으로 웃었다.

"뭐야, 뜬금없이."

"정말이야. 너한테 밥을 얻어먹고 싶어."

"나 밥할 줄 모르는데."

밥을 못 하면 라면이라도 끓여주기를 바랐다. 그러나 서연이는 끝내 움직이지 않았다. 할 수 없이 나는 중국음식점에서 식사를 배달시켰다. 서연이는 배달된 볶음밥을 맛있게 먹었다. 밥을 해주지 않아서 내가 서운해하는 것은 조금도 눈치채지 못한 표정이었다. 엄마가 그러했듯이 서연이도 내 감정이나 기분을 잘 헤아리지 못했다. 내 기분이 어떤지 물어보는 일도 없었다. 주말 내내 함께 있으면서도 우동규 사건이 어떻게 되어가고 있는지, 법원 일은 어떤지 묻지 않았다.

본인의 감정조차 잘 알지 못하는 서연이가 내 감정을 읽어줄 리 만무했다. 서연이가 감정을 표현하기 위해 사용하는 단어는 고작 '답답하다', '편하다', '괜찮다' 정도가 전부였다. 서연이는 타인의 반응을 거울 삼아 자신의 기분을 인식했다. 언젠가 친구가 자기에게 무심하다고 한 적이 있는 것을 보니 자신이 좀 무심한 것 같다는 식이었다. 서연이는 감정을 느끼는 촉수가 마비되기라도 한 것처럼 자신이 어떤 감정을 느껴야 하는지를 내게 물어보곤 했다. 나는 서연이가 묻기 전에 "지금 기분이 찝찝하지?", "지금 기분이 상쾌해?"라고 물어주기도 했다. 그러면 서연이는 사탕을 받아먹는 어린아이처럼 그제야 비로소 그 감정을 느끼면서 고개를 끄덕거리곤 했다. 서연이가 화날 일이 있을 때도 내가 대신 화를 내주었고 슬픈 일이 있을 때도 내가 더 슬퍼해주었다.

돌아보면 엄마와의 관계도 그와 별로 다르지 않았다. 잠들기 전에 엄마는 불을 끄고 누운 채, 종일 손님에게 모욕을 받은 일이나 자신의 운명에 대한 비관을 넋두리처럼 늘어놓았다. 나는 그 말을 묵묵히 들으면서 엄마에게, 그래서 화가 났겠다, 그래서 기분이 상했겠다고 이야기해주었다. 그러면 엄마는 한층 감정이 누그러졌다.

"자기 감정은 제대로 느끼지도 못하면서 남의 감정은 빛의 속도로 느끼고 충족시켜주네요."

그것이 내 이야기를 다 듣고 난 뒤에 퀸이 한 첫 마디였다. 그 말을 듣고 나니 문득 재훈이와 있었던 일들이 떠올랐다.

재훈이는 신해애육원에서 만난 아이였다. 신해시에 판사로 부임하기 한 해 전, 신해시 법원 및 검찰에서 시보 생활을 하던 네 달 동안 나는 일주일에 두 번씩 신해애육원에 가서 아이들과 함께 미술 수업을 했다. 그러다 이듬해 신해시에 판사로 발령받아 부임해서도 신해애육원에서 같은 일을 했다. 내게 특별한 봉사정신이 있다거나 사회에 대한 부채의식이 있었던 것은 아니다. 단지 그 당시 그리던 고향에서의 목가적인 삶의 풍경에 보육원 아이들과 함께 그림을 그리는 장면이 포함되어 있었을 뿐이다. 그것은 고향에 가면 어릴 때처럼 자전거를 타고 다녀야겠다는 바람을 실현한 것과 조금도 다르지 않았다. 그것이 엄마를 찾고 엄마 곁에서 방치되었던 어린 나를 돌보고 치유하려는 무의식적 행위였음은 퀸에게 듣기 전에는 알지 못했다.

처음 만났을 때 재훈이는 중학교 삼 학년생이었다. 키가 큰데도 어깨가 좁고 그늘진 얼굴이 유난히 길었다. 재훈이는 새엄마가 아홉 명이라고 했다. 친구들과 간간이 장난을 치기도 하지만 대체로 기운 없이 숨죽이고 사는 아이였다. 수업 시간에는 집중을 하지 않고 책이나 공책 위에 낙서를 했다. 그런데 그 낙서로 그리는 그림 중에 잘 그린 것들이 있었다. 이후에 나는 재훈이에게 큼직한 그림 공책을 사주었다. 우리는 공책을 놓고 서로 바둑을 두듯이 마주앉아서 내가 한 획을 그리면 재훈이도 한 획을 그리는 것을 반복하며 밑도 끝도 없는 그림을 완성해나가기도 했다.

그러다 신해시에서 법원 시보로 일하고 있을 때 불쑥 재훈이로 부터 전화가 왔다. 재훈이가 신음 소리를 내면서 도와달라고 했다. 택시를 타고 급히 달려가보니 재훈이가 얼굴이 여기저기 붓고 피투 성이가 된 채 도로 옆에 있는 보도블록 위에 걸터앉아 있었다. 알고 지내던 이십 대 형들 세 명에게 구타를 당했다는 것이었다.

나는 재훈이를 택시에 태워서 효린이가 있는 병원으로 가서 입 원을 시켰다. 재훈이에게는 검사도 하고 진단서도 끊어서 제대로 그놈들을 처벌하고 배상도 받으라고 했다. 나는 경찰에 전화를 해 서 그 사건을 정식으로 처리해줄 것을 부탁했고, 경찰은 병원에까 지 찾아와서 재훈이의 진술을 받고 사건을 입건했다.

그런데 재훈이는 그날 밤 나나 효린이에게 아무런 말도 하지 않 고 병원에서 도망을 가버렸다. 이틀 뒤에 신해애육원에 가서 재훈 이를 만났는데 재훈이는 이미 가해자들과 합의를 하고 고소까지 취하한 상태였다. 합의금은 가해자 세 명에게 합쳐서 십만 원을 받 았다고 했다.

"재훈아, 왜 단돈 십만 원에 합의를 해줬어? 합의를 해주더라도 훨씬 더 많은 돈을 받는 게 마땅한 일인데."

"형들이 자기들도 돈 별로 없다고 해서 그냥 해줬어요."

어린애를 피투성이가 되도록 두들겨 패놓고도 고작 십만 원을 준 가해자들도 괘씸했지만 곁에 있는 내게 물어보지도 않고 그렇 게 합의를 해준 재훈이에게 더 화가 났다.

이듬해 내가 다시 판사가 되어 신해시로 부임한 이후에도 재훈 이로부터 전화가 걸려온 적이 있었다.

"그게요, 선생님. 그게요, 뭐 하나 물어봐도 돼요?"

"그럼, 되지."

"그게요, 제가 아는 형이요, 뺑소니를 쳤거든요. 그런데 그게요, 그 형이 저보고 대신 좀 뒤집어써달래요."

"그래도 그런 걸 대신 뒤집어쓰면 안 되지."

"그게요, 그런데 이미 제가 뒤집어썼거든요. 판결까지 나왔어요."

"뭐라고?"

내 목소리가 높아졌다.

"대체 왜 네가 그 친구의 잘못을 뒤집어쓴 거야?"

"그게요, 그 형이 자기는 전과가 많다면서요, 이번에 잡히면 깜빵에 오래 살아야 한다고 하도 사정을 해서요, 그렇게 되었어요."

"나한테 먼저 상의하고 결정하지 그랬어? 왜 그런 걸 미리 안 물어봤어?"

"죄송해요, 선생님. 그런데 그게요, 제가 궁금한 건 그게 아니라요, 제가 뺑소니를 뒤집어쓰면요, 그 형이 피해자들 배상은 자기가 다 책임진다고 했거든요. 그런데 그 형이 피해자들한테 배상을 안 하고 숨어버렸어요. 그러니까 그게요, 그 피해자들이 저한테 돈을 달라고 하거든요. 그러면 저는 어떻게 해야 하나요?"

"재훈이의 그 말을 듣는데 이상하게 화가 치밀어 오르더라고요. 보육원에 애들이랑 있으면서 한 번도 화가 난 적이 없었는데 재훈이를 보고는 화가 나서 짜증을 내게 되더라고요. 부모도 없이 혼자서 자기 앞가림하기도 어려운 애가 왜 남의 사정 봐주느라 자기가 희생해서 책임을 져주고 손해를 보는 건지. 그런데도 정작 본인은 화를 내지도 않아요. 왜 재훈이는 화를 내지 않았을까요?"

"하지환 씨가 재훈이 대신 화를 내줬잖아요. 그러니 재훈이는 화를 낼 필요가 없었던 거죠. 재훈이는 하지환 씨처럼 자기 감정을 대신 느껴줄 사람을 찾아다닌 것 같은데요."

"그럼 제가 어떻게 했어야 했나요?"

"재훈이가 감정을 스스로 느낄 수 있도록 내버려두었어야죠. 자기 몫은 자기가 책임지는 것이 원칙이죠. 저 같으면 '재훈아, 나 같으면 억울하고 화날 것 같은데 넌 안 그러니?'라고 물어볼 것 같아요."

"그런데 저는 왜 재훈이 본인보다 더 화가 난 걸까요?"

"재훈이에게 왜 화가 났다고 했죠?"

"부모도 없이 혼자서 자기 앞가림하기도 어려운 애가 남의 사정 봐주느라 자기는 손해를 보니까요."

"남 말을 하듯 하시네요."

"아……."

뒤통수를 맞은 느낌이었다. 재훈이의 모습은 나의 모습이었다. 나는 자신의 감정도 제대로 느끼지 못하면서, 내 앞가림도 잘 못하면서, 나도 보살핌을 못 받고 자랐으면서, 내 욕구도 충족을 못 시키면서, 재훈이의, 서연이의, 엄마의 감정을 대신 느끼고 충족시켜주려 하고 있었다. 재훈이에게 짜증이 치밀어 오른 것은 사실 그런 나 자신에게 화가 났기 때문이었다.

"하지환 씨도 자기 감정을 대신 느껴주고 표출해줄 수 있는 사람을 무의식중에 찾아다닐 수 있어요. 주변에 그런 사람이 없었는지 한번 생각해보세요."

그러자 두 사람을 떠올릴 수 있었다. 나 대신 노래를 불러준 백사자와 내가 미워하는 사람을 대신 혼내준 동혁이였다.

섹스의 의미

"하지환 씨에게 섹스는 어떤 의미인가요?"

퀸이 불쑥 그런 질문을 던지니 당황스러웠다.

"네? 섹스요? 음……."

"오래 생각하지 말고 그냥 처음 떠오르는 단어를 말해보세요."

"소모."

퀸은 그럴 줄 알았다는 듯이 빙긋 웃으며 말했다.

"섹스에 대한 관념은 친밀한 인간관계에 대한 관념을 드러내죠."

"제가 친밀한 인간관계를 소모로 인식한다는 뜻인가요?"

"몰랐나요? 본인이 소모되는 줄도 모르고 있군요. 하긴 힘든 줄 모르니까 평생을 그렇게 살 수 있었겠죠."

"그럼 다른 사람들은 섹스가 어떤 의미라고들 하나요?"

"다양하게 이야기하죠. 놀이, 맛있는 한 끼의 식사, 친밀함, 비밀의 공유, 창조, 종족 번식, 쾌락, 즐거움, 휴식, 관계의 종착역, 추억,

유일한 낙, 수치심 등등."

섹스에 대한 관념이 그렇게 다양할 수 있다는 것도 의외였다.

"전 왜 친밀한 인간관계에서 소모된다고 느끼는 건가요?"

"최초의 친밀한 인간관계가 그랬으니까요."

"엄마와의 관계를 말씀하시는 건가요?"

"그렇죠. 하지환 씨가 얼마 전에 말했던 엄마와의 관계만 해도 소모적이잖아요. 엄마의 넋두리를 들어주고 감정을 받아주고 희망을 주는 것. 그것은 사실 자식의 역할이 아니라 남편의 역할이죠. 엄마로부터 돌봄을 받아야 할 어린 자식이 오히려 엄마를 돌봤던 거예요."

내가 엄마와의 관계에서 자식보다는 남편의 역할을 했다는 것도 퀸이 지적해서 비로소 알게 되었다. 내가 어릴 적부터 엄마는 가게를 옮기거나 돈을 빌리거나 집을 이사하는 문제까지도 나와 상의했다. 매일 미장원의 셔터를 열고 닫고, 가게의 짐을 나르고, 손님이 돈을 제대로 주지 않을 때 받아내는 일을 내가 했다. 내가 대학에 들어간 뒤에는 아르바이트를 해서, 병 때문에 일을 많이 할 수 없었던 엄마에게 생활비를 부쳤다.

"엄마와의 관계에서의 심리적 패턴이 지금까지도 계속 반복된다는 말이 언뜻 납득하기 어렵네요. 그동안 다양한 사람들을 많이 만나왔던 것 같은데요."

"물론 사람은 세월이 흐르면서 수많은 일들을 겪게 되고 그로 인해 조금씩 변하기도 해요. 하지만 정작 근본적인 심리적 양상은 과거와 별반 다르지 않은 경우가 많지요. 그 심리적 양상을 끊임없이 역추적하다 보면 가장 원초적인 양상이 최초의 인간관계에서 비롯되었다는 것을 발견하게 되죠. 최초의 인간관계에서의 양상은 특별히 교정할 기회가 없는 이상 지속적으로 반복되기 쉽죠."

"그 소모적 양상에서 벗어나려면 어떻게 해야 하나요?"

"이 세션에서 소모적이었던 엄마와의 관계들을 하나씩 다시 떠올려서 해소시켜야죠."

나는 이후 세션부터 엄마와 있었던 몇몇 일화들을 회상하기 시작했다.

가장 먼저 떠오르는 일은 초등학교 때 전학을 갔던 일이었다. 내가 다니던 효원초등학교는 신해시 전체에서도 가장 낙후된 곳이었다. 건물이 낡아서 빨리 뛰면 나무 복도가 깨져 발목이 빠지기도 했다. 일 학년 때는 선생님이 수업 시간에 담배를 피우거나 소주를 마셨고, 심지어 간혹 귀찮다며 교실 뒤 쓰레기통에서 소변을 보기도 했다. 이 학년 때는 선생님이 아무런 설명도 없이 한 학기 동안 출근을 하지 않고 다른 반 선생님도 우리를 돌보지 않아서 우리는 아무것도 하지 않고 방치되었다.

아들이 판검사가 되어 자신의 한을 풀어주기를 바란 엄마에게 이런 학교가 마음에 들 리 없었다. 그런데 바로 이웃에 있는 조창초등학교는 전국에서도 손에 꼽을 정도로 시설이나 환경이 좋았다. 자녀가 다닐 학교가 좋아야 서울 사람들도 지방에 있는 조창기업에 입사할 것이라는 판단에 조창기업이 막대한 돈을 들여서 전국 최고 수준의 학교를 지은 것이었다. 당시 초등학교에서는 가르

치지 않던 영어, 악기, 테니스, 골프 등도 가르쳤다. 화장실이 수세식일 뿐만 아니라 에어컨과 자동문은 물론이고 천체 망원경, 대형 수족관까지 있었다.

엄마는 나를 조창초등학교로 전학시키려고 했다. 나는 경악했다. 효원초등학교 학생들은 종종 패싸움을 벌일 정도로 조창초등학교 학생들을 적대시했다. 학생들뿐만 아니라 효원동 사람들 전체가 조창동 사람들을 좋아하지 않았다. 대부분 타지에서 온 조창동 사람들과 그들을 상대로 장사를 해서 생계를 유지하는 신해시 토박이 효원동 사람들은 입장도 다르고 출신도 다르니 서로에 대한 시선이 고울 리가 없었다. 그럼에도 엄마는 내 의사를 묻지도 않고 전학을 강행했다.

조창초등학교에 다니려면 조창동에 살아야 했다. 조창동은 1동과 2동이 있었는데 조창1동은 조창기업에 다니는 사람만 살 수 있었다. 조창2동은 누구나 살 수 있기는 하지만 버스가 두 시간에 한 대꼴로 다닐 정도로 외지고 아직도 기와집이나 초가집이 대부분인 낙후된 동네였다.

신해시의 부자들은 자식을 조창초등학교에 보내기 위해 조창2동에 새로 집을 짓고 자가용으로 아이들을 학교까지 태워다 주었다. 차가 다니기 불편하다고 대로까지 이르는 집 앞 흙길을 사비를 들여 콘크리트로 포장하는 사람들도 있었다. 반면 엄마는 조창2동에 있는 작은 기와집에 세를 들었다. 방문에는 한지가 발려 있고 부엌에는 솥과 아궁이가 있을 정도로 구식인 집이었다. 버스 정류장에서 내려서도 이십 분 이상 흙길을 걸어 올라가야 하는 곳이었다.

조창초등학교 생활이 시작되었지만 반듯한 건물만큼 멀끔하게 생기고 서울말을 쓰는 같은 반 아이들이 내게는 불편했다. 다들 유치원 때부터 서로 잘 알고 부모님들끼리도 같은 회사에 다녀서 서로 잘 아는 사이였는데 나만 예외였다. 일반 고양이들 사이에 도둑고양이 한 마리가 들어가 있는 기분이었다.

학교가 끝나면 효원동 시장에 있는 엄마의 가게로 가서 일을 돕다가 엄마와 함께 조창2동의 집으로 먼 길을 떠나야 했다. 그런데 조창초등학교 교복을 입은 내가 하굣길에 효원동으로 접어들면 효원초등학교 선배들이 배신자라며 괴롭혔다. 그 때문에 얼마 후부터는 학교를 마치면 곧장 조창2동 집으로 가서 밤늦게 오는 엄마를 홀로 기다렸다. 효원동에서, 학교에서, 집에서, 나는 삼중의 이방인이 되었다.

조창초등학교에 다닌 지 넉 달 정도 되었을 때였다. 밤이 늦었는데도 엄마가 오지 않고 있었다. 십일월 말이라 밤이 추웠다. 나는 잠이 들었다가 사람들 발자국 소리에 잠을 깼다. 랜턴에서 나오는 붉은 빛의 원형 두세 개가 방문에 발린 한지 위에서 번지럽게 춤을 추었다. 무장공비들에게 학살당한 이승복 어린이에 대한 영화를 본 지 얼마 되지 않은 터라 덜컥 겁이 났다.

"안에 누구 있습니까?"

굵은 남자의 목소리에 나는 문고리를 잡고 방문을 열었다. 랜턴의 빛들이 탈옥하려는 죄수를 비추듯 일제히 나를 비추었다. 나는 눈을 찌푸린 채 물었다.

"누, 누구세요?"

"엄마 안 계시나?"

"아직 안 오셨는데요."

그들은 자신들이 누구인지 밝히지도 않고 내게 양해를 구하지도 않은 채 집 안으로 들어와서 구석구석을 살피면서 장부에 뭔가를 기록했다. 무장공비들이 구둣발로 짓밟으면서 습격하는 것처럼 불쾌했지만 초등학교 삼 학년짜리가 할 수 있는 일은 없었다. 그들이 돌아간 지 한 시간 정도 후, 거의 자정이 다 되어서야 엄마가 돌아왔다. 엄마에게 이야기를 했더니 엄마는 "나는 왜 이래 재수가 없노?"라고 울먹이며 한탄했다.

며칠 뒤 선생님이 수업 중에 누군가의 부름을 받고 나갔다 돌아오더니 내게 가방을 싸서 나오라고 했다. 그러고는 아이들에게 내가 갑자기 전학을 가게 되었다고 했다. 나도 영문을 모르는 말이었다. 선생님은 나를 내보내면서 교무실 문 앞에서 엄마를 기다리고 있으라고 했다.

교무실 앞에서 벌을 서듯이 서 있는데 문밖으로 날 선 엄마의 목소리가 새어 나왔다. 마침내 교무실 문이 열리고 엄마가 나왔을 때 엄마의 얼굴에는 눈물이 흘러내리고 있었다. 나는 위장전입으로 판명되어 쫓겨나게 된 것이었다. 휴대용 버너밖에 없는 등 살림살이가 허술한 점이 근거로 제시되었는데, 우리 집은 원래 휴대용 버너를 사용하고 살림살이가 허술했으니 억울했다. 조창2동에 주거를 마련하고 전학을 온 열댓 명 중에 쫓겨난 사람은 내가 유일했다. 나중에 나로 인해 등수가 밀린 같은 반 아이 엄마가 신고를 했다는 말을 들었다.

엄마와 나는 운동장을 가로질러서 교문을 향해 걸었다. 엄마가 앞서고 나는 멀찌감치 떨어져서 뒤를 따랐다. 반 아이들이 창문가에서 우리를 구경하고 있었다. 그 와중에 엄마가 돌아서서 말했다.

"지환아, 니는 반드시 조창고등학교를 수석으로 들어가가 서울법대를 나와가 판검사가 돼라. 그래가 이날의 엄마의 치욕을 반드시 갚아야 된데이."

조창고등학교는 조창중학교나 조창초등학교와 달리 조창동에 살지 않더라도 시험만 잘 치면 들어갈 수 있었다. 그날부터 서울법대와 판검사 레퍼토리에 조창고 수석 입학이 추가되었다.

엄마의 문제는 그것으로 일단락되었는지 모르지만 내 문제는 끝나지 않았다. 엄마가 조창초등학교에서 쫓겨난 나를 별 생각 없이 그날로 효원초등학교로 돌려보낸 것이다. 그것도 원래 다니던 학교라면서 전화만 한 통 하고는 나 혼자 가게 했다.

혼자서 효원초등학교로 가는 길에 발이 잘 떨어지지 않았다. 돌아온 나를 보고 아이들은 조창초등학교에서 쫓겨난 거냐고 물었다. 나는 아니라고 우겼지만 돌아온 이유는 제대로 설명하지 못했다. 거친 아이들 몇 명은 나에게 조창초등학교에서 쫓겨 온 놈을 받아줄 수 없다며 나가라고 했다. 나는 얼마 지나지 않아서 효원초등학교에 다시 적응했고, 예전처럼 반장이 되었다. 시골이고 어린 나이라 아이들의 적대감은 오래가지 않았다. 그런데 얼마 후 엄마가 나를 신해시 시내에 있는 다른 초등학교로 전학시켰고, 나는 그곳에서 또다시 이방인이 되었다. 그 시절 전학을 거듭하며 겪은 이방인의 느낌은 대학에 갔을 때도, 사법연수원에 갔을 때도, 법원에 들어갔을 때도 고스란히 재발되었다.

　나는 그때의 심정을 퀸에게 이렇게 표현했다.

　"여자들이 강간을 당하는 느낌이 그런 것일까요? 그렇게 강제로 전학을 다니는 것이 너무 싫고 두려워서 몸서리가 쳐질 정도였어요."

　"엄마에게는 그런 마음을 표현했나요?"

　"아니요, 한마디도 하지 않았어요."

　"강간당하는 것처럼 싫었는데 엄마한테는 전학 가기 싫다는 말조차 못 했다고요?"

　"네."

　"왜요?"

　"엄마를 난처하게 할 것만 같았어요."

　"그러면 나중에라도 조창초등학교로 전학 가는 것이 너무 싫었다고 엄마에게 말을 했나요?"

　"아니요, 말을 못 했어요."

　"왜요?"

　"마찬가지예요. 엄마를 난처하게 만들 것 같아서요."

　"그럼 다른 사람에게 말해서 위로를 받은 적이 있었나요?"

　"아니요."

　"에휴, 역시 그랬군요. 그 어린애가 제대로 말도 못하고 혼자서 얼마나 속상했을까."

　나는 잠시 말을 이을 수 없었다.

중학생이 되고 사춘기를 맞으면서 얌전하고 내성적이던 내 성격이 뒤틀려 심하게 거칠어졌다. 마음속에 억지로 구겨 넣었던 분노와 울분이 쓰레기통을 뒤집어엎은 것처럼 한꺼번에 쏟아져 나왔다. 나는 냉가슴만 앓다가 비로소 말을 하기 시작한 벙어리처럼 그동안 속에만 담아두었던 것을 거침없이 드러내기 시작했다. 자그만 일에도 흥분하고 사소한 성가심에도 가슴 답답해하면서 분노와 짜증을 마구 표출했다. 작은 불만도 삼키지 못하고 상대가 누구든 크게 터뜨렸다.

　학교에 가서는 싸움도 자주 했다. 시비가 붙으면 말을 몇 마디 하기도 전에 주먹부터 휘둘렀다. 주변 사람들의 관심도 귀찮고 위선적으로 느껴졌다. 하기 싫은 것은 누가 뭐래도 하지 않았고, 하고 싶으면 누가 말리더라도 기어이 하고야 말았다. 동혁이를 따라다니면서 담배도 피우고 오토바이도 타고 당구장에도 다녔다. 그렇게 하고 싶은 대로 다 해보아도 마음은 전혀 자유로워지지 않았다.

　엄마가 레퍼토리를 읊으면 예전처럼 참고 있지 않았다. 밥을 먹을 때 그런 말을 하면 먹다 말고 그냥 밖으로 나가버렸다. 그렇게 집을 나가서 다음 날까지 안 들어가기도 했다. 언젠가 시험을 치는 날 엄마가 시험을 잘 치라는 말을 하기에 아예 시험을 안 치고 영점을 맞은 성적표를 갖다 준 적도 있었다. 내가 그렇게까지 강하게 저항하자 엄마는 더 이상 레퍼토리를 읊지 못했다. 공부를 하라는 말도 하지 못했다. 아예 엄마와 나 사이에 대화가 사라졌다. 나는 도저히 엄마에게 친절히 대할 수가 없었다. 엄마와 말을 섞는 것 자체가 힘들었고 엄마가 옆에 있으면 표정이 굳어버렸다. 집에 들어가기가 싫어지고 학교가 일찍 끝나도 매일같이 신해바닷가나 길거리에서 친구들과 밤늦도록 배회했다.

중학교 삼 학년이 되면서 고등학교 진학을 결정해야 할 시기가 왔다. 당시 신해시는 고등학교 비평준화 지역이라서 학교에 서열이 있었다. 공립학교인 신해고등학교와 사립학교인 조창고등학교가 비슷하게 수위를 달렸다. 그런데도 조창중학생을 제외하고는 신해시에서 공부를 잘하는 대부분의 중학생이 신해고등학교로 갔다. 신해시 사람들 사이에는 조창기업의 배타성과 조창고등학교 학부형들의 지나친 교육열에 대한 거부감이 널리 퍼져 있었다.

나는 당연히 신해고등학교에 가고 싶어 했다. 어린 시절부터 조창동에 대한 기억이 좋지 않았을 뿐만 아니라 친구들이 모두 신해고등학교에 가려고 했기 때문이다. 반면 엄마는 내가 조창고등학교에 가기를 원했다. 예전에 조창초등학교에서 쫓겨났던 수모와 조창동 사람들을 상대로 장사하면서 받은 모욕감을 만회하고 싶었던 모양이다. 하지만 나는 엄마의 의견을 묵살했다. 더 이상 엄마의 뜻을 묵묵히 따르지 않았던 나는 엄마의 반대에도 불구하고 담임 선생님에게 학년 초부터 신해고등학교에 가겠다고 했다.

"하지만 결국 조창고등학교에 원서를 넣었어요."
"저런, 엄마가 원하는 대로 했군요. 왜 그랬어요?"
"그 무렵에 엄마가 암에 걸렸다는 사실을 알게 되었거든요. 엄마가 불쌍해서 엄마의 부탁을 들어주지 않을 수 없었어요."

조창고등학교 입학시험 날에는 눈발이 날렸다. 나는 떨어지지 않는 발걸음을 옮기며 조창고등학교 정문 앞에 도착했다. 학교 정문 앞은 족히 백여 명은 되어 보이는 조창중학교와 조창고등학교 학생들이 장악하고 있었다. 그들은 일사불란하게 교가를 부르고 플래카드를 흔들면서 조창중학교 교복을 입고 들어가는 수험생에게만 따뜻한 차를 주었다. 조창중학교 학생이 아닌 수험생들은 그들의 위세에 눌려 후문으로 돌아 들어가고 있었다.

그들이 흔드는 플래카드에는 "조창고등학교는 조창기업을 위한 학교다"라고 적혀 있었는데, 그것이 특히 거슬렸다. 그런 배타성을 뚫고 내가 또다시 그 학교에 가야 한다는 것이 짜증 나고 억울했다. 나 홀로 사복을 입은 채 감색 교복을 입은 그들을 뚫고 저벅저벅 정문으로 들어갔다. 그들이 못마땅한 눈초리로 일제히 나를 쳐다보았고 나는 적개심으로 이글거리는 눈으로 그들을 노려보았다. 그들 중에는 예전에 조창초등학교에 잠시 다닐 때 보았던 얼굴들도 있었는데, 그래서 눈에 더 힘이 들어갔다. 그러다 한 녀석과 시비가 붙어서 주먹을 휘두르며 싸우기도 했다.

결국 나는 조창고등학교 합격 통보를 받았다. 그것도 엄마의 바람대로 수석으로 합격했다. 지역 방송국 뉴스에 내 얼굴이 나왔고, 그것을 본 엄마의 얼굴에 모처럼 생기가 돌았지만 나는 별다른 감흥이 없었다.

퀸이 물었다.

"대학교도 결국 엄마가 원하는 대로 법대로 간 거죠?"

"원래 저는 미학과에 가고 싶어했어요. 사실 그 당시 저는 미학과에서 무엇을 배우는지도 제대로 알지 못했어요. 그저 내가 가고 싶었던 미대와 이름도 비슷하고 관련도 있을 것 같아서 가고 싶었어요. 그러면 미대를 못 간 한을 풀 수 있을 것 같았어요. 반면 법대는 왠지 고리타분하게 느껴졌어요."

"엄마한테 미학과에 가겠다고 말해본 적이 있나요?"

"아니요. 미학과에서 뭘 배우는지 저도 잘 몰랐는데 엄마가 알 리가 없었죠. 그리고 평생 법대, 법대 했던 분에게 그런 말이 통할 리도 없었죠. 저는 일단 대학만 들어가자, 그 뒤에는 내 마음대로 하겠다는 심정으로 법대를 갔어요."

"결국 자기 한을 못 풀고 엄마 한을 풀어주려고 법대를 갔군요."

"그런 셈이네요."

나는 긴 한숨을 뿜어냈다.

나는 혼자 서울에 가서 대학 입학시험을 치고 올 작정이었다. 하지만 엄마는 성하지 않은 몸을 이끌고 막무가내로 따라나섰다. 서울에 한 번도 가보지 않은 내가 혼자서 그 큰 시험을 치를 수 없다는 것이 명분이었지만 서울을 한 번도 가보지 않은 것은 엄마 역시 마찬가지였다.

시험 날에 맞춰 그해 가장 강력한 한파가 불어닥쳤다. 새벽에 여관 창문을 열었더니 눈보라가 세차게 몰아치고 있었다. 나는 엄마에게 날씨가 너무 추우니 여관방에 계시라고 했다. 성한 사람도 추워서 다리가 후들거리는 날씨였으니 암 환자인 엄마로서는 보통 견디기 어려운 날씨가 아니었다. 그러나 엄마는 기어코 나를 따라나섰다. 나는 짜증이 치밀어 올랐다. 성한 사람도 고단해하는 일들을 엄마는 왜 굳이 하려 드는 것일까. 늘 저렇게 유별나게 살다가 그런 병에 걸린 것이 아닌가. 계속 그런 생각이 머리에 맴돌고 있으니 나의 표정이 밝을 수가 없었다.

법과대학 현관 앞에서부터는 수험생만 안으로 들어갈 수 있었다. 나는 그 앞에서 엄마에게 이제는 그만 돌아가 여관에서 쉬고 계시라고 했지만 엄마는 그저 고개를 끄덕이면서 나에게 들어가라고 손짓을 했다.

시험을 보는 동안에도 답안지 위로 자꾸만 엄마가 허연 김을 내뿜으며 덜덜 떨고 있는 모습이 어른거렸다. 오전 시험을 마치는 종소리가 들리자마자 나는 점심 도시락을 먹는 대신 왠지 엄마가 밖에 있을 것 같아서 일 층 현관으로 내려갔다.

현관문 유리창에 성에가 가득 끼어 있어서 밖에 있는 사람들이 보이지 않았다. 팔꿈치로 현관문 유리를 문질러 닦고 그 너머로 엄마를 찾았다. 엄마는 아침에 보았던 그 자리에 그대로 서 있었다. 온 얼굴이 붉게 얼어붙은 채 눈을 감고 무덤처럼 고요하게 서 있었다. 추운 날 끝내 가지 않은 엄마에 대해 감사보다는 원망과 분노가 치밀어 올랐다. 나는 손가락으로 유리창을 두들겼다. 몇 번을 반복하자 인기척을 느낀 엄마가 눈을 떴다. 엄마는 도둑질을 하다가 들키기라도 한 것처럼 흠칫 놀란 표정을 지으며 황달이 낀 눈동자로 나를 쳐다보았다. 나는 원망이 담긴 시선으로 잠시 엄마를 쳐다보다가 한 자 한 자 입 모양을 만들었다.

"시. 험. 잘. 봤. 다."

엄마는 한 번에 못 알아들었다. 나는 더욱 천천히 같은 입 모양을 반복했다. 그러자 엄마의 앙상하고 깡마른 얼굴 위로 두껍게 앉아 있던 쇠잔함이 걷히고 생기가 돌았다.

"대학에 들어간 뒤에는 어땠나요? 여전히 엄마의 부탁을 들어주었나요?"

"처음엔 안 그러려고 했었죠."

"에휴, 결국 이번에도……."

"법대에 가면서 엄마가 원하는 대로 하는 것은 법대 입학이 마지막이라고 결심했어요. 그 뒤로는 제가 원하는 대로 살고 싶었죠. 사법시험은 처음부터 치지 않을 생각이었어요. 아예 법학이 아닌 다른 공부를 하러 유학을 갈 작정이었어요. 친구들이 고시 공부를 할 때 저는 유학 시험 준비를 했죠. 집을 떠나서 서울로 올라가니 처음에는 자유롭다는 기분이 들었어요. 학기 중에는 아르바이트를 해서 돈을 모으고 방학에는 무작정 외국으로 배낭여행을 떠났어요. 명절 때 외에는 신해시에 잘 오지 않았어요. 명절에도 고향 오는 버스를 타기만 하면 이상하게 가슴이 답답하게 조여왔어요. 집에 있으면 불편하고 불안해서 안절부절못했고 어떻게든 빨리 서울로 올라가곤 했어요. 고향에 가까워지면 마음이 갑갑했고 멀어지면 후련했죠. 그러다 엄마가 돌아가신 후부터는 다시 신해시로 돌아오려고 안달이었어요."

퀸은 내가 그토록 신해시로 돌아가고 싶어 한 것도, 신해시에 가면 엄마와 살던 집과 신해바닷가를 찾은 것도, 신해시에서 일하는 동안 신해애육원에 정기적으로 찾아간 것도 모두 엄마를 찾아다닌 것이라고 했다. 고향, 바다, 집, 보육원 모두 엄마를 상징하는 대표적인 단어라고 했다.

"알렉산더가 세계를 정복한 것도 엄마로부터 멀리 떨어지려는 심리 때문이었다는 분석이 있어요. 알렉산더는 엄마가 정통 마케도니아인이 아닌 이방인이고 요상한 신을 섬긴다는 것이 콤플렉스였대요. 그래서 엄마로부터 최대한 멀리 떨어지고 싶었고, 그 무의식의 힘이 세계를 정복하도록 떠밀었다는 것이죠. 만약 알렉산더의 엄마가 도중에 죽었다면 그가 더 이상 새로운 세계로 진출하지 않고 마케도니아로 돌아갔을지도 모르겠다는 생각이 스치네요."

"저는 엄마에게 이중적인 감정을 느꼈던 것 같아요. 어떻게든 멀리 떨어지고 싶으면서도 떨어지고 싶지 않은."

"양가감정인 거죠. 하지환 씨 자신을 가혹하게 소모하게 만드는 엄마로부터 떨어지고 싶으면서도 한편으로는 엄마와 떨어지면 죽을 것 같은 멸절공포를 느낀 것 같네요. 그 두 가지 감정이 밸런스를 이루는 지점에 하지환 씨가 머물렀겠죠. 그러다 엄마가 돌아가시면서 멸절공포에 무게가 실리고 엄마를 찾아서 고향으로 돌아오게 된 것이고요."

과거를 떠올려보니 과연 엄마와의 관계에서 내가 평생 소모적으로 살아왔음을 깨달을 수 있었다. 나는 나의 욕구를 주장하지도, 충족시키지도 못하고 그저 엄마의 바람만을 실현시키려고 애썼다. 그러한 소모적 관계가 다른 중요한 사람과의 관계에도 확장되고 있었다. 그들과의 관계에서 내가 소모되는 경우가 많을 뿐만 아니라 심지어 어느 정도 소모되어야 한다는 강박조차 가지고 있었음을 발견할 수 있었다. 나는 친밀한 관계가 형성되고 나면 상대를 만족시켜주어야 한다는 의무감을 느끼는 편이었다. 그것도 나를 희생하면서 상대를 만족시켜주어야 진정성을 보여줄 수 있다고 믿는 경향이 있었다. 예를 들어 누군가의 친구가 되면 내 입장을 굳이 어느 정도 변경시켜서라도 그의 편에 서주어야 한다고 믿었다. 누군가의 형이 되면 내가 작은 것이라도 무언가를 희생해서 동생에게 이익을 주어야 형의 도리를 다하는 것이라고 생각했다. 누군가의 동생이 되면 내가 싫어하는 것을 참고 형이 원하는 것을 어느 정도는 해주어야 한다는 의무감을 느꼈다. 누군가의 남자친구가 되면 상대가 결혼하자고 할 때 내가 결혼하기 싫어도 결혼을 해야만 할 것 같았다. 그 때문에 그동안 누군가와 쉽게 사귀지 못했다.

"저는 이곳에 올 때도 오 분 일찍 와서 먼저 기다리려고 해요. 오는 길에 차라도 막히면 굉장히 마음이 불편해요. 선생님을 기다리게 할까 봐요. 저는 분석비를 내야 한다는 것을 잊지 않기 위해서도 굉장히 긴장을 해요. 카우치에서 이야기를 하면서도 몇 번씩 분석비를 내야 한다는 것을 되새기죠."

"왜 그렇게 하시는 거죠?"

"안 그러면 선생님을 난처하게 만들 것 같아서요. 선생님이 아무 일도 못 하고 지루하게 저를 기다려야 하고, 저에게 분석비를 달라고 하기 힘든 말을 해야 하잖아요. 저는 분석비를 낼 때도 선생님이 잔돈을 거슬러 주면 체면이 상할까 봐 항상 지갑을 확인하고 오

만 원짜리밖에 없을 때는 은행에 들러서 만 원짜리 지폐로 바꾸어
서 오죠."

"저는 그런 일이 전혀 불편하지 않고 난처하지도 않은걸요. 내담
자가 늦게 와도 끝나는 시간은 똑같으니 경제적으로 손해나는 것
도 없죠. 혼자서 아무것도 안 하고 앉아 있는 것이 얼마나 좋은데
요. 분석 치료비를 깜빡 잊은 분에게도 전 돈을 달라는 말을 잘해
요. 그냥 '뭐 잊으신 거 없나요?'라고 물어보면 되죠. 그리고 거스
름돈을 내주는 것이 왜 체면이 상하는 일인가요? 그럼 거스름돈을
안 내주어야 체면이 사는 건가요?"

"그건 아니겠죠."

"그렇게 타인의 감정과 욕구를 충족시켜주는 데만 몰두하니 자
신이 소모될 수밖에 없죠. 시간이 갈수록 힘들어지고 관계가 불안
정해지죠."

"저는 왜 그렇게 살아왔을까요? 왜 엄마의 바람을 그렇게 필사적
으로 들어주어야 한다고 생각했던 걸까요?"

"엄마가 자기 곁을 떠날 수 있다고 생각하는 아기의 심정이 어떻
겠어요?"

"엄마의 바람을 무엇이든 들어줌으로써 엄마를 곁에 붙잡아두려
고 한다는 것인가요?"

"그렇죠."

"그럼 다른 아이들은 엄마를 어떻게 붙들어놓나요?"

"엄마를 붙들려고 하지 않죠. 엄마가 자기를 떠날 거라는 생각조
차 하지 않으니까요. 엄마가 한동안 자기 곁을 떠나 있다고 하더라

도 언젠가 돌아올 것이라고 믿죠. 물리적으로는 곁에 없더라도 심리적으로는 엄마가 늘 곁에 있는 셈이지요."

"그럼 저는 왜 엄마가 저를 떠날 거라고 믿은 건가요?"

"엄마가 어릴 때 그런 확신을 못 주었기 때문이겠죠. 지금 만나는 서연 씨에 대해서는 어떤가요? 하지환 씨를 떠날 것 같은 불안감을 가지고 있나요?"

"물론이죠. 실제로 서연이는 수시로 잠적해서 저를 떠나잖아요. 잠적이 아니더라도 언젠가 서연이가 저를 완전히 떠날 것 같아요."

"왜요?"

"꽤 오래 사귀었으니까요. 벌써 만난 지도 삼 년이 다 되어가네요. 소모적인 관계의 패턴 때문에 지쳐서 그런지 저는 그동안 반년 넘게 누구를 사귀어본 적이 없어요. 그런데 서연이는 삼 년이나 사귀었잖아요."

"오래 만나면 헤어져야 하나요?"

"남녀가 서로 만나면 처음에는 새롭지만 어느 정도 지나면 서로의 매력을 다 알게 되잖아요. 그러고 나면 서서히 지루해지고, 그러다 곧 떠나겠죠. 그게 모든 연인들이 겪는 일 아닌가요?"

"첫사랑과 만나서 결혼까지 하고 평생 같이 사는 사람들도 있잖아요."

"그건 이례적인 일 아닌가요?"

"영화 「비포 선라이즈」 보셨어요?"

"네, 아주 좋아하는 영화예요."

"거기서 에단 호크가 오래된 커플은 서로를 너무 잘 알기 때문에 참을 수 없는 권태를 느낀다고 말해요. 그런데 줄리 델피는 자기는 상대에 대해 완전히 알게 될 때 진정으로 사랑에 빠질 수 있다고 해요. 그 사람이 가르마를 어떻게 타는지, 어떤 셔츠를 좋아하는지, 어떤 상황에서 어떤 이야기를 할지 알게 될 때 비로소 그 사람을 사랑할 수 있다고 하죠. 그런 여자도 있잖아요."

"그건 영화니까요."

"하지환 씨는 서연 씨의 매력을 모르나요?"

"알고 있죠."

"하지환 씨의 말대로라면 그 매력을 다 알았으니 싫증이 나서 떠나고 싶겠네요."

"음…… 그렇지는 않네요."

"방금 매력을 다 알면 금방 싫증이 나서 떠난다고 하지 않았나요?"

"그랬죠. 그런데 저는 그런 유의 사람은 아닌 것 같아요."

"본인은 그런 사람이 아닌데 왜 다른 사람은 다들 그럴 거라고 생각하나요?"

"음……."

나는 말문이 막혔다. 그동안 오래 만나면 싫증이 나서 헤어지게 되고, 그래서 헤어짐을 막기 위해서는 공연을 하는 것처럼 새로운 매력을 계속 보여주어야 하는 줄로만 알았다. 이어서 퀸이 물었다.

"그냥 사람 자체가 좋아서 계속 같이 있을 수도 있지 않나요? 왜 그냥 이유 없이 좋은 사람이 있잖아요. 자신에게 특별히 잘해주는 것도 아닌데 느낌이 좋고 같이 있으면 괜히 기분이 좋은 사람."

"저는 그런 사람은 못 되니까 상대가 떠날까 봐 불안한 것 같아요."

"왜 그렇게 생각하시나요?"

"사실이 그러니까요."

"그럼 하지환 씨는 본인이 좋은 사람이 아니라고 생각하나요?"

"아주 나쁜 사람은 아니겠지만 그리 좋은 사람도 아니죠. 상중하로 따지면 중하 정도라고 생각해요."

"왜 그렇게 생각하시죠?"

"주변에 보면 좋은 사람이 많잖아요. 저는 그 정도로 좋은 사람은 못 된다고 생각하니까요."

"주변 사람이 하지환 씨에게 좋은 사람이라고 하는 경우는 없나요?"

"그러는 사람도 간혹 있죠. 하지만 그 사람들은 그냥 듣기 좋으라고 하는 말이겠죠. 면전에서 사람 나쁘다고 하는 사람이 어디 있나요? 간혹 진짜 저를 좋은 사람이라고 생각하는 사람이 있더라도 그들은 저의 본모습을 모르기 때문이겠죠. 제 깊은 속을 누구에게나 다 드러내지는 않으니까요."

"본인이 굳이 나쁜 사람이라고 믿으려고 안달하시는 것 같네요. 제가 보기에 하지환 씨는 인성적인 바탕이 좋은 사람이에요. 상중하로 나누면 상이에요. 다만 그동안 함부로 방치되어서 좀 황폐화되어 있을 뿐이죠. 황폐화된 것은 나쁘거나 악한 것은 아니거든요. 혹시 지금 이 말도 안 믿는 건가요?"

"솔직히 말해서 곧이곧대로 받아들이고 있지는 않아요. 정신분석의 효과를 위해서 전략적으로 하는 말일 수도 있으니까요."

"정신분석가는 기만 없이 솔직하게 말해야 해요. 내담자의 정직한 거울이 되어주어야 하죠. 말을 안 했으면 안 했지 거짓말을 하지는 않아요."

"그 말 역시 전략일 수도 있죠."

퀸이 어이가 없다는 듯 웃었다.

"그럼 하지환 씨는 본인에게 아무런 매력도 없다고 생각하나요?"

"매력이야 있겠죠. 좋은 사람이라도 매력이 없을 수 있고 나쁜 사람도 매력이 있을 수 있다고 생각해요."

"그럼 본인의 매력은 무엇이라고 생각하세요?"

"음…… 스스로 말하기 쑥스럽지만 그나마 매력이 있다면 지적인 유능함이 아닐까 생각해요."

"서연 씨도 하지환 씨가 지적이어서 좋다고 하던가요?"

"아니요. 음…… 온기가 느껴져서 좋다고 했어요."

"그건 지적인 것과는 관계가 없잖아요."

"그렇네요. 하지만 서연이가 저를 따뜻하다고 느끼는 것은 서연이의 마음이 너무 춥기 때문이지 제가 보통 사람들보다 따뜻해서는 아니에요."

"하지환 씨의 의식과 무의식이 본인이 좋은 사람임을 받아들이는 걸 철저히 차단하고 있네요. 백신 프로그램이 바이러스를 차단하듯 말이에요. 백신으로 위장한 그 바이러스부터 지워야겠네요."

위험한 소년

그 무렵 나는 효린이와 신해바닷가에 있는 조개구이 집에서 소주를 마셨다. 효린이는 언제나처럼 밝은 표정 위로 끊이지 않는 웃음꽃을 피우고 있었다. 효린이는 그날 있었던 환자들 이야기며 동료들 이야기를 재미나게 해주었다. 효린이가 주로 이야기를 하고 나는 듣는 편이었다. 가끔 내가 이야기를 할 때면 효린이는 세상에서 제일 재미있는 이야기를 듣는 것처럼 눈을 크게 뜨고 귀를 쫑긋 세웠다. 그러면 나는 마치 내가 대단한 이야기꾼이라도 된 것처럼 자신감이 생겨 더 열심히 이야기하곤 했다.

효린이는 어떤 부류의 사람들과도 잘 맞추어서 적절하게 어울릴 줄 알았다. 상대의 음역에 따라서 자유자재로 화음을 넣어줄 수 있는 것 같았다. 그에 비하면 나는 낮은 음만 낼 수 있는 데다 음치여서 상대에게 맞춰주고 어울리는 능력이 떨어졌다. 그러니 나와 비슷하게 낮은 음역대에만 머무르는 서연이 곁에서 편안함을 느끼는 모양이었다. 효린이는 발랄한 장조의 화음을 즐기고 있는데 나와 서연이는 슬픈 단조의 선율에만 젖어 있는 것 같았다.

"효린아, 나는 어떤 사람인 것 같아?"

나의 뜬금없는 질문에 효린이가 소주를 들이켜다 말고 내 눈을 빤히 쳐다보다가 웃음을 터뜨렸다.

"잉? 그게 무슨 소리야?"

"내가 어떻게 생겼는지 스스로 잘 모른다는 생각이 들어. 마치 태어나서 거울을 한 번도 안 본 사람처럼 말이야. 내가 어떻게 생겼는지 좀 알고 싶어. 너라면 나에 대해서 누구보다 솔직하고 정확하게 말해줄 수 있을 것 같아서. 좋은 것과 나쁜 것을 조금도 가감 없이 정확하게 말이야. 넌 나를 고등학생 때부터 보아왔잖아."

효린이가 젓가락으로 조갯살을 뜯어내면서 물었다.

"안 좋은 말 한다고 삐쳐서 이 술 나한테 사라고 하는 건 아니지?"

"괜히 내가 듣기 싫어할까 봐 좋은 말만 해주면 그럴 생각이야."

"누가 좋은 말 해준대?"

그러고는 효린이가 또 까르르 웃었다. 나는 효린이의 웃음이 그치기를 기다리며 깍지 낀 두 손 위에 턱을 올린 채 경청하는 자세를 취했다.

"선배, 혹시 내가 대학생 때 선배한테 좋아한다고 고백했다가 차였던 날 기억해?"

"고백? 니가 언제?"

"기억 안 나? 그때 내가 얼마나 민망해하면서 한 건데. 선배 자취

방 앞에 있던 허름한 김밥집에서 라면 먹으면서 고백했었잖아."

"고백을 김밥집에서 라면 먹으면서 하는 놈이 어디 있어? 진짜 고백을 해도 고백인 줄 알겠냐?"

말은 그렇게 했지만 실은 나도 그것이 고백임을 알았다. 그 고백 때문에 그 전까지 효린이에게 가지고 있던 은근한 호감이 돌멩이에 놀란 비둘기 떼처럼 다 날아가버렸다. 나는 나를 먼저 좋아해주는 여자에게는 부담을 느끼고 피하게 되는 성향이 있었다. 효린이가 고백을 한 날 이후로 나는 한동안 효린이의 연락에 답을 하지 않았다. 내가 서연이와 오래 사귈 수 있는 것도 서연이가 나를 먼저 좋아하지도 않았고, 많이 좋아하지도 않았기 때문이었다. 그런 이상한 심리의 원인도 엄마와의 관계를 생각해보니 이해가 되었다. 엄마가 내게 많은 부담을 주었기 때문에, 나를 좋아한다는 여자에게는 부담을 느낀 것이었다. 나의 지적인 면을 보고 다가오는 여자를 나를 이용하려는 사람으로 여기는 것도 마찬가지였다.

"분위기 잡고 말하면 민망하니까 그랬지. 거절당하면 뻥이라고 하면서 넘어가려고 했어."

"그런데 그 이야기를 왜 하는 거야?"

"그때 내가 선배를 어떻게 생각하는지 말했었거든. 선배를 생각하면 수수하고 순수한 이미지가 떠올라. 난 특히 선배의 학생 때 모습을 아직까지 기억하고 있어. 고등학교 때 허름한 자전거를 타고 엉덩이를 들고 끙끙대면서 학교 언덕을 올라가던 모습. 학교 미술실에서 진중한 표정으로 그림을 그리던 모습. 대학생 때 조인트 동문회에서 처음 보았을 때 케첩이 묻은 옷을 입고 어색한 표정으로 구석에 앉아 있던 모습. 그 모두가 수수하고 순수하게 보였어. 내 주변 사람들은 다들 멋지게 보이려고 포장하는데 선배는 전혀 안 그러는 것 같았어. 선배가 그림을 그리는 것도 아주 멋있었어. 선배의 그림 속에 내가 소품으로라도 들어가 머물렀으면 하는 마음도 있었어.”

고교 시절 내가 타던 자전거는 동네 아저씨가 버리려는 것을 얻은 것이었다. 나는 나이 든 아저씨들이나 타고 다니는 구식 자전거를 타는 것이 창피해서 등하교 시간에는 아이들이 많이 다니지 않는 뒷길로 다녔다. 여학생들이 그런 자전거를 타는 나를 보면 비웃고 무시할 것만 같았는데 효린이는 그런 모습이 좋았다고 하니 의외였다. 대학생 때도 나는 아웃사이더였다. 어떤 모임에서도 낯설고 어색했고, 잘 녹아들지 못했다. 미끈하고 하얀 얼굴에 세련되게 옷을 입고 서울말을 구사하는 아이들 틈에서 병든 닭 같은 낯빛에 뭘 입어도 맵시가 안 나고 사투리를 벗어나지 못하는 나는 꿔다 놓은 보릿자루 같은 고립감을 느꼈다. 그런데 뜻밖에도 효린이는 내가 부끄러워하던 바로 그 모습이 좋았다는 것이었다. 내가 그림을 그리는 것이 매력적일 수 있다는 것도 미처 알지 못했다. 그것은 그림 그리는 것을 엄마가 달가워하지 않았기 때문인 것 같았다.

“혹시 내가 지적으로 유능해서 멋있어 보이진 않았어?”

그 말에 효린이가 풋 하며 마시던 술을 내뿜더니 가슴을 치면서 한참을 깔깔거렸다.

“뭐라고? 맙소사, 하하하하. 선배가 이래서 순수하다는 거야. 하하하. 설마 선배, 자기가 지적이라고 생각하는 건 아니겠지? 나는 늘 선배같이 엉성하고 허술하고 건망증 심한 사람이 어떻게 공부는 잘하는지 이해할 수가 없었어. 우리 아빠도 법조인의 길을 걸어왔지만 선배하고는 완전히 다르거든. 주도면밀하고 철두철미하고 빈틈없고. 아, 어쩌면 선배가 아빠와 너무 달라서 선배를 좋아했던 건지도 모르겠어. 나는 그런 아빠를 별로 좋아하지 않았거든."

나는 혼란스러우면서도 흥미로웠다. 나의 유일한 매력이라고 생각했던 것은 매력이 아니었고, 내가 창피해서 감추고 싶었던 부분이 매력이라는 것이었다. 그렇게 완벽해 보였던 효린이 아버지도 정작 효린이와의 관계는 썩 좋지 않다는 것도 의외였다.

지적인 면을 내 유일한 매력으로 인식하는 원인이 엄마와의 관계에서 비롯되었다는 것은 퀸의 설명이 없어도 쉽게 파악할 수 있었다. 엄마와의 관계에서 형성된 거짓된 상을 진정한 나의 모습으로 착각하고 살아왔던 것이다. 거짓 자기의 인생을 살아왔기 때문에 성취를 거듭해도 타인의 배 속에 밥을 넣는 것처럼 허기가 채워지지 않고 허무해지기만 했던 것이다. 그날 밤 평소보다 술이 많이 들어갔다.

횟수를 거듭하면서 정신분석은 내리막길을 달리는 자전거처럼 가속도가 붙었다. 카우치에 누워도 더 이상 불편함이나 고립감이 느껴지지 않았다. 할 말이 없어 침묵이 흐를 때도 조바심 대신 한가로이 낚싯대를 드리운 강태공과 같은 여유가 느껴졌다. 처음에는 조난당한 것처럼 보였던 벽에 걸린 하얀 조각배도 날씨 좋은 날 호수에 한가로이 떠 있는 것처럼 보였다. 변신을 하고 있는 트랜스포

머 로봇처럼 마음속의 부속품들이 삐걱거리면서 위치와 구조를 재조정했다.

퀸은 내가 한 덩어리로 취급해 구석에 처박아놓은 감정들을, 과일 껍질을 벗겨내듯이 예리한 질문들을 동원해 감정의 결을 따라 미세하게 발라주었다. 서연이와 섹스로 대화를 나눈다면 퀸과는 대화로 섹스를 했다. 퀸은 직접 무언가를 가르쳐주거나 조언해주지는 않았다. 그저 나의 이야기를 한 장 한 장 정독해주었다. 그러면서도 나를 판단하려 들지 않았다. 나의 감정들을 고스란히 받아주고 담아주었다.

시간이 더 흐르면서 퀸이 하고 있는 것이 단지 심리학적 해석만이 아니었음을 알아차리게 되었다. 그녀는 엄마가 어린 시절 내게 해주었어야 했던 것들을 대신 해주고 있었다. 반응을 해주고 지지를 해주고 위로를 해주고 내 편이 되어줌으로써 나를 처음부터 다시 키워내고 있었다. 퀸 앞에서 이야기할 때와 엄마의 무덤가에서 이야기할 때의 기분이 다르지 않았다.

옛 기억들을 탐색하다 보면 풀숲을 뒤적이다 들쥐가 튀어나온 것처럼 잊고 지내던 기억에 깜짝 놀라기도 했다. 이십 년도 전에 있었던 일을 마치 어제 있었던 것처럼 언성 높여 이야기하기도 했다. 그런 다음 그 일을 다시 떠올려보면 팽팽하던 풍선이 바람이 빠져 쭈글쭈글해진 것처럼 감정이 쪼그라들었음을 발견하게 되었다. 반대로 엊그제 있었던 일이 세션에서 이야기를 하고 나면 십 년 전 일처럼 기억과 감정이 닿지 않는 먼 창고로 처박혀버리기도 했다.

그동안 익숙했던 사물이나 사람이 낯설게 느껴지고 과거에는 쉽게 결정했던 일을 두고 한참을 주저하는 경우도 많아졌다. 예전과 달리 감정을 다양하게 느끼기 시작했고, 감정을 포착하면 가급적 표현하려 했다. 내적 환상에 현실이 끌려 다녔던 과거와 달리 내적 환상에서 벗어나 외부 현실을 직접 느끼고자 했다. 비행기에서 귀가 먹먹해질 때 침을 삼켜 고막 안팎의 기압을 같게 만드는 것처럼 현실의 경험으로 내적 환상들을 재조정했다. 길을 걸을 때도 예전에는 주로 어떤 생각에 잠겨 있었지만 이제는 얼굴에 느껴지는 햇볕의 강도나 바람의 세기, 목에서부터 등줄기를 타고 흘러내리는 땀방울이 간질이는 느낌에 집중했다. 내면의 환상이 투사되기 쉬운 그림을 그리는 대신 사진을 찍기 시작했다.

세션에서 하는 이야기는 점점 어린 시절로 거슬러 올라갔다. 그와 함께 내 꿈에 나오는 등장인물들도 중학생, 초등학생, 아이, 아기 순으로 어려졌다. 그에 따라 스쿠버다이빙을 하듯이 세션에서 들여다보는 내면의 수심이 단계적으로 깊어졌다. 바닥을 찾은 뒤부터는 물에 잠긴 옛 마을에서 어린아이의 시신을 찾듯이 과거의 나를 탐색해나갔다. 퀸은 그 옆에서 유사시 구조를 위해 대기하는 전문 잠수부가 되어주었다. 때로는 히말라야 같은 고산 지대에서 눈 속에 파묻혀 있는, 어느 평행 우주에 살아 있을지 모르는 나 자신들을 찾기 위해 탐험을 하는 기분도 들었다. 그럴 때 퀸은 내 옆에서 셰르파가 되어주었다.

그동안에도 나를 찾기 위해 홀로 노력해보지 않은 것은 아니었다. 그러나 엉성한 내 인식의 포충망으로는 제비처럼 재빠르게 날아다니는 내 실체를 붙잡을 수 없었다. 물론 실존의 '나'는 매일 어김없이 어떠한 행위를 하고 그러한 행위의 흔적들은 징검다리처럼 어떠한 궤적을 그리고 있었다. 타인들은 이를 두고 '나'라고 규정하고, 그 '나'에 대해서 이러쿵저러쿵 이야기할 수도 있겠지만 나는 그것이 '나'임을 인정할 수 없었다. 그런 나의 흔적들은 내가 어떤 선택을 해야 할지 몰라서 끝내 어리바리하게 있다가 억센 세월의 손아귀에 떠밀려 강제로 결정지어진 것이 대부분이기 때문이다.

이전에는 잘 보지 못했던 다른 사람들의 심리도 좀 더 깊이 살피게 되었다. 어떤 사람이 다혈질이다, 순하다, 예민하다는 정도의 아주 단순한 몇 가지 기준만을 사용하던 과거와는 비교할 수 없을 정도로 다양한 기준과 시각으로 사람의 심리를 입체적으로 그려볼 수 있게 되었다. 사건 기록을 볼 때도 그 사건 이면에 있는 당사자의 심리적 동기를 살피게 되었다. 자랑이 많던 동료는 내가 먼저 능력을 인정해주니 적어도 내 앞에서는 자랑이 사라졌다. 주변 사람들을 신랄하게 비판하는 사람은 내가 그를 훌륭한 사람이라 생각하며 비판하지 않을 것임을 암시해서 안심시켰다.

신해애육원에서 아이들과 함께 그림을 그릴 때도 이전에는 보지 못했던 것들을 보게 되었다. 아이들이 그린 그림에서 자기에 대한 관념이나 부모, 친지, 친구들과의 거리감을 짐작할 수 있었다. 스킨십을 원하면서 늘 몸을 맞대고 있으려는 아이, 오직 한 가지 모습 때문에 타인을 너무 미워하거나 반대로 너무 좋아하는 아이, 다른 사람들이 자신을 환영해주지 않을 것이라는 생각에 적대적이고 공격적인 아이, 겁에 질려 있는 아이, 자신이 전능하다고 믿는 아이들 속에서 나는 과거의 내 모습과 아직도 마음속에 있는 아이들을 만나고 또 떠나보냈다.

내 자존감이 낮은 이유를 추적해보다가 마침내 그것이 뿌리 깊은 죄책감 때문임을 깨닫게 되었다. 나는 가까운 사람들에게 과도한 의무감을 느끼는 만큼 그 의무를 다하지 못한 것에 대한 죄책감을 느끼고 있었다. 그중에서도 엄마에 대한 죄책감이 가장 큰 비중을 차지했다. 내가 비참하게 죽어갈 것이라고 생각한 것도 나의 죄에 대한 대가를 치를 것이라는 관념 때문이었다. 내게 자학하는 경향이 있거나 뇌종양 진단을 받았을 때 한편으로 마음이 홀가분했던 것도 그 때문이었다.

퀸은 죄책감이 드는 일화들을 모두 연상해보라고 했다. 나는 떠오르는 대로 하나씩 말하기 시작했다.

"엄마의 임종을 지키지 못한 것이요."

"엄마가 자신의 임종을 알리지 말라고 하지 않았나요?"

"그랬죠."

"그런데 어떻게 임종을 지킬 수 있나요?"

"……"

"그게 어떻게 아들 잘못이죠?"

"임종은 그렇다 치더라도 엄마가 아플 때 계속 곁에 있지 못했던 것은 미안한 일이죠."

"그럼 아들은 자기 일은 다 포기하고 엄마 옆에만 있어야 하는 건가요? 엄마도 올라가서 시험을 보라고 했다면서요. 그게 왜 하지환 씨 잘못이죠? 오히려 엄마가 뒷바라지를 못 해주는데도 엄마가 원하는 대로 사법시험을 치고 합격한 것은 대견하고 훌륭한 일 아닌가요?"

"그런가요?"

"그렇죠."

상대방을 설득하려고 새로운 협상 카드를 차례로 제시하듯이 나는 또 다른 일화를 꺼냈다.

"대학생 때 제가 고향에 내려갔을 때 엄마가 갑자기 우동을 먹으러 가자고 했는데 저는 그냥 집에서 밥을 먹자고 했어요. 서울에서 조미료가 잔뜩 들어간 밥만 사 먹는 것이 너무 지겨웠어요. 제육덮밥은 아마 오백 번도 더 먹었을 거예요. 그래서 모처럼 집에 가면 다른 애들처럼 엄마가 차려주는 밥을 먹고 싶었어요. 결국 엄마는 시무룩한 표정으로 집에서 밥을 해주셨어요. 돌아가시고 나니까 그때 왜 그냥 엄마가 원하는 대로 우동을 먹지 않았는지 후회가 되고 죄책감이 들어요."

"그게 죄책감을 느낄 정도로 큰일인가요?"

"아닌가요? 그렇게 드시고 싶었던 우동을 못 드시고 돌아가셨잖아요."

퀸은 심지어 웃기까지 했다.

"엄마 입장에서는 우동이 그렇게 먹고 싶으면 혼자서도 얼마든지 사 먹을 수 있잖아요. 하지환 씨 입장에서는 그때가 아니면 집밥을 먹을 수가 없었고요."

"하긴 그날이 마지막이었어요. 엄마가 해준 밥을 먹은 게."

"잘한 거예요. 그때 하지환 씨가 밥을 해달라고 하지 않았다면 지금쯤 한이 더 맺혔겠죠. 평생 엄마의 욕구만 충족시키다가 모처럼 자기 욕구를 말한 거잖아요. 하지환 씨도 무의식중에 그것이 마지막인 줄 알았기 때문에 본능적으로 자기가 원하는 걸 강하게 말했던 건지 몰라요."

그것이 죄스러운 일이 아니라는 퀸의 말이 처음에는 믿기지 않았지만 세션이 거듭될수록 어느 정도는 신뢰하게 되었다. 우리는 어릴 적 기억 속에서 죄책감을 느낀 사건들을 탄광에서 광석을 캐듯 하나씩 찾아냈다. 크게 잘못한 일이라고 생각했는데 막상 그 일을 입 밖으로 내보면 생각보다 잘못이 작거나 내 잘못이라 할 수 없는 경우가 대부분이었다.

"전 엄마의 불쌍한 인생이 모두 저 때문이라고 느꼈던 것 같아요. 저 때문에 아버지가 도망을 갔고, 엄마는 저를 버릴 수가 없어서 발목이 잡혔다고 생각해왔어요. 그래서 제가 그것을 만회해주어야 한다고 무거운 책임감을 느끼면서 살아온 것 같아요."

"그게 왜 하지환 씨 때문이죠? 오히려 하지환 씨에게 좋은 환경을 만들어주고 사랑으로 돌봐주지 못한 엄마가 책임감을 느껴야 하지 않을까요?"

그때 자신의 아버지가 배추 장수였음을 내세우며 무릎 꿇고 애원하던 우동규의 모습이 고개를 들었다. 그때 특히 분노가 치솟았던 이유를 알 것 같았다. 엄마가 그랬던 것처럼, 그가 불우했던 환경을 방패 삼아 내 마음을 약하게 만들어 자신을 비난하지 못하게 만들고 연민을 유발하려 하는 것 같아서였다.

나는 죄책감의 탄광 속으로 더 깊이 들어갔다.

"전 엄마를 사랑하는 느낌이 없었어요."

사춘기 시절, 엄마와 자식이 천륜이라는 말만큼 나를 시험에 들게 하는 말은 없었다. 인간은 당연히 엄마를 사랑해야 한다면 난 외계인일지 모른다는 생각도 들었다. '모자지간'이란 단어는 끈끈한 감정이 아니라 손에 달라붙지 않는 푸석푸석한 먼지 뭉치 같은 느낌을 주었다. '엄마'라는 단어에서 풍긴다는 아늑하고 따뜻한 느낌도 느낄 수 없었다. 엄마 곁에서는 휴식할 수 없었고, 오히려 숨이 막혔다. 엄마와 나는 발목을 한쪽씩 묶고 세발달리기를 하는 것처럼 불편했다.

"그것도 하지환 씨 잘못은 아닌 것 같은데……."

"왜 제 잘못이 아니죠?"

"엄마한테서 사랑을 제대로 받은 적이 없는데 어떻게 엄마를 제대로 사랑할 수 있겠어요? 부모들이 다들 자식을 사랑하는 줄로 착각하지만 사랑이 아닐 때가 많죠. 애들을 가장 힘들게 만드는 존재가 부모예요. 자신의 분을 풀고, 자신의 소유욕과 지배욕을 충족시키고, 자신의 외로움을 달래기 위해 자식을 이용하는 부모가 많아요."

"그게 제 잘못이 아니란 말인가요?"

"부모와 어린 자식 사이에서 관계가 잘못되면 그것이 자식 책임인가요? 모두 부모 책임이죠. 자식은 부모 하기 나름이니까요."

퀸의 그 말은 어떤 사람들에게는 지극히 당연한 말일지 모르지만 그때 내게는 태양이 지구 주위를 도는 것이 아니라 지구가 태양 주위를 도는 것이라는 말처럼 혁명적이었다.

며칠 전 출근길에 있었던 일이 떠올랐다. 어떤 아파트 입구에 이르렀을 때 시끄러운 소리가 들렸다. 아이들과 엄마들이 유치원 버스가 오기를 기다리며 서 있었는데, 덩치가 큰 엄마가 대여섯 살 정도로 보이는 아들을 야단치고 있었다. 엄마는 분이 풀리지 않는지 들고 있던 우산의 뾰족한 끝으로 아이의 가슴을 쿡쿡 찌르면서 "네가 잘못했지?"라고 살벌하게 고함을 질러댔다. 아이는 가슴을 찔릴 때마다 뒤로 밀려나면서도 울먹이며 "제가 잘못했어요"라고 두 손을 모으고 빌었다. 그 우산 끝이 내 가슴을 찔러대는 것처럼 아파서, 나는 자전거를 세우고 그 아줌마와 아이를 한참 쳐다보았다.

"엄마도 부모로부터 사랑을 제대로 받지 못했어요. 태어나자마자 늙은 부모가 돌아가시는 바람에 장가간 큰오빠 집에서 컸어요. 올케에게 눈칫밥을 얻어먹고 그 자식들과 차별을 당하며 살다가 참다못해 고등학생 때 가출했대요. 자살을 하러 떠난 길에 만난 남자에게도 버림을 받고 평생 홀로 자식을 키웠죠. 누구에게 사랑을 줄 여력이 없었고, 오히려 의지할 누군가가 필요한 사람이었죠. 마침 그 곁에 내가 있었던 거고요."

"여전히 자기보다 엄마를 우선적으로 생각하시네요. 엄마의 감정만 읽고 엄마가 나쁜 사람이 안 되도록 필사적으로 보호하네요. 우리 사회는 자식이 무조건 부모를 공경해야 하고 부모에게 저항하면 패륜이라는 유교적 가치관으로 지뢰를 만들어놓았어요. 자식은 부모와 문제가 생길 때마다 그 지뢰를 밟고 무조건 자신이 다 잘못했다고 생각하게 되죠. 그런 부모 밑에서 자란 자식이 자존감이 높겠어요?"

내 가슴속에서 다이너마이트가 터져서 벽의 곳곳에 균열이 가고 기둥이 붕괴되는 것 같았다. 그러고 보니 엄마와 나 사이에 잘못된 일이 있으면 나는 진공청소기처럼 모든 잘못을 내 것으로 흡입해버렸다. 엄마를 난처하게 만들고 싶지 않았다.

"엄마가 병에 걸린 것도 저 때문이 아니었나요?"

"네? 대체 그건 또 왜 그렇게 생각하시는 거죠? 하지환 씨가 엄마 몸에 암에 걸리게 하는 바이러스를 넣기라도 했나요?"

"모르겠어요. 그냥 어릴 때부터 엄마한테 그런 말을 많이 들었어요. 엄마 말을 안 들으면 엄마가 도망을 가거나 빨리 죽을 거라고. 그러니 말을 잘 들으라고."

"맙소사, 엄마가 그런 이야기를 자주 했으니 분리불안이 심하지 않을 수가 없죠."

한동안 침묵이 흘렀다. 내가 말을 하고도 내 내면에 그런 말도 안 되는 생각들이 아직도 살아서 작동하고 있다는 것이 신기할 지경이었다.

"나는 엄마가 없어졌으면 좋겠다고도 생각했던 것 같아요. 엄마가 없는 동혁이가 때로 부러웠죠. 혼자서 홀가분하게 지내고 싶을 때가 많았어요. 그런 바람 때문에 엄마가 죽을병에 걸렸다는 느낌이 들었던 것 같아요."

"엄마나 아버지를 죽이고 싶은 충동은 누구에게나 무의식에 숨어 있어요. 부모는 자신을 가장 잘 보호해주는 동시에 가장 억압하는 존재니까요. 그러한 충동이 의식의 세계에서 용납되지 않는 만큼 무의식에서 강하게 활동해요. 부모의 입장에서도 자식은 사랑의 대상이면서 자신을 위협하는 존재죠. 그래서 부모와 자식은 무의식에서는 서로 칼을 겨누고 있는 긴장 관계라고 할 수 있어요."

어느 날에는 백사자의 죽음이 떠올랐다.

"백사자의 죽음에 대해서도 저는 죄책감을 느끼고 있는 것 같아요."

"그건 왜죠?"

"물에 빠진 백사자를 두고 혼자 도망갔잖아요."

"사람을 부르러 간 거잖아요."

"그렇기도 하지만 무서웠어요. 제가 그때 나무나 줄을 저수지에 던져 구조하려 했다면 백사자가 살았을지도 모르죠."

"그랬다면 하지환 씨도 같이 죽었겠죠."

"그럼 적어도 죄책감은 안 느꼈겠죠. 어쨌든 제가 백사자를 구하지 못했잖아요. 백사자가 물에 빠졌는데 비겁하게 혼자서 살아남았잖아요. 혼자 살아남은 것 자체가 죄스러운 거죠."

"하지환 씨가 빠뜨린 것도 아니잖아요. 초등학생이 물에 빠진 사람을 어떻게 구해요? 하지환 씨는 최선을 다한 것이죠. 죄책감을 느끼는 대신 오히려 그때 받은 충격을 완화할 수 있도록 엄마로부터 위로를 받았어야 했어요. 그때 죽지 않고 살아와줘서 정말 감사해요. 대견하고 훌륭해요. 하지환 씨가 그때 죽어서 지금 볼 수 없었다면 저는 정말 슬펐을 것 같아요."

"그럼 그건 제 잘못이 아니었나요?"

"그럼요, 그건 누구의 잘못도 아니었죠."

그래, 누구의 잘못도 아니었던 것이다. 나의 잘못도 아니고 백사자의 잘못도 아닌 것이다. 잘못한 사람이 아무도 없어도 불행한 일은 일어날 수 있는 것이다. 그렇게 혼자서 중얼거리자 묵은 피가 새어 나와 관자놀이를 타고 내리는 느낌이었다.

마침내 나는 내가 엄마를 죽게 했다고 믿도록 만든 가장 오래전 일화를 떠올릴 수 있었다.

"엄마는 종종 나를 임신했을 때 의사가 낙태를 권유했다는 말을 했어요. 엄마에게 병이 있어서 출산을 하면 생명이 위험하게 된다는 것이었죠. 그럼에도 불구하고 엄마는 낙태하지 않고 저를 낳았다는 말을 자랑처럼 했어요. 그런데 그것이 내게 부정적으로 각인된 것 같아요. 태어날 때부터 어미를 잡아먹을 뻔한 놈으로. 그리고 결국 엄마가 죽을병에 걸리자 역시 나는 어미를 잡아먹는 패륜적인 놈이라는 걸 확인하게 되었죠. 예전에 백사자까지 죽었기 때문에 제가 곁에 있는 사람을 죽게 만드는 위험한 놈이라는 인식을 한 것 같아요. 그래서 누군가와 친해지기가 어렵고 친해지더라도 그 사람과의 관계에서 내가 손해를 보고 나 자신을 학대해야 마음이 편해지는 것이죠."

"그랬군요. 자기 존재 자체가 세상에서 환영받지 못한다고, 오히려 세계를 파괴한다고 처음부터 잘못 프로그래밍되었군요."

잠시 후 마치 내가 출산이라도 하는 것처럼 배가 아파왔다. 가슴속이 분만 전의 자궁처럼 수축과 이완을 반복하며 경련을 일으키고 그 틈에서 핏물이 쿨럭이며 흘러나오는 느낌이었다. 출산의 고통과 세상으로 나오는 아기의 고통을 교차로 느꼈다. 숨이 가빠지고 카우치 밑으로 지하철이라도 지나가는 것처럼 온몸이 부르르 떨리기 시작했다. 몸이 떨리니 카우치 옆에 있던 테이블이 떨렸고, 테이블 위에 놓아둔 내 열쇠 꾸러미가 덩달아 떨리면서 쇳소리를 냈다. 흡사 무당이 방울을 흔드는 것 같았다. 이어서 죽은 아기가 내 자궁을 찢고 밖으로 나오는 장면이 지나갔다. 달팽이가 평생을 짊어지고 다니던 비대한 달팽이집으로부터 분리되는 모습도 스쳤다. 나는 모로 누워서 카우치 등받이에 얼굴을 묻고 흐느끼기 시작했다.

그날 밤 꿈을 꾸었다. 사무실에서 동료 판사 두 명이 어떤 사건을 놓고 언쟁을 벌이고 있었다. 전쟁이 터졌는데 어떤 여인이 어린 자식을 군대에 보내지 않기 위해서 숨긴 사건이었다. 어머니를 처벌하는 것에 대해서는 아무런 이의가 없는데, 자식도 처벌해야 하는가를 두고 남성 판사와 여성 판사가 다투고 있었다. 남성 판사는 아이에게도 책임이 있다고 주장했고 여성 판사는 책임이 없다고 주장했다. 그런데 관련 법을 찾아보니 여성 판사의 말대로 자식에게는 책임이 없었다. 두 판사의 다툼을 지켜보던 나는 마음이 홀가분해졌다.

잠에서 깨니 새벽 네 시였다. 더는 잠이 오지 않았다. 토하고 싶은 기분이 들었다. 나는 자리에서 벌떡 일어나 옷을 주섬주섬 챙겨 입은 뒤 자전거를 가지고 밖으로 나갔다. 엉덩이를 들고 전속력으로 페달을 밟았다. 자전거는 신해바닷가를 지나 묘지를 향해 달려갔다. 나는 자전거를 팽개치다시피 하고는 엄마의 무덤으로 갔다.

"엄마, 일어나보세요. 할 말이 있어요. 당장 나와보세요! 왜 내게 아무 잘못이 없다는 말을 해주지 않았어요? 왜 그렇게 불쌍한 척 했어요? 불쌍한 척 그만하라고! 나도 불쌍하다고! 내가 더 불쌍하다고!"

나는 엄마가 난처할까 봐 그동안 표현하지 못했던 원망들을 쏟아냈다. 지쳐서 무덤 앞에 드러눕자 잠시 후 동이 터왔다. 동이 트는 신해바다는 잔잔하고 평화로웠다.

나는 엄마에게서 벗어날 조짐이 보이는 의미심장한 꿈들을 잇달아 꾸기 시작했다. 어떤 꿈에서 나는 신해시에서 택시를 타고 도시의 경계 지점까지 나갔다. 택시에서 내려 뒤를 돌아보니, 발전된 도시라고 생각했던 신해시가 생각보다 낙후되어 보였다. 특히 손님을 여럿 초대해서 연회를 할 만한 번듯한 식당 하나 없다는 것이 실망스러웠다. 내가 타고 온 일반 택시 옆에는 모범택시가 한 대 서 있었다. 그 택시는 신해시 밖의 먼 대도시로 가는 것이었다. 일반 택시를 타고 신해시로 돌아갈지 아니면 모범택시를 타고 신해시를 떠날지 고민하다가 모범택시에 올라탔다.

어떤 꿈에서는 내가 외교관이 되어서 한국을 미국의 영향으로부터 독립시키려는 협상을 벌였다.

엄마의 장례식 꿈도 꾸었다. 꿈에서 엄마가 돌아가셨고 나는 화장터에서 상복을 불태웠으며, 무덤 앞에 서 있던 큰 비석이 뽑혀

나갔다.

"탈옥 신호네요."

내 꿈 이야기를 듣더니 퀸이 말했다.

"탈옥이요?"

"그동안 갇혀 있던 심리적 감옥에서 비로소 나가게 된 것 같네요. 사실 감옥의 문은 이미 열려 있었죠."

"그럼 이제 정신분석이 다 끝난 건가요?"

"엄마와의 관계는 어느 정도 정리된 것 같아요. 하지만 아버지와의 관계도 좀 이야기를 해야 할 것 같네요."

"저는 아버지 없이 자랐어요. 얼굴도 몰라요. 그런데 어떻게……."

"그래도 무의식에는 아버지의 상이 있을 거예요."

나는 아버지에 대해 가지고 있는 기억을 모두 뒤적거려보았다. 아버지에 대해서 내가 처음으로 알게 된 정보는 그림과 관련이 있다는 것이었다. 어릴 때부터 나는 그림 그리기를 좋아했다. 밑그림을 그려놓고 그 위를 붓으로 계속 덧칠하면 누군가가 내 가슴을 어루만져주는 것 같았다. 미술 대회에 나가면 어김없이 큰 상을 받았다. 하지만 엄마는 내가 그림 그리는 것을 싫어했다. 내가 그림을 그리고 있으면 엄마는 불안한 짐승처럼 내 주위를 맴돌면서 아들이 주정뱅이 짓이라도 하는 것처럼 낙담이 가득한 눈으로 흘겨보곤 했다. 그러는 엄마를 보고 나는 직감적으로 아버지가 그림을 그리는 사람일지 모른다고 생각했다. 내 직감이 맞았다는 것은 엄마가 돌아가신 후 일기장을 보고서 확인할 수 있었다. 엄마의 일기장에는 소설처럼 아버지와의 일화가 적혀 있었다.

집을 나와서 바다를 향해 무작정 여행을 하던 겨울, 통금을 알리는 사이렌 소리가 울렸다. 어느 극장 옆 어두운 골목길, 가로등 불빛이 연극 무대의 조명처럼 만들어내는 노란 동그라미 위에 서서 어쩔 줄 모르고 있을 때 그 남자를 만났다. 페인트 자국이 얼룩덜룩 묻은 국방색 잠바, 군데군데 찢어진 청바지, 몸에서 풍기던 페인트 냄새, 장발 사이로 힐끔힐끔 보이던 구레나룻. 난 호루라기를 불면서 쫓아오는 경찰을 피해 그의 판잣집으로 갔다.

판잣집 벽에는 여자의 어깨를 한 팔로 감싼 남자가 손가락으로 먼 곳을 가리키며 슬픈 표정을 짓고 있는 거대한 그림이 서 있었다. 「별들의 고향」 영화 간판이었다. 그림 주변에는 각종 색깔의 페인트 통이 어지러이 널려 있었다.

"그림자 벗을 삼아 걷는 길은~ 서산에 해가 지면 멈추지만~ 마음의 님을 따라가고 있는 나의 길은~ 꿈으로 이어진 영원한 길~ 방랑자~여 방랑자~여, 기타를 울려라~ 방랑자~여 방랑자~여, 노래를 불러라~ 오늘은 비록~ 눈물 어~린 혼자의 길이지만, 먼 훗~날에 우리 다~시 만나리라."

통기타 가락을 타고 울리는 남자의 목소리는 낮고 굵고 따뜻했다. 페인트 자국으로 얼룩덜룩해진 앞치마를 목에 걸고 있던 남자가 영화를 본 적 있느냐고 물었다. 다음 날 저녁 생전 처음으로 극장이란 곳에 가서 영화라는 것을 보았다. 영화보다 옆자리에 앉은 그 남자의 구레나룻이 더 인상 깊었다.

　그날부터 그 판잣집에서 살았다. 낮에는 남자가 그린 극장 간판 밑에서 영화표를 팔고 밤에는 군용 담요를 뒤집어쓴 채 남자가 그림 그리는 모습을 지켜보았다. 태어나서 처음으로 그림이 좋아졌다. 태어나서 처음으로 사람이 좋아졌다. 늘 머리를 왼쪽으로 갸우뚱 기울인 채 그림을 그리던 남자. 국방색 잠바 주머니에 내 차가운 손을 넣어주던 남자. 여자들처럼 아기를 생산할 수 없어서 대신 그림을 낳는다던 남자. 발은 땅에 붙어 있지만 머리로는 언제나 구름보다 더 높은 꿈을 꾸던 남자. 어른도 다 되지 않은 몸의 처음과 마지막을 주었던 남자. 그는 「별들의 고향 2」 간판을 마지막으로 집에 돌아오지 않았다. 군용 담요 속에서 배가 부른 채 아무리 기다려도 오지 않았다.

　엄마는 아버지에 대한 이야기를 별로 하지 않았다. 아주 어릴 때는 불의의 사고로 돌아가셨다고만 했는데 시간이 지나면서 그게 아니라는 것을 눈치챌 수 있었다. 뚜렷한 근거는 없었지만 엄마가 아버지에 대해 말할 때 내 눈을 제대로 보지 못하는 것을 보며 엄마가 뭔가를 감추고 있음을 직감했다. 자꾸만 아버지가 어딘가에 살아 있을 것 같은 생각이 들었다. 친구들이나 선생님이 아버지에 대해 물으면 나는 아버지가 일찍 돌아가셨다고 대답하면서도 그들의 눈을 쳐다보지 못했다.

　초등학교 삼 학년 무렵이었다. 집 밖에 나갔는데 골목 끝 전봇대 뒤에서 어떤 아저씨가 나를 훔쳐보고 있었다. 노숙자 정도는 아니었지만 행색이 초라했다. 우리는 한동안 서로 빤히 쳐다보았다. 낯이 익어 보였다. 그 아저씨는 내 시선을 피하고는 돌아서서 자리를 떠나버렸다. 나는 그 아저씨가 있던 자리로 뛰어가보았지만 아저씨는 이미 사라지고 없었다. 나는 왠지 그 사람이 내 아버지일지도 모른다고 생각했다.

그 사람이 정말 내 아버지였을까? 이 의문은 그로부터 오랜 세월 동안 내 정체성을 불안정하게 뒤흔들었다. 하지만 그 역시 엄마에게는 물어보지 못했다. 엄마를 난처하게 만들고 싶지 않았다.

세션에서 아버지 이야기를 하면서 내가 아버지에게 단단한 분노를 품고 있다는 것을 발견했다. 아버지는 엄마를 버렸다. 내가 대신 남편 역할을 하도록 만들었다. 어딘가에 살아 있으면서도 내 앞에 떳떳하게 나타나지 못했다. 어린 시절부터 '아버지 없는 아이'라는 꼬리표를 붙여 나를 주눅 들게 했다. 자신을 닮게 해서 내 얼굴이 마음에 들지 않도록 만들었다.

그 무렵에 형사재판을 했다. 피고인의 이름을 호명하자 방청석에 앉아 있던 삼십 대 후반의 남자가 법정 한가운데로 나와서 나를 향해 섰다.

"피고인, 지금부터 불리한 진술을 거부할 수 있고, 유리한 진술을 할 수 있습니다. 이름, 주민번호, 주소를 말씀해보세요."

내 말에 따라 피고인이 자신의 인적 사항을 구술했다. 목소리가 어딘가에 부딪혀 튀어나오는 듯한 탁성이었다.

"검찰 측, 공소사실을 진술해주십시오."

"피고인은 새벽 한 시에 피해자가 운전하는 택시를 타고 가다가, 피해자와 언쟁을 하다 화가 나 피해자를 주먹으로 수차례 때려 전치 삼 주의 상해를 가하였다는 것입니다."

"피고인, 공소사실을 인정합니까?"

"저는 사실 그날 술에 취해서 기억이 잘 나지 않습니다. 하지만 피해자의 말을 들어보고 인정할지 말지를 결정하도록 하겠습니다."

보통 피고인은 공소사실을 인정하거나, 부인하거나, 일부만 인정하고 일부는 부인한다는 세 가지 중 하나의 대답을 한다. 그런데 이 피고인은 특이하게도 피해자의 말을 들어보고 인정할지 여부를 판단하겠다고 말했다. 어떻게 보면 자신의 유죄 여부에 대한 판단을 판사가 아니라 스스로 하겠다는 식으로 들릴 수도 있고 기회주의적으로 들릴 수도 있었다. 그 때문에 공판 검사가 어이가 없다는 듯 피식 웃었다. 하지만 나는 피고인의 남다른 대답에서 뻔뻔함이나 무례함보다는 오히려 당당한 자존감이 느껴져서 그렇게 하라고 했다. 법정에는 이미 피해자가 증인으로 나와 있었다. 일을 하다가 왔는지 택시 기사 복장에 머리가 빠지고 검은 낯빛이 어딘가 아픈 사람처럼 보였다. 피해자는 위증을 하면 처벌을 받겠다는 선서를 하고 증인석에 앉아 당시 상황을 진술했다.

"제가 저기 앉아 있는 손님을 태우고 택시를 운전하고 있었는데, 갑자기 여성 운전자가 끼어들어서 제가 급정거를 했습니다. 제가 화가 나서 '하여튼 여자는 운전을 하면 안 돼'라며 혼자 중얼거렸는데 저 손님이 갑자기 '아저씨는 여자 배 속에서 안 나왔어요?'라면서 시비를 거는 겁니다. 그렇게 말싸움이 시작되었고 몸싸움까지 일어나서 제가 차를 세우고 밖으로 나갔습니다. 그랬더니 저 사람이 따라 내려 저를 두들겨 팬 것이죠.”

법정에서 이처럼 증인이 피고인의 잘못을 진술하는 경우에 피고인은 자기 입장에서 방어든 공격이든 하고 싶어서 자리에서 들썩들썩하면서 안절부절못하는 것이 보통이다. 그런데 그 피고인은 마치 판사처럼 객관적인 태도로 피해자의 진술을 유심히 경청했다. 피해자의 진술이 끝난 후 피고인에게 물어보았다.

“피고인, 피해자의 말을 들어보니 어떤 것 같습니까? 기억이 납니까?”

“사실 기억은 잘 나지 않지만 들어보니 저분이 거짓말을 하실 분은 아닌 것 같습니다. 제가 인정을 하겠습니다.”

그저 자신이 잘못했다고 인정한 것일 뿐인데도 나는 작은 감동을 느꼈다. 사실 그날 밤 그 자리에 피고인과 피해자 단둘만 있었기 때문에 실제로 무슨 일이 일어났는지에 대해서는 증거가 없는 셈이었다. 그런데도 그는 피해자의 말을 듣고 자신의 잘못을 인정한 것이었다. 그는 이런 말을 덧붙였다.

“죄송합니다. 그날이 제 홀어머니 장례식 마지막 날이어서 좀 예민했습니다.”

홀어머니를 장지에 묻고 돌아오는 길에 혼자서 술을 마셨고 취한 상태로 택시를 탔는데 택시 기사가 여자 운전자를 욕하자 엄마를 욕하기라도 한 것 같아 순간 화가 치민 것이었다. 그 말을 들은 택시 기사의 태도가 갑자기 누그러졌다.

“아, 손님에게 그런 사정이 있었는지 몰랐습니다. 오히려 제가 미안합니다. 말을 좀 조심했어야 했는데……."

"아닙니다, 제가 잘못했죠. 기사님이 그런 사정을 어떻게 아시겠습니까? 젊은 놈이 주먹질하며 대들어서 죄송합니다."

법정에서 좀처럼 보기 힘든 훈훈한 광경이었다. 피고인과 피해자가 합의를 하더라도 대부분의 경우 금전적인 배상이 전제되지, 이처럼 돈이 오가지 않고 서로 진정으로 화해하는 일은 드물다. 나는 최대한 선처를 해서 형을 선고했다. 피해자가 처벌을 원치 않기도 했지만 나는 잘못을 인정하는 사람에게 다른 판사들보다 유난히 관대한 편이었다. 나는 이런 이야기를 세션에서 하고는 퀸에게 물었다.

"전 잘못을 인정하는 사람들에게 왜 그리 관대할까요?"

"엄마나 아버지로부터 잘못했다는 말을 간절히 기다리는 장면이 떠오르네요. 엄마나 아버지가 미안하다는 말 한마디만 해주면 금방 다 풀어버릴 수 있는데 결국 엄마도 아버지도 하지환 씨에게 그런 말을 안 해주신 거죠."

'미안하다는 말 한마디만 해주면'이라는 퀸의 말에 불씨가 떨어진 듯 가슴이 데워졌다.

"그런데 피고인은 왜 택시 기사를 두들겨 팼을까요?"

"그건 그분을 정신분석 해보지 않고서는 정확히 알 수 없지만 아마도 그 택시 기사에게 자기가 원망하고 싶었던 사람을 투사해서 전이가 일어난 것 같네요. 예를 들어서 아버지나 자신이 과거에 엄마를 무시한 적이 있어서 원망이나 죄책감을 가지고 있었는데, 마침 택시 기사가 여성 운전자를 비하하니까 원망스러운 아버지나 자기 자신을 기사에게 투사해서 기사를 공격했을 수 있겠지요. 더불어 어머니에 대한 원망까지 기사에게 화풀이했을 수도 있고요. 기사를 공격하면서 아버지, 자기, 어머니에 대한 분노가 점차 방출됐을 거예요. 그렇게 감정이 해소되고 나니 기사에 대한 분노도 쪼그라들어 화해에 이를 수 있게 된 거죠."

뮤즈와 데몬

　정신분석 이야기를 듣는 동안 손지은은 나와 눈을 맞추며 온전히 몰입해 있다. 얼굴은 불그스름하지만 눈빛은 반짝거린다. 간간이 눈가가 젖기도 한다. 하얀 테이블 위에 놓인 빈 소주병은 한 병이 두 병이 되고 두 병이 세 병이 되어 있다. 시간은 자정이 넘어 벌써 한 시가 다 되어간다. 좀 전에는 고양이 한 마리가 의자 밑을 지나가더니 지금은 하얀 강아지 한 마리가 테이블 옆을 지나다가 나를 힐끔 쳐다본다. 차들이 뜸해진 바닷가 도로에 노란 가로등 밑으로 자전거를 탄 소년이 날듯이 지나가더니 잠시 후 검은 헬멧을 쓴 여인이 탄 오토바이가 그 뒤를 따른다. 바다에서 불어오는 바람은 여름의 열기와 가을의 서늘함이 뒤섞여 칵테일을 만든 듯하다. 어두운 바닷가의 풍경에서도 계절이 바뀌는 것이 눈에 잡힌다.

　"그 이야기를 듣고 나니 판사님이 왜 항고를 하지 않았는지 알 것 같네요."

그녀의 총명함에 술이 깨는 듯하다. 그 이유를 구구절절 설명하지도 않았는데 그녀는 정신분석 이야기만 듣고서 내가 왜 항고를 하지 않았는지 그 심리적 이유를 간파한 것이다. 손지은은 자신도 아버지와 오랜 갈등을 겪어왔다고 말한다. 어릴 적부터 엄마를 폭행하고 바람을 피우고 재산을 탕진한 아버지를 지금까지도 용서하지 못하고 분노가 쌓여왔다고 한다.

"하판사님의 정신분석 이야기를 듣고 나니 저도 아버지를 응징하고 싶다는 무의식이 저를 경찰로 만들었는지 모르겠다는 생각이 지나가네요. 제가 그동안 어떤 남자에게도 마음을 열지 못한 것도 그와 무관하지 않을 것 같고요."

그녀는 굳은 표정으로 바다 쪽을 쳐다보며 입술을 깨물고 고개를 천천히 끄덕거린다. 그러다 잠시 후 다시 밝은 표정으로 내게 묻는다.

"그런데 하판사님 사모님은 결국 누가 되신 거예요? 재작년에 만나시던 그 여자친구분요? 아니면 그 고교 후배라는 의사분?"

"그 대답을 하려면 또다시 정신분석 이야기로 돌아가야겠네요."

정신분석 중에 퀸은 데몬을 만나지 말고 뮤즈를 만나라고 했다.

"뮤즈가 뭔가요?"

"뮤즈는 원래 제우스와 기억의 신인 므네모시네 사이에서 태어난 딸들을 이르는 말이에요. 미술, 음악, 문학에서 영감을 주는 존재라는 뜻인데, 저는 결핍을 채워주고 상처를 치유해주고 좋은 양분을 주는 사람을 일컫는 말로 사용하고 있어요. 반면 데몬은 끌리기는 하지만 상처를 더 크게 만드는 존재고요. 하지환 씨도 자신에게 편하고 안정되게 양분을 공급해주는 사람이 아니라 자신을 소모시키는 사람들에게 심하게 끌린다고 하지 않았나요?"

"생각해보니 그런 것 같네요. 제가 사랑에 빠진 여자들을 되돌아보면 하나같이 심한 결핍이 있었어요. 자신부터 애정이 궁핍해 타인에게 사랑을 줄 여건이 되지 않는 가여운 사람들이었죠. 그녀들이 힘들어하는 걸 알았을 때 특히 강한 끌림을 느꼈어요. 처음 서연이에게 끌렸던 것도 그 때문이었어요."

서연이를 처음 만난 것은 대학원 시절 학교에서 열린 피아노 연주회에서였다. 학교 강당에 외국 피아니스트가 왔는데, 그가 연주한 곡들은 한때 국내에서도 꽤나 인기가 있었다. 나의 첫사랑은 삐삐의 배경 음악으로 그의 곡을 깔아놓았다. 예전에 감미롭고 청량한 그의 연주를 들으며 막연히 그가 손가락이 길고 턱이 갸름한 미소년일 것이라 상상했다. 그런데 그날 내 눈앞에 나타난 피아니스트는 배가 불룩 나오고 머리가 벗어진 할아버지였다.

피아니스트의 외모 때문인지 첫사랑에 대한 애틋함이 소실되었기 때문인지 그의 연주는 지루했다. 하품마저 나왔다. 나는 차마 기지개까지 펴지는 못하고 몸을 좌우로 비비 꼬았다. 그때 옆에 앉아 있던 여자와 눈이 마주쳤다. 그녀도 졸린 눈을 비비고 있었다. 우리는 동시에 멋쩍게 웃었다. 그녀는 나의 시선을 피하지 않고 끝까지 받아냈다. 예전에 어디서 본 것처럼 낯이 익은 느낌이었다. 강의실이나 도서관에서 우연히 만났는지도 모를 일이었다.

그때부터는 연주가 지루하지 않았다. 커튼이 내려오자 관객들이

앙코르를 연호했다. 하지만 그녀는 가방을 챙겨 들고 자리에서 일어났다. 나는 그녀를 따라 밖으로 나갔다. 어디서 그런 용기가 생겼는지 먼저 말을 걸었다.

"좋았어요?"

"네, 좋긴 했는데 좀 졸렸어요. 피곤했나 봐요."

목소리가 첼로 소리처럼 낮고 깊었다. 그녀가 목소리를 켤 때마다 첼로 활이 현과 마찰하면서 송진 가루가 떨어지는 환상과 함께 짙고 무수한 울림이 번져나갔다. 밝은 곳으로 나가니 그녀를 보다 자세히 볼 수 있었다. 눈꼬리가 길게 처진 눈이 선해 보이기도 하고 슬퍼 보이기도 했다. 액세서리를 착용하지 않았는데도 귀한 태가 났다.

"저 피아니스트 좋아하세요?"

"음, 예전 남자친구가 좋아하던 피아니스트예요."

"어, 나돈데……."

묘한 우연 때문에 둘 다 마음의 빗장이 풀려버린 것일까? 우리는 지하철역까지 함께 걸어가면서 마치 오랜 친구처럼 편하게 이야기를 나누었다. 그녀는 나보다 한 살 어렸다. 수학과를 나와서 해양지질연구소에서 바닷속 지도 만드는 일을 했다. 수학을 좋아해서 수학과에 갔는데 어느 순간부터 숫자라는 관념에서 벗어나 자연을 직접 접촉하고 싶었다고 했다. 그런데 막상 해보니 그 일 역시 컴퓨터 프로그램을 주로 사용하는 것이라서 또 다른 관념 속에 갇혀 지낸다고 했다. 법률이라는 관념적 세계에 살고 있던 나도 문득 자연을 직접 접촉하고 싶었다.

"예전 남자친구를 아직 못 잊은 건가요?"

"글쎄요……. 육 년을 만났는데 헤어진 지는 아직 일 년이 안 되었어요. 지금은 그냥 친구로 지내요."

"그게 쉬운가요? 친구로 지내다니."

"쉽지는 않네요. 그래도 아예 안 보는 것보단 덜 힘드니까요."

"다시 사귀면 안 돼요?"

"그에게 새 여자친구가 생겼어요. 남자친구가 어느 날 제게 이야기가 너무 잘 통하는 여자를 만났다고 말했어요. 그래서 제가 자리를 비켜주었죠."

그녀의 얇은 입술에 멋쩍은 미소가 스쳤다.

"남자친구에게 그런 말을 들으면 화나지 않아요?"

"화가 났다기보다는 슬펐죠."

그 말에 감전된 것 같은 느낌이 들었다. 마음이 아리고 그녀 곁에 있어주고 싶었다. 나는 잠시 머뭇거리다 조심스럽게 물었다.

"우리 이야기 잘 안 통하는 사람끼리 가끔 이야기 좀 하고 지내면 안 될까요?"

그녀가 피식 웃었다. 우리의 만남은 그렇게 시작되었다. 그녀는 나와 사귀면서도 전 남자친구와 친구 관계를 유지했다. 내게도 종종 그의 이야기를 했다. 그러다 가끔은 눈가가 젖기도 했다. 나는 서연이에게 그를 만나지 말라는 말을 하지 않았다. 서연이를 난처하게 만들고 싶지 않았다. 대신 서연이가 잠적할 때마다 전 남자친구와 있을 것 같은 의심 때문에 내가 난처해졌다.

"예상대로 서연 씨의 경우에도 가여움이 하지환 씨의 발목을 잡았군요. 엄마가 그랬던 것처럼."

"그럼 서연이가 데몬이라는 뜻인가요? 하지만 저는 서연이를 정말 많이 사랑해요. 늘 보고 싶고 곁에 없으면 애가 타고."

"너무 격한 감정은 건강한 사랑이 아니죠."

"하지만 안정되고 밋밋한 관계는 흥미롭지 않잖아요. 영화에서도 다 그렇잖아요."

"모든 사람이 그렇게 느끼는 것은 아니에요. 결핍이 없고 건강한 사람은 건강하고 안정적인 관계에서도 흥미를 느끼고 충분히 즐기죠."

"저는 왜 그렇게 힘든 관계에 끌리게 된 건가요?"

"앞서 말한 것처럼 그동안 자신이 소모되는 관계에서 강한 흥분을 느껴왔기 때문이에요. 자극적인 불량 식품만 먹어본 사람이 좋은 음식은 싱거워서 먹지 못하는 것과 마찬가지예요."

"하지만 사랑에 빠지는 일이 이성적인 계산의 산물은 아니잖아요. 상대방이 나에게 불이익보다 유익을 더 많이 줄 것이라는 계산이 섰을 때만 사랑에 빠지는 건 아니잖아요."

"진정한 사랑과 사랑에 빠지는 것은 본질이 달라요. 진정한 사랑은 상대를 정신적으로 성장시키고 확장시키는 것이죠. 반면 사랑에 빠지는 것은 과거에 강렬한 흥분을 일으킨 심리적 패턴에 빠지는 것에 불과해요. 진정한 사랑을 하는 것은 꾸준히 근육 운동을 하는 것처럼 힘든 일이지만 사랑에 빠지는 데는 마약에 빠지는 것처럼 아무런 노력이 필요치 않죠. 정신적으로 홀로 설 힘이 부족해 타인에게 의존하는 것을 사랑으로 착각하는 경우도 있죠. 이런 사람들은 늘 외로움과 허기를 느끼면서 다른 사람의 사랑을 구걸하는 데만 급급해요. 이들의 내부는 텅 비어서 항상 채워지기를 애타게 갈구하지만 영원히 채워질 수 없는 밑 빠진 독과 같아요. 이들은 상대를 죽을 만큼 사랑한다고 말하지만 사실은 상대에게 기생하려는 것에 불과하죠."

듣고 보니 사랑에 빠지는 것도, 정신적으로 홀로 설 힘이 부족한 것도 내게 해당되는 말인 것 같았다. 나 역시 그리스 신전의 기둥처럼, 언덕 위에서 천년을 묵고도 비바람에 끄떡없는 밑동 굵은 나무처럼 홀로 설 수 있기를 갈망해왔다. 그러나 나는 작은 물결조차 견디지 못하고 흐느적거리면서 어딘가에 달라붙어 기대려 하는 물미역에 불과했다. 타인들과의 관계에서 자석 곁에 있는 작은 압핀처럼 휘청거렸다.

"데몬인지 아닌지를 어떻게 알 수 있나요?"

"데몬은 만날수록 자신의 상처가 자극되죠. 데몬과는 소통이나 교감 자체가 잘되지 않고요."

서연이와 나는 처음부터 마치 오랫동안 사귄 사람들처럼 서로 익숙했다. 우리는 같이 있어도 말이 별로 없었다. 나도 말이 없는 편인데 서연이는 더 말이 없었다. 내가 말을 하면 서연이는 돌담처럼 가만히 듣기만 했다. 우리는 말없이 아무리 오래 있어도 어색하지 않았다. 같은 공간에 있으면서 각자 한참 동안 딴생각에 빠졌다가 돌아와도 미안해할 필요가 없었다.

서연이의 기분은 그녀의 목소리와 마찬가지로 늘 기복 없이 침착하게 가라앉아 있었다. 그녀는 병든 병아리같이 별로 기운이 없었다. 매사에 호불호가 없었다. 누구를 욕하는 일도, 누군가에게 열광하는 일도 없었다.

우리의 데이트는 지극히 일상적이었다. 특별한 이벤트를 하거나 멀리 여행을 가는 일도 없었다. 주로 카페나 우리 집에서 지냈다. 각자 책을 보거나 음악을 듣거나 밀린 일을 하거나 밥을 먹거나 영화를 보거나 섹스를 했다.

"들어보면 서연 씨와는 단지 같은 공간에 있을 뿐 소통이 되는 것 같지는 않은데요. 섹스를 할 때도 각자의 몸을 이용해서 자위를 하는 것 같네요."

"그럼 뮤즈와 맺는 관계는 어떤 것인가요?"

"서로 만날수록 충전이 되고 상처가 치유돼요. 서로에게 편안한 즐거움과 위안을 주죠. 하지환 씨 곁에는 그런 사람이 없나요?"

그때 효린이가 떠올랐다. 대학생 때 실연을 당한 후 피폐하게 살고 있던 나를 구렁텅이에서 끄집어내준 사람이 바로 효린이었다. 나를 입원시킨 후 효린이는 하루에도 한두 번씩 내가 있는 병실로 찾아와서 나를 돌봐주었다. 퇴원을 한 뒤에는 나를 자기가 다니던 작은 교회로 데리고 갔다. 성도가 모두 합쳐 백 명이 채 안 되는 작은 교회였다. 성도들은 세상에 이런 사람들도 있었나 싶을 정도로 순수하고 착했다. 엄마와 살 때도 느끼지 못했던 가족 같은 분위기 속에서 나는 정신적인 위안을 찾았다. 그곳에서 들은 설교 중에서 임마누엘 즉, 신이 언제나 나와 함께하신다는 말이 유독 가슴을 파고들었다. 교회에서는 그것을 성령의 내재라고 했지만 심리학적으로 돌이켜 생각해보면 멸절공포가 중단된 것이었다. 신이 영원히 나와 함께한다면 엄마로부터 분리되어도 멸절되지 않을 수 있는 것이나.

효린이는 규칙적인 생활을 해야 한다면서 자신과 함께 매일 도서관에서 공부를 하자고 했다. 효린이는 사법시험 공부를 권유했지만 나는 단호하게 거부했다. 그러자 효린이는 공부는 자기만 할 테니 일찍 일어나지 못하는 자기를 위해 도서관에 자리만 좀 잡아달라고, 옆에서 그냥 아무 책이나 보면서 놀다가 밥이나 같이 먹자고 했다. 자신과의 약속은 잘 어기지만 남과의 약속은 깨면 큰일 나는 줄 아는 나는 효린이를 위해 일찍 일어나게 되었다. 매일 아침 같은 시간에 도서관에 가서 효린이의 자리를 맡아놓고 그 옆에서 책을 읽었다. 규칙적인 생활을 하면서 몸의 건강이 회복되기 시작했다. 일찍 일어나 학교에 가니 아침의 신선한 공기를 마시고 학교 식당에서 규칙적으로 아침 식사를 하게 되었다. 아침 식사를 하니 하루 세 번 제때 밥과 각종 약들을 먹을 수 있었다.

처음에는 효린이가 소개해준 책들만 읽었지만 차츰 독서량이 많아지면서 혼자서 책을 고르게 되었다. 도서관 문이 열리자마자 들어가서는 서가에 꽂힌 책들을 쭉 훑다가 그야말로 아무 책이나 잡히는 대로 읽었다. 종교, 철학, 미술, 문학에 관한 서적이 주로 손에 잡혔지만 일부러 전혀 나와는 무관할 것 같은, 목수가 되는 법이나 대장장이의 역사에 대한 책, 명리학, 건축학, 의학 서적 등도 뽑아 읽었다. 그러고는 다음 날 도서관이 문을 열면 다 읽지 않았더라도 전날 읽은 책은 모두 반납하기를 반복했다. 책이 그렇게 재미있는 줄은 처음 알게 되었다. 사실상 교과서 외에는 책을 처음 읽는 것이었다. 아주 어릴 때는 집에나 동네에 책이 없었고, 학교를 다닐 때는 학교 공부를 하느라 책을 못 읽었다.

그때 읽은 책 중에서 『차라투스트라는 이렇게 말했다』가 특히 내게 영향을 주었다. 유명한 철학자 니체가 썼기 때문이 아니라 프레디 머큐리와 관련이 있어서였다. '차라투스트라'가 '조로아스터'의 독일식 발음이라는 것을 그때 처음 알았다. 조로아스터교는 불을 숭배한다는 의미로 우리나라에서 배화교(拜火敎)라고도 불리는데, 그것이 바로 프레디 머큐리의 종교였다.

그러고 보니 동혁이에게 받은 퀸의 앨범 재킷에 그려진 그림도 조로아스터교와 관련 있는 것이었다. 불을 가운데 두고 양쪽에서는 사자 두 마리가, 위쪽에서는 거대한 새가 불을 호위하고 있는 그림이었다. 프레디 머큐리가 쓴 가사도 차라투스트라의 말과 일맥상통하는 것들이 많았다. 예를 들어 퀸의 대표곡 「위 아 더 챔피언」도 "우리는 초인이다"라고 부르짖는 것처럼 들렸다.

차라투스트라는 이렇게 말했다. 신은 죽었다. 추한 인간이 신을 만들고 또 죽였다. 신은 인간에게 연민을 가졌고 인간은 자신을 동정하는 신을 견딜 수 없어서 죽였다. 신을 완전히 죽이기 위해서는 끊임없이 웃어야 한다. 무한 반복적인 긍정. 그것이 허무한 인생에서 탈피하고 인간의 한계를 뛰어넘어 초인이 되는 길이다.

몸과 정신의 건강이 회복되면서 서서히 학교 수업에도 복귀했다. 처음에는 제적을 면하기 위해서 억지로 들어갔다. 그런데 의외로 법학 수업이 전에 생각했던 것보다는 덜 지루했다. 재미없이 들입다 외우기만 해야 하는 줄 알았던 법학 공부는 외우지 않아도 논리와 상식으로 풀어낼 수 있는 부분이 더 많았다.

그 무렵 내가 효린이에게 의지하게 된 결정적인 계기가 있었다. 죽음을 동경하면서도 죽음에 이르는 과정을 두려워하던 내게 효린이가 이런 말을 해주었던 것이다.

"선배, 죽는 거 선배가 생각하듯이 그렇게 힘든 일 아니야. 모르핀을 많이 주사하면 기분 좋은 상태에서 호흡 곤란으로 편하게 죽어. 모르핀보다 더 빠른 건 염화칼륨이야. 주입하면 즉사야. 죽는 게 두려우면 내가 나중에 책임지고 편안하게 죽게 해줄게. 그러니 죽는 거 걱정 말고 살아 있을 땐 삶에 집중해."

죽는 것이 그렇게 간단하고 편할 수 있다면 굳이 자살을 시도할 필요가 없었다. 죽음이 그렇게 어려운 일이 아니라는 효린이의 말이 복음처럼 나를 구원해주었다. 당장 죽음의 과정에 대한 공포가 사라진 것은 아니었지만 한결 완화되었고, 매일같이 치솟던 자살 충동에서는 완전히 벗어나게 되었다.

퀸은 뮤즈와 데몬을 이야기하면서 사실상 서연이와 헤어지라고 말하고 있었다. 나는 퀸에 대한 반감이 생겼다.

"그럼 건강하지 못한 사람은 사랑도 못 하고 영원히 데몬만 만나서 자기를 파괴하다가 끝난다는 말인가요?"

내 말투는 필요 이상으로 날이 서 있었다. 퀸은 대답하지 않았다. 그날 세션이 이십 분이나 남았는데 나는 더 이상 못 하겠다면서 그냥 자리에서 일어나 분석실 밖으로 뛰쳐나갔다. 서연이와의 이별에 저항한 것이지만 그것은 순정 때문만은 아니었다. 혼자서만 건강한 세계로 빠져나가는 것에 대한 미안함과 부끄러움도 있었던 것 같다. 사실 나는 퀸이 말하기 훨씬 전부터 서연이로부터 벗어나고 싶어 했다. 다만 헤어질 용기와 능력이 없을 뿐이었다.

그길로 나는 신해바닷가로 차를 몰았다. 차를 방파제 끝에 세우고 창문을 내려 턱을 창틀에 고인 채 바닷물을 지긋이 내려다보다가 차 안에서 서연이에게 전화를 걸었다. 나는 평소와 달리 부드러운 말투로 안부를 묻고 전보다 다정하게 그녀의 일상을 물었다. 하지만 서연이는 여느 때처럼 무덤덤하게 반응했다. 불안과 슬픔이 바닷바람을 타고 가슴 안으로 파고들었다.

그날 이후로 한동안 분석을 받으러 가지 않았다. 대신 그동안 발길이 뜸했던 신해바닷가를 찾았다. 구월이 왔지만 아직 더위는 가시지 않은 터라 밤에도 사람들이 적지 않았다. 모래사장에 주저앉아서 생맥주를 마시기도 하고 바다를 멍하게 쳐다보기도 하고 모래 위에 그림을 그리기도 했다. 누구를 그려야겠다고 정하지는 않았지만 다 그리고 나면 어떤 여인의 얼굴이 되어 있었다. 그것이 누구인지는 알 수 없었다. 파도가 밀려와 그 여인을 쓸고 지나갈 때마다 달리 보였다. 서연이처럼 보이기도 하고 효린이처럼 보이기도 했다. 엄마처럼 보이기도 하고 퀸처럼 보이기도 했다.

퀸의 권고가 아니더라도 나와 서연이 사이는 조금씩 멀어지고 있었다. 어쩌면 나만 그런 느낌을 가졌을 뿐 무심한 서연이는 아무것도 못 느끼는지도 몰랐다. 하지만 분명 나는 변하고 있었다. 예전보다 서연이에게 연락을 덜 하게 되었고, 서연이가 잠적해도 괴로움이 덜했다. 주말에 서울까지 서연이를 만나러 가는 길이 점점 멀게 느껴졌고, 서로 만나지 않는 주말이 더 많아졌다.

하지만 나는 여전히 서연이와 헤어지는 것까지는 엄두를 내지 못했다. 어른처럼 성숙하게 돌아설 자신이 없었다. 돌아선 뒤에 다시 매달리지 않을 자신이 없었다. 헤어지고 나면 서연이가 나를 잊을까 봐 두려웠다. 서연이가 나를 잊는 만큼 내 존재의 일부가 가위로 오려져 나갈 것 같았다. 나중에 슬픔이 열 배가 되더라도 당장은 서연이와 헤어지고 싶지 않은 것이 솔직한 심정이었다.

막상 이별을 하고 나면 새로운 사랑을 하고 과거는 잊혀간다는 것도 잘 알고 있었다. 번지점프처럼 뛰어내리기만 하면 모든 것이 끝난다는 것을 알고 있었다. 하지만 이별을 선언하는 것은 여전히 엄두가 나지 않았다. 통화를 할 때 서연이가 문득 "오빠"라며 나를 부르면, 헤어지자는 말을 그녀가 먼저 꺼낼까 봐 가슴을 졸였다.

어린 시절부터 신해바다를 그렇게 자주 찾았으면서도 정작 바닷물에 들어가 수영을 해본 적은 몇 번 없었다. 두려웠다. 신해바다에는 해변에서 약 이백 미터 떨어진 곳에 다이빙대가 설치되어 있다. 어린 시절 친구들은 그곳까지 수영 경주를 하곤 했다. 다이빙대 위에서 머리부터, 발끝부터, 또는 제비돌기를 하면서 뛰어내렸다. 하지만 나는 친구들이 수영을 하는 동안 해변에 앉아서 가방을 지키며 모래 위에 그림을 그리곤 했다.

재작년 더위가 끝나갈 무렵 불현듯 언제까지나 겁쟁이처럼 바닷가에 앉아서 구경만 하고 싶지는 않다는 생각이 들었다. 다이빙대 위에서 풍덩풍덩 바다로 뛰어드는 소년, 소녀 들의 모습을 보면서 나도 신해시를 떠나기 전에 다이빙대까지 헤엄쳐 가서 바다로 뛰어들어보고 싶었다. 나는 바닷물에 들어가 수영을 하기 시작했다.

처음 한동안은 발이 닿지 않는 지점 너머로 나아가지 못했다. 발이 닿는 곳이나 닿지 않는 곳이나 파도도, 바람도, 물도 거의 차이가 없는데 발이 닿지 않는 곳으로 조금만 진입해도 겁을 집어먹게 되었다.

그러던 어느 날 겁쟁이처럼 주저하는 나 자신에 대해 짜증이 확 밀려와서 홧김에 발이 닿지 않는 곳까지 헤엄쳐 나가보았다. 너무 멀리 와버렸나 하는 생각이 들어서 돌아가려는데 별안간 한쪽 다리에 쥐가 나기 시작했다. 내 목소리가 들릴 만한 거리에는 도움을 청할 사람이 아무도 없었다. 잠시 후에는 다른 쪽 다리에도 쥐가 났다. 수영도 잘 못하는데 두 다리에 쥐가 나니 당황할 수밖에 없었다. 버둥거릴수록 몸이 물에 잠기고 숨을 쉬기가 어려워졌다. 공포의 군대가 내면의 성문을 깨부수고 쳐들어왔다. 숨을 급하게 들이마시다가 바닷물까지 들이켜자 공황 상태에 빠졌다.

이대로 죽는 것인가? 문득 이렇게 죽는 것도 나쁘지 않다는 생각이 들었다. 좋은 날씨에 따뜻한 바닷속에서 고통의 과정을 길게 겪지 않고 죽을 수 있었다. 바닷물이 점차 코로 들어왔다. 몸에서 힘이 서서히 빠졌다. 바로 그때 배영을 하면 되겠다는 생각이 수면 위로 튀어 올랐다. 나는 몸을 뒤집어서 하늘을 향해 누웠고 숨을 편하게 쉴 수 있게 되자 서서히 안정을 찾아서 무사히 해변으로 나올 수 있게 되었다.

다음 날에도 바다에 뛰어들었다. 설사 무슨 일이 있어도 배영을 하면 된다는 생각이 나를 안심시켰다. 그러자 발이 닿지 않는 지점 너머 제법 먼 곳까지 마음 편하게 헤엄쳐 갈 수 있었다. 며칠 뒤에 는 마침내 생전 처음으로 다이빙대에 다다를 수 있었다. 처음 다이 빙대에 도착했을 때 나는 마치 남극대륙이라도 정복한 듯 커다란 감격에 젖어 두 손을 높이 올리고 만세를 외쳤다.

나는 그 기세를 몰아서 그날 바로 서연이의 전화번호를 지워버렸 다. 지난 몇 년 동안 서연이에게 전화를 걸 때 단축 번호만 눌렀기 때문에 전화번호를 기억하고 있지는 않았다. 전화번호를 지워버리 면 더 이상 서연이에게 연락할 수 없을 테고 서연이가 내게 먼저 연 락하는 일은 좀처럼 없으니 어떻게든 정리가 될 것 같았다.

그런데 번호를 삭제하자마자 멀리서부터 불안의 먹구름이 몰려 오기 시작했다. 놀이공원의 롤러코스터가 움직이기 시작하자마자 탄 것을 후회하는 기분과 다르지 않았다. 고작 이삼 일도 지나기 전에 서연이에게 연락하고 싶어서 안절부절못하기 시작했다.

삼 일 만에 나는 전화기를 꺼내서 아주 오래전 기억을 되살리면 서 서연이의 것으로 추정되는 번호들을 눌러보기 시작했다. 그러다 겨우 대여섯 번 만에 번호를 기억해냈다. 기억력이 나빠서 고생을 하는 편인데도 서연이의 전화번호만큼은 수년 전에 입력된 것이 기 억나니 어이가 없었다. 서연이라는 존재가 얼마나 뼛속 깊숙이 박 혀 있는지 확인하자 섬뜩할 지경이었다. 삼 일 만에 통화가 된 서연 이는 예상대로 내가 헤어지려고 했는지조차 알지 못했다. 이례적으로 연락이 며칠 없었는데도 그저 내가 일이 바쁜가 보다 했다는 것이었다.

다이빙대에는 높이가 다른 세 단계가 있었다. 나는 가장 낮은 단계에서 다이빙을 시도했다. 높이가 이삼 미터에 불과했지만 의외로 물에 마찰될 때 충격이 컸다. 하지만 마침내 내가 다이빙을 했다는 기쁨과 흥분 때문에 아픈 줄도 몰랐다. 며칠 뒤에는 다이빙대의 중간 단계에서 뛰어내렸다. 가장 높은 곳은 칠 미터 이상 되었다. 그 위까지 올라갔다가 겁을 먹고 내려오기를 몇 차례 거듭하다가 드디어 가장 높은 곳에서도 뛰어내렸다.

그날 나는 서연이와 완전히 헤어지기로 마음먹었다. 다이빙대에서 뛰어내린 것처럼 용감하게 서연이와의 이별을 시도해보기로 했다. 나는 이별 통보를 만나서 할지 전화로 할지를 두고 고민하기 시작했다. 만나려면 주말까지 기다려야 하는데 그사이 이별의 결심이 약해질 것만 같았다. 또 서연이를 만나려면 내가 서울까지 올라가야 하고 막상 서연이의 얼굴을 보면 헤어지지 못할 것 같았다. 나는 전화로 이별하기로 마음을 굳혔다.

그런데 서연이의 전화기가 꺼져 있었다. 다음 날에도, 그다음 날에도 마찬가지였다. 또다시 잠적한 것이었다. 나는 맥이 탁 풀렸다. 신해바다에서 수영을 하다가 다리에 쥐가 났을 때처럼 당황스러웠다. 하지만 나는 그것으로 서연이와 헤어졌다고 간주했다. 이어서 그길로 효린이를 찾아가서 정신없이 술을 마셨다. 나는 만취한 나를 집 안까지 데려다 준 효린이의 몸을 파고들었고, 효린이는 처음부터 마지막까지 나를 받아주었다.

"그래서 결국 뮤즈인 효린 씨와 결혼까지 하게 된 건가요?"

손지은이 술잔을 든 채 묻는다. 나는 쓸쓸하게 웃으면서 담뱃불을 붙이고는 이야기를 이어간다.

효린이와 사귀기 시작한 지 한 달 정도 뒤에 검찰의 무혐의 결정이 나왔다. 그 직후 신해성모병원의 원장 수녀가 만나자고 연락해왔다. 능구렁이 같아 보이는 행정처장 옆이라 대조되어서 그런지, 생각했던 것보다 눈빛이 맑아 보였다. 무엇보다도 우동규의 실체를 어느 정도는 알고 있다는 것이 인상적이었다.

"뜻하지 않게 일이 너무 커져서 유감입니다. 판사님을 고소한 것에 대해서도 하고 난 직후에 후회했습니다. 사실 저도 우동규 과장을 오랫동안 보아왔기 때문에 우과장에게 두 얼굴이 있다는 걸 잘 알고 있습니다. 판사님도 잘못 걸린 것 같다는 생각이 듭니다."

"그런데 병원에서는 왜 정리를 하지 않습니까?"

"병원 입장에서는 뚜렷한 근거 없이 의사를 내보내기 어려워요. 이번에 무혐의 결정도 났고요."

"검찰의 결정문을 봐도 우과장이 피해자들에게 류마티스가 아닌데 류마티스라고 거짓말을 해온 사실은 인정되지 않습니까?"

"우과장은 그것은 검찰이 하판사님의 체면을 살려주기 위해 그렇게 써준 것일 뿐이라고 합니다."

"역시 우과장다운 황당한 궤변이네요. 우과장은 처음엔 저에게 자신의 아버지가 법조인이라고 하다가 오 분 뒤에는 사실 자기 아버지가 배추 장수라고 하면서 큰아버지가 법조인이라고 할 정도로 거짓말을 쉽게 하는 인물이더군요."

"우과장 아버지는 배추 장수가 맞아요. 그런데 처가에 법조인들이 있어요. 특히 처백부가 얼마 전까지 검사장을 지내신 분이에요. 저희도 이번 사건 터지고 우과장에게 아는 사람들이 그렇게 많은지 처음 알았어요."

그제야 의문이 풀렸다. 우동규의 뒤를 봐주던 검찰 간부가 바로 우동규의 처백부인 검사장이었던 것이다. 그래서 진료실에서 난데없이 자기의 큰아버지가 법조인이라고 말을 바꾼 것이었다.

원장 수녀는 내게 피해 배상을 할 테니 사건을 이 정도에서 마무리 짓자고 제안했다. 검찰의 불기소 결정에 대해서 항고를 하지 않고 민사소송도 하지 않는 조건으로 엄마의 죽음과 수사 과정에서 밝혀진 피해자들에 대한 배상을 하겠다는 것이었다. 나는 생각해보겠다고 하고 밖으로 나갔다.

집을 향해서 차를 몰고 가는 길에 우동규의 처백부라는 전직 검사장이 누구인지 궁금해졌다. 빨간 신호등이 켜진 사이에 운전대 위에서 휴대폰으로 검색을 해보았다. 잠시 후 화면에 결과가 나타났다. 그해에 사직한 검사장은 단 두 명이었다. 그중 한 명의 이름이 '한종수'였다. 나는 길을 걷다가 뱀이라도 맞닥뜨린 것처럼 온몸에 소름이 끼쳤다. 설마. 그럴 리가.

"빵-빵-빵!"

뒤차들이 경적을 울렸다. 나는 운전을 하면서 효린이에게 전화를 걸었다.

"응, 오빠. 안 그래도 오빠 목소리 듣고 싶었는데 마침 딱 연락이 왔네."

"효린아, 한 가지만 물어보자. 우동규의 처백부가 얼마 전 퇴직한 검사장이라던데 설마 그 검사장이 네 아버지 아니지?"

수화기 너머에서는 한참 동안 아무런 말이 없었다. 나는 급히 차를 길가에 세웠다.

"미안해…… 진작 말해주지 못해서."

혀 밑으로 신 침이 소용돌이쳤다. 가슴이 답답해지고 산소가 모자란 것처럼 머리가 멍했다. 그동안 효린이가 내게 했던 이야기들과 우동규에 대한 수사 과정을 코트 양쪽의 단추를 매듯 연결해보았다.

"그럼 내게 정신분석을 권한 것도 우동규에 대한 분노를 지워버리려고 그랬던 거니?"

"오빠 입장에서는 서운했을 것 같아. 하지만 내 입장에서는 그게 모두를 위한 최선이라고 생각했어. 오빠가 어머니의 복수를 하게 되면 형부가 가운을 벗어야 하고 형부를 살리려면 오빠가 원한을 풀지 못하게 되니까."

그날 법원에 전화를 걸어 일주일 동안 병가를 냈다. 그러고는 곧장 집으로 가서 커튼을 치고 침대 위에 드러누웠다. 악어가 가슴을 덥석 물어버린 것처럼 가슴 곳곳에 구멍이 난 것만 같았다. 첫사랑과 헤어진 직후처럼 광기에 휩싸여 폐인이 될 것 같았다.

나는 벌떡 일어나서 집에 있는 술을 죄다 찾아내 마시기 시작했다. 술이 다 떨어지고 나자 오랜만에 서연이에게 다시 전화를 해보았다. 전화기는 켜져 있었지만 아무리 전화를 걸어보아도 받지 않았다. 뇌를 열고 서연이와 엄마와 효린이와 우동규에 대한 기억이 있는 자리들을 인두로 지져버리고 싶었다. 고흐처럼 총으로 자살을 하고 싶었다. 나는 다시 벌떡 일어나서 서랍들을 뒤져 수면제를 끌어모으기 시작했다.

다음 날 눈을 떠보니 커튼 사이로 햇살이 반짝거리고 있었다. 휴대폰을 보니 효린이로부터 여러 통의 전화가 와 있었다. 침대 머리맡에서 수북이 쌓여 있는 수면제를 발견했다. 그러고 보니 지난 몇 달 동안 수면제 없이 잠을 잤다는 것을 깨달았다. 무혐의 결정을 받은 날에도, 서연이와 이별했다고 간주한 날에도, 심지어 전날 같은 최악의 상황에도 수면제 없이 잠을 잔 것이었다.

나는 허기가 느껴져서 밥을 먹으러 밖으로 나갔다. 해장국을 먹었는데 전날 종일 굶어서인지 밥맛이 쭉쭉 당겼다. 한마디로 말해서, 생각보다 살 만했다.

물론 효린이와 우동규와 검찰과의 일들이 여전히 나를 힘들게 했고, 서연이의 부재는 나를 허전하게 만들었지만 그뿐, 내가 먹는 음식의 맛이나 내가 즐기는 오전의 상쾌함을 침범하지는 못했다. 내면에 미세한 근육들이 생겨나서 어떤 충격이 오더라도 예전처럼 쉽게 주저앉지는 않을 것 같다는 자신감도 있었다.

그렇다고 해서 고통이 약해지거나 일부라도 생략된 것은 아니었다. 내가 겪어야 할 고통을 모두 고스란히 견디고 소화해내야 다음 단계로 나아갈 수 있다는 것을 이제는 알고 있었다.

나는 그 고통들을 온몸으로 견디면서 앞으로 나아가기 시작했다. 새벽에 출근을 해서 자정이 될 때까지 일에 몰두했다. 처음에는 일이 손에 잘 잡히지 않았다. 깜깜한 밤에 질퍽한 갯벌을, 무릎까지 다리가 잠긴 채 밑도 끝도 없이 걷고 있는 기분이었다. 과연 그 끝이 있는지, 가다 보면 마른 땅이 나오기는 하는지조차 알 수 없어 막막하고 불안했다. 곳곳에서 점차 더 깊은 수렁으로 빠져들어서 다시는 헤어날 수 없을지도 모른다는 두려움이 배신을 유도하는 간신의 혀처럼 나를 유혹했다.

하지만 나는 이번만큼은 물러서지 않고 끝장을 보고 싶었다. 더 이상은 나 자신이 겁쟁이가 되도록 용인하고 싶지 않았다. 그렇게 뚜벅뚜벅 걸어가자 얼마 지나지 않아서부터는 매 걸음이 나의 한계를 경신한 지점이 되었다. 그렇게 하루하루를 견디다 보니 생각했던 것보다 빨리 견고한 바닥이 느껴졌다. 늪은 차츰 얕아졌고 마침내 나는 내 힘으로 늪을 빠져나왔다.

모두 자리에서 일어나주십시오

"결국 서연 씨도, 효린 씨도 아닌 다른 분과 결혼을 하셨단 말인 가요?"

나는 웃으며 고개를 끄덕인다.

"그럼 지금 사모님은 뮤즈였나요?"

"그건 잘 모르겠어요. 한 사람 안에 뮤즈와 데몬이 공존하는 것 같기도 하고요. 적어도 이 사건에 관해서는 제게 손경감님이 뮤즈 였어요. 공정한 수사가 가장 큰 치유이자 위로였죠."

"그 말에 오히려 제가 위로를 받는데요. 제겐 판사님이 뮤즈네 요."

그녀가 그렇게 말하면서 술잔을 내민다. 나도 술잔을 들어 그녀 의 잔에 부딪힌다. 경쾌한 소리와 함께 술잔에 미세한 파장이 일어 난다.

"그 후에 우동규와 신해성모병원을 상대로 민사소송을 제기하셨죠?"

그녀의 질문에 왠지 허탈한 웃음이 새어 나온다.

"네, 그랬죠."

"저는 왜 검찰 결정에 대해서는 항고를 하지 않고 민사소송만 제기했을까 의문이었는데 판사님의 말을 듣고 보니 그 이유가 짐작이 되네요."

"역시 추리가 빠르시네요."

"민사소송 과정은 어땠나요?"

효린이와 우동규의 관계를 알게 된 이후부터 나는 우동규에게 가능한 모든 법적인 책임을 묻겠다는 쪽으로 생각을 고쳐먹었다. 정신분석으로 엄마와 아버지와 나에 대한 분노의 감정이 해소되면서 우동규에게 전이되었던 분노의 감정도 쪼그라들었을 뿐, 그의 죄가 줄어들거나 나와 다른 피해자들이 그를 용서한 적은 없다는 것을 깨닫게 되었다. 분노가 가라앉은 상태였기에 오히려 내가 우동규를 응징하는 것은 배트맨 여자친구의 기준에 따르더라도 자기만족이 아니라 세상과의 조화라는 확신이 생겼다. 과거 피해자들의 억울함을 풀어주고, 우동규를 그대로 방치해둘 경우 앞으로 발생할 수 있는 수만 명의 미래 피해자들을 막아야 했다.

검찰의 불기소 결정에 대해 항고를 하고 싶었지만 삼십 일의 항고 기간이 이미 지난 상황이었다. 유일하게 남은 수단이 민사소송이었다. 경찰의 수사 과정에서 피해가 확인된 여러 피해자들이 소송에 동참했다. 중립성을 위해서 신해시가 아닌 인근 지역의 법원에 소송을 제기했다. 우동규와의 합의를 종용한 적이 있어 꺼림칙했지만 달리 떠오르는 변호사가 없어 고교 선배인 정봉석 변호사를 선임했다.

민사소송이 시작된 후 나는 상대 측 변호사 명단을 보고 경악했다. 한 명은 대형 로펌의 변호사로 변신한 효린이 아버지 한종수였고, 다른 한 명은 나를 찾아와서 다짜고짜 우동규를 봐주라던 국내 최대 로펌의 변호사였으며, 또 다른 한 명은 한 달 전에 승진에서 누락된 것을 확인하자마자 사표를 쓰고 개업한 신해지원장이었다.

처음 제출하는 서면인 소장은 내가 썼지만 그 뒤의 서면들은 정봉석 선배에게 맡겼다. 우동규와 신해성모병원이 보내오는 서면을 일일이 읽고 반박하는 서면을 쓰는 것은 도저히 내키지가 않았다. 우동규의 야비한 거짓말들을 일일이 반박하면서 내 말이 왜 참인지를 설명하는 것 자체가 구차하게 느껴졌을 뿐만 아니라 효린이 아버지와 얼마 전까지 내가 상사로 모신 신해지원장과 서면으로 날 선 공방을 벌이는 것이 정신적으로 여간 힘들지 않을 터였기 때문이다.

내가 굳이 애쓰지 않아도 우리의 승소 가능성은 매우 높았다. 왜냐하면 검찰이 비록 무혐의 결정을 하기는 했지만 결정문 자체에 우동규가 환자들에게 거짓말을 한 사실을 명확하게 적시해놓았기 때문이다. 검찰은 비록 우동규가 자기 명성을 높이기 위해 허위 진료를 했기 때문에 재물죄인 사기죄가 안 된다고 했지만, 민사재판에서는 위법한 행위를 하고 그로 인해서 손해가 발생했다는 점만 인정되면 승소할 수 있기 때문이었다.

소송은 생각보다 빨리 진행되어 선고일이 금방 잡혔다. 나는 증거가 확실하니 증거 조사를 오래 할 이유가 없는 모양이라고 생각했다.

그런데 선고 결과는 "원고들의 청구를 모두 기각한다"였다. 다시 말해, 우리의 패소였다.

"안 그래도 판사가 좀 이상한 놈 같더니만……. 니가 그 판사한테 미리 부탁 좀 안 했나?"

그것이 패소에 대해 정봉석 선배가 해준 유일한 설명이었다.

나는 정봉석 선배로부터 그동안의 재판 기록을 모두 받아서 우리가 왜 패소했는지 분석해보았다. 그 과정에서 놀라운 사실을 발견했다. 내용을 구체적으로 분석할 것도 없었다. 우동규와 신해성모병원이 서면을 네 차례나 제출한 데 반해 우리 측은 소장만 제출하고 이후부터 단 한 차례도 서면을 제출하지 않은 것이었다. 소장은 내가 썼으니 정봉석 선배는 서면을 단 한 장도 쓰지 않은 셈이었다. 민사소송에서 상대방의 주장에 대해 아무런 답을 하지 않으면 자백으로 간주되거나 치명적으로 불리해진다. 그 때문에 선고일도 일사천리로 잡혔던 것이다.

나는 정봉석 선배에게 전화를 걸어서 이게 대체 어떻게 된 일인지 물어보았다. 정봉석 선배는 확인해보고 연락 주겠다고 하고는 아무런 연락이 없었다. 재차 연락을 하자 문자메시지로 미안하다고만 했다. 이게 대체 미안하다고만 해서 될 일인가? 피해자들이 돈을 모아서 거금의 선임비를 주었는데 자신은 아무것도 하지 않은 것이었다. 의사, 검사, 고교 후배한테 속은 것도 모자라 이제는 고교 선배인 변호사한테까지 당한 것이었다.

나는 항소를 했다. 일심에서 패소하자 실망한 피해자 몇몇은 항소를 포기했다. 첫 변론 기일에 나는 직접 변론을 하기 위해서 법정에 출석했다. 현직 판사가 법정에 나가서 직접 변론하는 것은 이례적이기는 해도 금지된 일은 아니었다. 다른 피해자들을 위해서라도 이 사건을 가장 잘 아는 내가 나가서 변론하는 것이 옳을 것 같았다.

판사석이 아니라 당사자석에 앉으니 법대가 생각했던 것보다 훨씬 더 높아 보였다. 남들을 수술하던 외과 의사가 수술을 받기 위해 수술대에 누우면 이런 기분이 들까? 이 사건에 관한 나의 운명을 스스로 결정할 수 없고 전적으로 다른 판사의 손에 좌지우지된다는 사실에 무력감과 불안감이 나를 압도했다.

방청석에 앉아 있던 우동규와 행정처장은 내가 직접 법정에 나온 것을 보고 흠칫 놀라는 눈치였다. 우동규는 불안한지 다리를 떨면서 애써 다른 곳에 시선을 두는 반면 행정처장은 나를 쳐다보며 기분 나쁜 웃음을 흘렸다.

피고 대리인석에는 한종수 변호사, 전 신해지원장, 국내 최대 로펌의 변호사가 나란히 앉아 있었다. 신해지원장이 나를 향해 손을 들어 보였다. 나는 굳은 표정으로 목례했다. 한종수 변호사는 고등학생 때 조회대 위에 있는 것을 본 이래 처음 보는 것이었다. 그 시절 갸름했던 얼굴은 두툼하게 살이 붙어 넓어지고 숱 많고 검던 머리는 듬성듬성해져 있었다.

"모두 자리에서 일어나주십시오."

법정 경위의 지시에 따라 자리에서 일어났다. 세 명의 판사들이 들어와 자리를 잡고 앉았다. 재판장은 양측이 제출한 기록들을 확인한 후 원고인 내게 먼저 변론할 기회를 주었다. 나는 자리에서 일어나서 말했다.

"존경하는 재판장님, 일심에서 피고들은 류마티스와 퇴행성 관절염이 구별하기 어렵고 의사마다 판단이 다르다는 등의 복잡하고 어려운 의학적 주장들을 의도적으로 잔뜩 늘어놓았습니다. 이것은 이 사건의 핵심을 가리기 위한 전략입니다. 이 사건에서 환자들이 류마티스가 아니라 퇴행성 관절염이라는 것은 환자들인 원고들뿐만 아니라 피고 우동규조차 인정을 하고 있습니다. 그러니 이 사건에서 피해자들이 류마티스냐 퇴행성 관절염이냐 하는 의학적인 문제를 더 이상 따질 필요가 없는 것입니다.

그렇다면 이 사건의 핵심은 무엇일까요? 그것은 바로 피고 우동규가 류마티스가 아닌 환자들에게 류마티스라고 거짓말을 했는지 여부입니다. 그 질문에 대해서 저희는 피고 우동규가 환자들에게 류마티스라고 거짓말을 했다는 것을 확실하게 말씀드릴 수 있습니다. 이를 뒷받침하는 가장 중요하고 확실한 근거는 바로 피고 우동규한테서 진료받은 환자들이 직접 우동규로부터 여러 차례 자기가 류마티스라고 들었다고 진술한 내용입니다. 원고들뿐만 아니라 수많은 퇴행성 관절염 환자들이 경찰과 검찰의 수사 과정에서 자기가 피고 우동규로부터 류마티스라고 들어왔다고 일관되게 진술했습니다.

그 진술을 보면 서로 다른 수많은 환자들이 진술하는 우동규의 사기 수법이 일치한다는 것도 알 수 있습니다. 피고 우동규가 류마티스 환자들의 뼈가 뒤틀린 무서운 사진들을 보여주면서 '류마티스는 암보다 무서운 병이다', '내가 시키는 대로 약만 잘 먹으면 이 정도까지는 안 되도록 해주겠다'는 식으로 겁을 주고, 이어서 환자의 손을 잡아주면서 거짓 믿음을 심었다는 것입니다."

그때 한종수 변호사가 일어나서 내 말을 잘랐다.

"재판장님, 피해자들은 나이가 많아서 기억이 불분명한 상태입니다. 병원의 간판이 '류마티스센터'이고 우동규 과장이 신해시에서 유일한 류마티스 전공의이다 보니, 연세 많은 분들이 자기가 당연히 류마티스이겠거니 착각을 일으킨 것 같습니다."

한종수 변호사는 굵고 갈라진 목소리로 변론했다. 그가 나보다 키가 작다는 것을 그때 처음 알았다. 나는 고등학생 때 조회대 밑에서 그를 올려다본 이래 그의 키가 훤칠하게 크다고 생각해왔다. 그런데 나란하게 서서 변론을 하며 보니 나보다 확연하게 작고 또래의 사람들과 비교해도 작은 키였다. 오랜 세월 동안 엄마가 주입해놓은 한종수 검사에 대한 환상의 거품이 키높이 구두의 깔창처럼 그의 키까지 높여놓은 모양이었다. 그는 엄마가 나의 내면에 심어놓았던 거짓 자기의 환상이기도 했다. 나는 이 법정에서 반드시 그를 꺾고 싶었다.

"재판장님, 암센터에 진단을 받으러 가는 사람이 제일 관심을 가지는 것이 무엇이겠습니까? 바로 자기가 암인지 아닌지 여부입니다. 그런데 암센터 의사가 암이 아니라 다른 병이라고 했는데도 환자가 단지 암센터를 갔다는 이유로 암이라고 착각하겠습니까?"

내가 변론을 마치자 다시 한종수 변호사가 일어나더니 진료기록부 한 장을 들어 보였다.

"보시는 바와 같이 우동규 과장은 진료기록부에 분명히 퇴행성 관절염이라고 기재를 해놓았습니다. 이와 같이 환자들이 언제든지 열람해서 확인할 수 있는 진료기록부에 퇴행성 관절염이라고 기재를 해놓고 환자들에게 '당신은 류마티스 환자입니다'라고 거짓말을 할 수 있겠습니까? 곧 거짓이 들통 날 텐데 말입니다. 그렇기 때문에 피고 우동규가 원고들에게 류마티스라고 거짓말을 했다는 원고의 주장은 도저히 상식적으로 납득할 수가 없습니다."

내가 자리에서 일어났다.

"재판장님, 저 진료기록부의 작성 일자를 자세히 보시기 바랍니다. 진료기록부가 작성된 일자는 이 사건에 대해 경찰 수사가 시작된 직후입니다. 저의 어머니 이석화 씨를 비롯해서 원고들의 경우 모두 처음 진료를 하고 칠 년 이상의 기간 동안 아무런 진단명을 기재해놓지 않았습니다. 어느 의사가 그렇게 오랜 시간 동안 환자들의 병명조차 기재하지 않겠습니까? 대체 왜 그랬을까요? 그 이유는 바로 방금 피고 대리인이 말한 것과 같습니다. 즉, 병명을 기재해놓으면 환자들이 진료기록부를 확인할 경우 우동규가 류마티스라고 거짓말한 것이 들통 나기 때문이었습니다. 그리고 이후에 문제가 되면 언제든지 지금처럼 류마티스라고 한 적이 없다고 발뺌을 하기 위해서였습니다."

이번에는 로펌 변호사가 나섰다.

"퇴행성 관절염도 지속적으로 경과를 관찰하면서 치료를 받아야 하고 악화되면 인공 관절 수술을 받아야 하는 병입니다. 그러니 군이 피고들이 퇴행성 관절염 환자들에게 류마티스라고 속일 필요도 이유도 없습니다."

내가 반박했다.

"피고 우동규가 환자들에게 류마티스라고 속여야 할 이유는 여러 가지가 있습니다. 첫째, 사람들은 노화 현상의 일종인 퇴행성 관절염이라는 진단을 받으면 병원에 충실하게 다니지 않는 반면, 무서운 병으로 알려진 류마티스라고 하면 병원에 열심히 다니고 약도 꼬박꼬박 먹게 됩니다. 둘째, 피고 우동규의 입장에서는 류마티스약을 처방해야 제약회사로부터 많은 리베이트를 받을 수 있습니다."

변호사들이 더 이상 반박을 하지 못하자 방청석에 앉아 있던 우동규가 벌떡 일어나서 끼어들었다.

"존경하는 재판장님, 어느 스승이 스승다운 스승, 존경받을 만한 스승인지 아닌지는 그 스승에게 가르침을 받은 제자들이 먼저 압니다. 마찬가지로 의사가 의사다운 의사, 믿을 만한 의사인지 아닌지는 누구보다도 그 의사로부터 진료받은 환자들이 먼저 알게 됩니다. 저희 류마티스센터에는 일 년에 환자가 삼만 명이나 찾아옵니다. 만약 제가 믿을 만하고 존경받을 만한 의사가 아니었다면 그렇게 많은 환자들이 찾아오겠습니까?"

나는 황당해서 웃음이 터지는 것을 참으며 그 말을 받았다.

"신해시의 총 인구가 삼십만 명입니다. 그런데 피고가 방금 일 년에 삼만 명이나 자기 병원을 찾아온다고 말했습니다. 류마티스 환자가 도시 전체 인구 가운데 십 분의 일이나 되는 셈입니다. 류마티스 전문의에 따르면 류마티스는 면역 체계가 이상을 일으켜 발생하는 매우 희귀한 병으로, 아무리 많이 잡아도 유병률이 일 퍼센트에 불과하다고 합니다. 이렇게 신해시에만 류마티스 환자가 다른 지역의 열 배 이상이나 많은 것이 과연 가능한 일일까요? 이것을 설명할 수 있는 가설은 두 가지밖에 없습니다. 첫째는 신해시가 신으로부터 저주받은 도시라는 것이고, 둘째는 피고 우동규가 류마티스가 아닌 환자들에게 류마티스라고 속여왔다는 것이죠.

그런데 신기하게도 이 사건 수사가 시작된 직후부터 수많은 환자들이 우동규로부터 류마티스 완치 판정을 받았습니다. 하지만 류마티스 전문의들은 류마티스는 완치가 거의 불가능한 병이라고 이야기합니다. 그렇다면 이 역시도 두 가지 가설로밖에 설명할 수 없습니다. 첫째는 신해시가 신으로부터 축복받은 도시라는 것이고, 둘째는 피고 우동규가 처음부터 류마티스가 아니었던 환자들에게 거짓말로 다 나았다고 했다는 것입니다.

과연 어느 쪽이겠습니까? 신이 신해시를 저주했다가 이 사건 수사가 시작되니까 변덕스럽게 축복하기 시작했겠습니까? 아니면 우동규가 거짓말을 하고 있는 것이겠습니까?"

우동규의 얼굴이 창백해졌다. 이 사건과 무관한 일부 방청객들은 히죽거리면서 웃기도 했다. 나는 변론을 이어갔다.

"피고 우동규는 당초 제 앞에서는 자신이 환자들에게 류마티스라고 거짓말을 했다는 사실을 자백했습니다. 제 앞에서 두 차례나 무릎을 꿇고 빌면서 봐달라고 애원하기까지 했습니다. 재판장님, 그 자백이 담긴 녹취록과 파일은 이미 제출되어 있으니 그것을 반드시 참고해주시기 바랍니다."

내 말에 우동규가 다시 일어나 울먹이면서 말을 하기 시작했다.

"그날 제가 열심히 진료를 하고 있는데 저기 하지환 판사가 다짜고짜 진료실 안으로 쳐들어와서는 자기가 판사임을 내세우고 책상을 걷어차면서 저를 구속시켜버리겠다고 협박하고, 소리를 지르고 난동을 피우면서 업무를 방해했습니다. 그러면서 제게 '류마티스가 아닌 환자에게 류마티스라고 했다'라고 자기가 말하는 대로 따라서 말하라고 해서 저는 그냥 시키는 대로 말을 했을 뿐입니다."

"재판장님, 녹취 파일을 직접 들어보시면 그런 내용이 없다는 것을 알 수 있을 것입니다."

그러자 이번에는 전 신해지원장이 변론을 했다.

"재판장님, 원고가 제출한 녹취 파일에는 그런 말이 나오지 않습니다. 바로 그 점이 이상한 부분입니다. 우동규는 분명히 원고가 그렇게 압박을 해서 류마티스라고 거짓말을 했다고 인정했는데 왜 녹취 파일에는 그 부분이 없을까요? 그것은 녹취 파일이 편집되었을 가능성이 있다는 뜻입니다."

우동규 사건이 발생한 직후에 녹취록과 녹취 파일을 보고 들은 신해지원장이 그런 말을 하자 배신감과 서운함에 갈비뼈 사이로 서늘한 칼날이 들어오는 것 같았다.

"재판부에서 의심이 되면 녹취 파일이 편집되었는지 검증을 해

보시기 바랍니다."

이어서 나는 우동규가 환자들에게 류마티스라고 허위 진단을 했다는 또 다른 근거를 제시했다.

"무엇보다도 결정적인 정황은 피고 우동규가 환자들에게 수년 동안 처방한 약이 바로 항류마티스제라는 점입니다. 퇴행성 관절염에 왜 류마티스 치료제를 쓰겠습니까? 게다가 항류마티스제는 항암제나 항말라리아제와 성분이 같을 정도로 인체에 부담을 주는 약입니다. 이런 약을 류마티스가 아닌 사람에게 왜 투여했겠습니까?"

그러자 로펌 변호사가 나섰다.

"퇴행성 관절염에도 항류마티스제를 쓸 수 있습니다. 이미 관련된 논문도 제출한 바 있습니다."

내가 반박했다.

"피고 측이 제출한 논문은 개원의 한 명이 자신의 경험담을 쓴 것에 불과합니다. 그 논문에 따르더라도 염증이 많이 생기는 특수한 퇴행성 관절염인 경우에 일시적으로 투약할 수 있다고 되어 있습니다. 그러나 원고들은 대부분 염증과 무관한 퇴행성 관절염입니다. 피고 우동규도 원고들의 염증 수치가 높지 않았다고 진술한 바 있습니다. 한편 대한류마티스학회의 감정 결과에 따르면 항류마티스제는 류마티스 환자에게만 사용할 수 있을 뿐 퇴행성 관절염 환자에게 사용하는 경우는 없다고 합니다. 그리고 어떤 교과서나 권위 있는 의학 논문에도 항류마티스제를 퇴행성 관절염에 사용할 수 있다는 근거가 없습니다. 이것은 매우 당연한 이야기입니다. 류마티스와 퇴행성 관절염은 매우 다른 병이기 때문입니다."

그러자 우동규가 방청석에서 또 끼어들었다.

"그것은 일반적인 기준일 뿐입니다. 저처럼 숙련된 의사는 경험에서 터득한 치료 방법을 자유롭게 사용할 재량이 있습니다."

내가 반박했다.

"항류마티스제의 사용법을 읽어보십시오. 약이 워낙 독해서 진짜 류마티스 환자에게도 육 개월 이상 지속적으로 복용시켜서는 안 된다고 명기해놓았습니다. 그런데도 우동규는 원고들에게 칠 년 이상 하루도 거르지 않고 항류마티스제를 처방했습니다."

변론 기일이 몇 차례 더 잡힌 후 마침내 판결이 선고되었다. 결과는 우리의 승소였다. 재판부는 우동규가 사기 진료를 해온 사실을 인정했고, 신해성모병원에 대해서도 사기 진료를 방치한 책임을 인정했다.

배상금은 칠백만 원이었다. 칠 년 이상의 긴 시간 동안, 불필요한 독한 약을 먹고 류마티스라는 무서운 병의 공포로 마음을 졸인 정신적 피해의 대가가 고작 칠백만 원이라니. 나는 억울함을 표현할 수도 없었다. 나 역시 재판을 하면서 그 정도의, 때로는 그 이하의 배상금만 인정해왔기 때문이었다.

판결이 나던 날, 나는 선명한 꿈을 꾸었다. 장소는 싱가포르 시내였다. 전투가 벌어져 시가지는 폐허가 되어 있었다. 나는 군복을 입고 걷고 있었다. 공터를 지나 오래된 성당 안으로 들어가자 사방에서 황색 군복을 입은 군인들이 나를 포위해 왔다. 나는 그들에게 습격을 받을까 봐 긴장했다. 그들은 나의 군복을 살펴보면서 어디

군인이냐고 물었다. 내가 한국 군인이라고 했더니 뜻밖에도 그들이 동맹이라면서 함께 가자고 했다. 그중 일부는 자신도 법무관이라고 했다. 이후 그들과 한편이 되어 함께 시내를 걸었다. 어느 골목에 접어들었을 때 갑자기 똥개 한 마리가 등 뒤에서 기습해 나의 발목을 물었다. 나는 반사적으로 권총을 몇 차례 쏘아서 개를 죽였다. 싱가포르에서는 그 개를 죽이면 몇 백만 원 상당의 현상금을 받을 수 있다고 들었다. 나는 보상을 받기 위해 죽은 개를 질질 끌면서 싱가포르 시내를 돌아다녔다.

잠에서 깬 직후 나는 그 꿈을 해석할 수 있었다. 도시국가인 싱가포르는 신해시를 의미했다. 싱가포르의 영문 이니셜이 신해시의 그것과 같았다. 성당은 신해성모병원을 상징했다. 군복은 법복을 상징하고, 나와 동맹인 군인들은 다른 판검사들을 의미하는 것이었다. 검사와 일심 판사가 내게 불리하게 결정을 해서 긴장감과 경계심을 가지고 있다가 이심에서 나의 손을 들어주었기 때문에 나는 그들과 동료 의식을 느끼고 함께 걸어가게 된 것이었다. 개는 우동규였다. 권총을 쏘아서 개를 잡듯이 내가 직접 변론을 해서 우동규를 잡은 것이었다. 현상금은 민사소송의 승리로 받게 된 배상금이었다.

항소심에서 패소한 우동규와 신해성모병원은 원고들에게 배상금을 지급하지 않고 대법원에 상고를 했다. 그들은 이번에는 대법관 출신 변호사를 추가로 선임했다. 대법원에서 이기면 우동규와 성모병원은 더할 나위 없이 좋겠지만 설사 패소하더라도 그들은 피해자 한 명당 고작 칠백만 원만 주고 영업을 계속하면 그만이었다.

자괴감과 무력감이 엄습해왔다.

그 무렵 동혁이 아버지가 돌아가셨다. 자신의 아버지도 우동규에게 당한 것을 알게 된 동혁이는 함께 퀸의 노래를 듣던 시절처럼 다시 나와 한 팀이 되었다. 그러나 우동규가 법의 처벌을 받게 할 방법은 별로 남아 있지 않았다. 그나마 찾아낸 것이 보건소에 신고를 하는 것이었다.

의료법에는 의사가 의료인의 품위를 심하게 손상시키는 행위를 한 때는 일 년의 범위에서 의사 면허 자격을 정지할 수 있다고 규정하고 있다. 우동규의 사기 행위는 적어도 의료인의 품위를 심하게 손상시키는 행위에는 해당할 수 있었다. 그런데 신해시 보건소는 이 사건이 자신들 소관이 아니라면서 보건복지부에 가보라고 했다. 보건복지부에 문의하니 신해보건소가 처리해야 한다고 했다. 양쪽이 다 접수를 하지 않으려고 해서 보건복지부에 우편으로 접수를 하니 보건복지부는 신해보건소로 이첩했다. 신해보건소는 자신들은 할 일이 없다면서 도의 담당기관으로 보냈다. 도의 담당기관은 자신들은 중간에서 매개 역할만 한다면서 다시 보건복지부로 이관시켰다. 보건복지부에서는 그런 사건은 자신들이 담당하지 않고 해당 지역 보건소가 담당한다면서 다시 도의 담당 기관으로 내려보냈다. 도의 담당 기관은 다시 신해보건소로 내려보냈다. 마침내 신해보건소는 고작 '경고' 처분을 상신했고, 도의 담당 기관을 거쳐 보건복지부에서 경고 처분이 최종 확정되었다.

그 무렵 항소심 재판 결과가 나온 것을 보고서 신해SBC 방송국의 장형태라는 기자가 찾아왔다. 그는 그 사건을 심층 보도하고 싶다고 했다. 지난번에 지역 언론들이 성모병원이 최대 광고주라면서 보도를 하지 않으려 했던 터라, 나는 그 기자가 과연 제대로 취재하고 보도할지 반신반의했다. 그런데 장기자는 예상 밖으로 충실하게 취재를 했다. 내가 한 이야기도 그대로 믿지 않고 다른 전문가들에게 다시 확인했다.

그로부터 한 달 뒤 9시 뉴스가 시작된 직후에 하는 '집중취재'라는 코너에서 이 사건에 대한 내용이 특집으로 방송되었다. 제목은 '명의의 두 얼굴'이었다.

손가락이 아파 이 병원을 찾은 정모 씨는 우모 의사로부터 류마티스 관절염이라는 얘기를 듣고 칠 년간 치료를 받았습니다.

"사진을 보여주면서 약을 평생 안 먹으면 뼈가 휜다고 했어요."

하지만 정씨는 진료기록부에서 자신의 병명이 난치병인 류마티스가 아니라, 비교적 흔한 퇴행성 관절염인 걸 확인하고는 어이가 없었습니다.

"류마티스가 아니라고 할 때 어이가 없었지요. 도대체 누굴 믿어야 하는지……."

권모 씨 역시 같은 경우로, 칠 년간 잘못된 치료를 받아왔다고 합니다.

"나중에 손이 비틀어지면 어떻게 하느냐니깐 죽을 때까지 그럴 일 없다고 하더라고요. 약만 열심히 먹으라고 했지요. 제가 서울에 있는 병원에서 검사하고 왔다니까 그제야 우과장이 류마티스가 아니라 퇴행성 관절염이라고 하더라고요."

우모 의사에게 류마티스 치료를 칠 년 이상 받았던 김모 씨는 혹시

나 하고 서울의 종합병원에서 검사를 받았는데, 류마티스가 아니라 퇴행성 관절염이라는 진단이 나왔습니다. 김씨는 이후 서울의 한 종합병원에서 발목을 고정하는 수술을 받고 장애 판정을 받았습니다.

이렇게 우모 의사에게 속았다고 주장하는 환자는 경찰에서 확인된 것만 스무 명입니다. 류마티스 관절염은 몸속 면역 세포가 자신의 몸을 공격하는 난치병으로, 통증과 약물 의존도가 심해 정신질환까지 수반할 수 있는 무서운 병입니다. 그런데도 우모 의사는 흔한 퇴행성 관절염에 걸린 피해 환자들에게 류마티스라고 진단하고는, 부작용이 클 수 있는 항류마티스제를 장기간 처방했습니다.

"위출혈로 응급실에 실려 갔어요. 위장이 나빠지고 얼굴이 부었지요."

피해 환자들은 정신적 충격이 더 컸습니다.

"자나 깨나 걱정이었어요. 마음이 우울해지고 말도 못 하는 쇼크를……."

전문가의 말을 들어보겠습니다.

"류마티스 환자들 중 오십 퍼센트는 우울증에 걸리고 이십 퍼센트는 자살 충동을 느끼지요."

피해 환자들은 우모 의사에게 진료받는 동안 의료보험 급여를 포함해 이천여만 원의 진료비와 진료비보다 더 많은 약값을 지불해야 했습니다. 피해자들의 말입니다.

"머리 좋고 공부 많이 해서 얻은 능력을 이런 식으로 쓰다니 분통이 터집니다. 이런 피해자가 더 생기지 않도록 막아야 합니다."

"이런 의사는 가운을 벗겨야 합니다."

한편 우모 의사는 자신은 류마티스라고 말한 적이 없다고 부인하며 결백을 주장했습니다.

이상 SBC 뉴스 장형태입니다.

집중취재 코너가 끝난 직후 앵커가 우모 의사로부터 같은 피해를 당한 사람은 방송국으로 제보를 해달라고 했다. 다음 날 같은 시간에는 '석연찮은 무혐의'라는 제목으로 검찰의 결정에 대해 의문을 제기하는 내용이 방송되었다. 그 직후 앵커가 "어제 방송이 나간 이후 같은 피해를 입었다는 제보 전화가 팔십 건이 넘었습니다"라고 설명했다.

이 방송들은 하루에도 서너 차례씩 재방송되어 도합 열 차례 넘게 방송되었다. 그중 '명의의 두 얼굴'은 전국 방송에도 나왔다. 검찰도, 시장도, 언론도 다 침묵하는 지방 도시에서 짧은 방송을 위해 몇 달을 준비하고 방송을 내보낸 기자에게 존경심이 생겼다.

언젠가 한 고향 친구가 했던 이야기가 떠올랐다. 그는 자신이 언젠가 민사 재판을 받아본 적이 있는데 상대방 회사 사장이 워낙 발이 넓고 판검사들도 많이 알아서 그 판사에게도 영향을 미쳤을지 몰라 걱정했다고 했다. 그런데 판사가 의외로 자신을 승소시켜서 놀라고 감동했고, 그 때문에 다른 사람들은 판사들을 쉽게 욕할지 몰라도 자신은 판사들을 욕하지 않는다고 했다. 비록 나에 대한 칭찬은 아니었지만 고향 친구의 그 소박한 체험담이 내게는 그동안 판사로서 들어본 그 어떤 찬사보다 값진 것이었다. 장기자에 대한 나와 동혁이의 심정도 그 판사에 대한 친구의 심정과 다르지 않았다.

그 사건이 지역 방송에 여러 차례 보도되자 이전에는 사건에 대해 알고도 침묵하던 신해시의 모 시의원이 나를 찾아와서 부탁했다. 언론이 피해자들의 모임을 취재하면 자신이 나서서 인터뷰를 하면 안 되겠느냐, 자신이 이 사건을 가장 최초로 문제 제기한 것으로 하면 안 되겠냐는 것이었다.

정봉석 변호사는 나를 찾아와 피해자들이 앞으로 소송을 하게 될 것 같은데 그 소송을 모두 자기가 맡으면 안 되겠느냐고 물어보았다. 나는 대충 얼버무리고는 피해자들에게 정봉석 변호사만큼은 선임해서는 안 된다고 귀띔해주었다.

그 사건이 방송에 그렇게 많이 나갔는데도 우동규와 성모병원은 굴하지 않고 영업을 계속했다. 오히려 방송에 나온 집중 취재는 하지환 판사가 방송국에 압력을 넣어서 만든 내용이라는 대자보를 병원 곳곳에 붙였다. 병원은 간호사들을 시켜 수천 명의 환자들에게 일일이 전화를 걸어 이런 내용을 전파했다.

우동규에게 같은 피해를 당했다고 방송국에 제보한 피해자는 금방 이백 명을 넘어섰다. 방송국에서는 제보한 피해자들을 따로 모아서 취재를 했다. 피해자들은 대책 회의를 열고 대표자를 선출해서 경찰에 고발하기로 했다. 그 대표자로 뽑힌 사람이 바로 동혁이였다.

동혁이는 피해자들로부터 진술서를 받은 후 피해자들을 대표해서 신해경찰서에 우동규를 고발했다. 그러나 경찰과 검찰은 수사를 전혀 진행하지 않고 각하 결정을 했다. 검찰의 결정 이유는 이러했다.

> (……) 피의자는 피해자들에 대해서 류마티스 관절염 전문의로서의 명성을 높이거나 병원 내에서 자신의 입지를 더욱 공고히 할 목적으로 본건 과잉 진료를 하였을 개연성이 더 높은데 이러한 이익은 재물이나 재산상 이익이라고 할 수 없어 사기죄로 처벌할 수 없다는 점은 기존의 불기소 결정에서 확인된다. 그러므로 더 이상 수사를 진행할 가치가 없다고 판단되므로 각하 의견임.

기존 불기소 결정의 논리를 그대로 답습하면서, 제보한 피해자들에 대해 조사도 한 번 해보지 않고 각하를 해버렸다. 동혁이는 그 각하 결정에 대해 고등검찰청에 항고를 했지만 고등검찰청도 항고를 기각했다. 동혁이는 대검찰청에도 항고를 했지만 또 기각을 당했다. 그것으로 형사 처벌을 할 방법은 더 이상 없어진 셈이었다.

우리는 마지막 남은 수단으로 「현장수첩」에 이 사건을 제보하기로 했다. 「현장수첩」은 당초에는 열심히 취재했으나 방송을 열흘 정도 앞두고 돌연 방송 취소 결정을 했다. 그로부터 얼마 후 동혁이가 죽은 채 발견된 것이다.

Mama, Just Killed a Man

종업원이 다가와서 이제 문을 닫아야 할 시간이라고 한다. 술값을 계산하고 술집을 나선다. 손지은이 비틀거리더니 발목을 삔 듯 주저앉는다.

"괜찮으세요? 많이 취하신 건가요?"

나는 그녀의 몸을 부축해서 일으킨다. 감싸 안은 팔에 그녀의 체온이 느껴진다.

"아니에요. 저 이 정도로 취할 사람 아니에요."

그녀는 일어나서 다시 걷는다.

"손경감님은 이제 어떻게 가세요?"

"저는 대리운전 불러서 차를 가지고 가려고요. 판사님은요?"

"저는 이 근처에 모텔이 많으니 아무 데나 들어가서 자려고요. 대리 기사가 올 때까지 같이 기다려드릴게요."

그녀는 차 안에서 대리운전 기사에게 전화를 건다. 통화가 끝나고 한동안 정적이 흐른다. 그녀가 자신의 손을 내 손 위에 포갠다. 내가 마른 침을 삼키자 그녀는 서서히 자신의 입술을 내 입에 가져다 대고서 해변에 걸린 튜브처럼 팽팽하게 부풀어오른 나의 조바심을 흡입해준다.

이내 그녀가 구두를 한 짝씩 벗더니 조수석으로 넘어와서는 내 위에 올라탄다. 까끌까끌한 스타킹의 질감을 타고 나의 손이 그녀의 종아리와 허벅지를 지나 엉덩이에 머문다.

그녀의 팬티 속으로 손을 집어넣는다. 짧고 까만 털이 난 고양이의 목덜미를 지나서 작고 도톰한 입속에 손가락을 넣는 느낌이다. 아이스크림 통 속에 밀어 넣고 휘젓는 것처럼 손가락이 차츰 서늘하고 축축해지는 동안 그녀가 토해내는 숨이 깊어진다.

나는 얼굴로 그녀의 품을 파고들기 시작한다. 두 뺨으로 그녀의 보라색 셔츠의 포근한 질감을 느끼며 물컹거리는 젖무덤 위에서 헤엄친다. 브래지어의 끈을 풀고 두 가슴 사이에서 풍겨나는 향긋하고 은밀한 냄새를 혀로 핥는다.

부풀어 오른 하얀 가슴에서 따뜻하고 달콤한 젖이 흘러나온다. 나는 맛있게 젖을 받아먹는다. 어느 순간부터 끈적끈적한 느낌과 시큼한 맛이 난다. 입을 떼고 살펴보니 누런 고름이다.

내가 놀라서 입을 닦는 동안 그녀의 가슴 한쪽이 녹색 뱀의 대가리로 변하더니 긴 몸뚱이를 늘어뜨리면서 쏜살같이 내 입에 처박힌다. 나는 뱀의 몸통을 두 손으로 붙잡고 버둥거리면서 아무 말도 내뱉지 못하고 점점 숨이 막혀온다.

이대로 죽는가 싶은 순간 정신을 차린 나는 혼신의 힘을 다해서 깨물기 시작한다. 뱀의 몸뚱이에 이빨 자국이 생기고 거기서 노란 고름이 흘러나오기 시작한다. 대가리가 잘린 뱀의 몸뚱이가 바닥에 나뒹굴더니 멀어져 간다. 나는 입속에 들어 있는 뱀의 대가리를 잘근잘근 씹다가 꿀걱 삼킨다. 독사의 독이 나를 해칠 만큼 넉넉하지 않음을 깨닫는다.

눈을 떠보니 창문으로부터 쏟아지는 아침 햇살이 눈부시다. 나는 옷을 입은 채 침대 위에 모로 누워 있다. 창가로 다가가서 신해 바다를 내려다본다. 오늘도 새로운 바다에 새로운 태양이 떠오른다. 휴대폰을 보니 아내로부터 여러 통의 부재중 전화가 와 있다. 손지은으로부터는 문자메시지가 들어와 있다.

"오늘 9시 반부터 신해성모병원 영안실에서 황동혁 씨 부검이 시작돼요. 원하시면 참관하셔도 돼요."

나는 택시를 잡아타고 신해성모병원으로 향한다. 영안실 안으로 들어서자 동혁이의 시체 곁에 서 있던 손지은이 나를 보며 눈인사를 한다. 이미 부검이 진행되고 있다.

동혁이는 철제 선반 위에 벌거벗은 채 누워 있다. 그의 표정은 살아 있을 때보다 평온해 보인다. 부검의가 메스를 들고 턱밑부터 가르기 시작한다. 단번에 갈라지지 않는지 같은 자리를 여러 번 긋는다. 메스가 지나간 자리로 차츰 틈이 넓어지기 시작한다. 그 밑으로 붉은 장기들과 노란 비곗덩어리가 드러난다. 그런 와중에도 동혁이의 표정은 살아 있을 때보다 평온하다.

마치 지퍼를 내리고 코트를 벗기듯 부검의가 동혁이의 살가죽을
양쪽으로 펼친 후 가슴판을 뜯어낸다. 몸속에 고인 액체들을 국자
로 몇 차례 퍼내고 일부 장기들을 떼어내 통속에 따로 담는다. 총
알이 내장을 뚫고 지나간 흔적을 보여주면서 부검의가 말한다.

"자살이 명백합니다. 총알이 나간 방향이나 권총에 묻어 있던 지
문의 각도, 손에 묻은 화약이 번진 방향, 황동혁 씨의 팔의 길이 등
이 모두 황동혁 씨가 자기 손으로 직접 배를 쏜 것임을 증명합니다.
총알을 여러 발 허공에 발포하고, 마지막 총알만 자기 배에 쏜 것
같습니다."

부검이 끝나자 부검의는 꺼내어놓은 뼈와 장기들을 죄다 동혁이
의 배 속에 때려 넣은 후 더플코트의 단추처럼 듬성듬성 꿰맨다.

동혁이의 시신이 화장터 불가마로 들어간다. 다른 사람들을 화
장하던 동혁이가 이제는 화장을 당하고 있다. 나는 벌겋게 타오르
는 불꽃을 쳐다보면서 손지은에게 미처 하지 못한 이야기도 함께
태운다.

불가마가 점점 더 뜨거워진다. 저 불가마는 백사자를 태웠고, 엄
마를 태웠고, 얼마 전에는 우동규까지 태웠고, 언젠가는 나도 태울
것이다. 동혁이는 그저께 밤 내게 전화를 걸어 저 불가마의 불처럼
이글거리며 항의했다.

"지환아, 차라리 내게 솔직하게 부탁을 하지 그랬노. 그랬어도 나
는 니를 위해서 우동규를 갈았을 끼다. 설마 내가 니 부탁을 안 들
어줄까 봐 나를 속였나? 내가 그동안 니를 얼마나 믿었는지 잘 알

잖아, 이 자식아!"

수화기 너머로 권총이 발포되는 소리가 들렸다. 탕! 탕! 탕! 그 총알은 허공이 아니라 나를 향해 쏘는 절규였다. 나는 그 소리를 들으면서 「배트맨 비긴즈」에서 브루스 웨인이 부모의 원수를 향해 권총을 뽑기 직전에 또 다른 누군가가 쏜 총소리가 떠올랐다. 탕! 탕! 탕!

부검을 하는 동안 동혁이는 자기의 모든 가슴을 열어젖혀 보여주었지만 나는 여전히 그를 온전히 이해하지 못하고 있다. 나에 대한 배신감에 몸서리쳤다면 차라리 나를 죽이지 왜 자신을 죽였을까? 고흐는 고갱이 그토록 미웠다면 차라리 고갱을 쏠 것이지 왜 자신을 쏘았을까? 나는 동혁이가 자살까지 할 줄은 미처 몰랐다.

손지은이 나를 신해고속버스터미널까지 차로 태워다 준다. 계절이 온전히 가을로 바뀌었는지 차창으로 침투하는 정오의 햇살이 뜨겁지 않다. 길게 늘어진 건물의 그림자가 파도처럼 끊임없이 밀려온다. 손지은이 묻는다.

"아무리 생각해도 확실한 답을 못 찾겠어요. 황동혁 씨는 대체 왜 자살을 한 걸까요? 단지 「현장수첩」 방송이 불발돼서였을까요?"

"그건 저도 잘 모르겠어요. 죽기 직전까지 「현장수첩」 이야기를 하긴 했어요. 검찰 고소도 좌절되고 방송까지 좌절되니 아버지의 복수를 더 이상 할 수 없어서 죽음을 택했을 가능성도 있었겠지요. 저는 정신분석을 통해 그런 감정을 해소했지만 동혁이는 해소할 방법이 없었겠죠."

"그렇다면 우동규를 죽였어야지 왜 자살을 했을까요? 어젯밤에 다른 말은 정말 없었던 건가요? 아무래도 자살한 이유가 석연치 않아서요."

"고흐와 고갱 이야기를 했어요. 제가 언젠가 동혁이에게 고흐가 자살한 이야기를 해준 적이 있거든요. 그 이야기를 동혁이가 다시 끄집어내더군요. 그것이 자신의 자살을 암시하는 것이라고는 전혀 짐작도 못 했어요."

"고흐의 자살설에 대해서는 여러 가지 의문이 제기되고 있지 않나요? 고흐가 왜 머리나 심장처럼 치명상을 입힐 수 있는 부위가 아니라 배를 쏘았는지, 밀밭에서 총을 쏜 후 어떻게 멀리 떨어져 있는 마을까지 자기 발로 걸어갈 수 있었는지, 그로부터 서른 시간이나 지난 뒤에 죽었는데 그사이에 의사가 곁에 있었으면서도 왜 제대로 치료하지 않았는지, 그 총이 사건 직후에 왜 사라졌는지 등등. 그래서 고갱이 고흐를 죽였다거나 적어도 자살을 조장했다는 말들도 있잖아요."

"고흐가 어떻게 죽었느냐가 뭐 그리 중요한가요? 고흐의 작품이 중요한 거죠."

휴대전화 벨소리가 날카롭게 치솟는다. 통화하는 손지은의 목소리가 심상치 않다. 그녀가 전화를 끊더니 경직된 목소리로 내게 전한다.

"우동규 행적을 조사해보라고 했는데 일주일 전부터 실종 상태라고 하네요. 가족도, 병원도 행방을 모른대요. 어떤 낯선 제약회사 직원이 찾아와 저녁을 사준다고 해서 따라간 이후로는 연락이 끊겼다고 하네요. 이미 실종 신고를 한 상태예요."

"그렇군요."

"혹시 황동혁 씨가 우동규를 살해한 건 아닐까요?"

"글쎄요, 그건 잘 모르겠네요."

"한 가지 소식이 더 있어요. 황동혁 씨 자살 동기를 알아보려고 「현장수첩」이 방송을 중단한 이유를 수사관에게 확인해보라고 했어요. 그런데 판사님이 어제 말하지 않은 한 가지 이유가 더 있었더군요. 「현장수첩」 팀이 취재한 결과 황동혁 씨 아버지는 류마티스가 맞더라는 거예요. 다시 말해서 황동혁 씨 아버지는 우동규에게 사기당한 게 아니었다는 거죠."

손지은의 말이 끝나자 그녀와 나 사이의 공기가 가을에서 겨울로 넘어가듯 서서히 냉랭해진다. 시야에 신해고속버스터미널이 나타난다. 신호등이 파란불에서 노란불로 바뀐다. 앞서 가던 오토바이가 속도를 높여 교차로를 통과한다. 그러나 손지은은 어젯밤과 달리 차를 급정거시킨다. 파란불을 기다리는 동안 차 안에 완벽한 정적이 흐른다. 내 혈관에서 아드레날린이 앞서 간 오토바이처럼 질주하기 시작한다. 손지은이 침묵을 깨고 묻는다.

"언제부터 그 사실을 알고 계셨던 거죠?"

황금색 트럼펫을 휘감았던, 등나무 줄기처럼 구불구불하게 휘어진 동혁이 아버지의 검은 손가락이 선명하게 떠오른다. 빰빠라밤빠빰! 빰빰빰!

"그게 그리 중요한가요? 손경감님이 그러지 않았나요? 세상과의 조화든 자기만족이든 간에 나쁜 짓을 한 사람이 벌을 받는 게 정의라고."

다시 침묵이 흐른다. 신호등이 파란색으로 바뀌고 차가 터미널 맞은편에 도착한다.

"손경감님, 그동안 고마웠어요. 신해시의 정의를 부탁드려요."

나는 서둘러 차에서 내리고는 빨간불에 횡단보도를 건넌다. 서울행 버스가 출발하자 이어폰을 꽂고 「보헤미안 랩소디」를 튼다.

Mama, just killed a man.

Put a gun against his head,

Pulled my trigger.

Now he's dead.

(……)

엄마, 내가 그를 죽였어요.

그의 머리에 총을 들이대고,

방아쇠를 당겼죠.

이제 그가 죽었어요.

(……)

나는 앞좌석 등받이에 이마를 기댄다. 어깨가 들썩인다.

　오래전 어머니의 장례를 치르고 유품을 정리하다 어머니가 투병 생활 중에 쓴 일기장을 발견했습니다. 마지막 생명을 태우며 쓴 그 글을 버리기 아까워서, 작가를 선망하던 어머니를 작가로 만들어드리고 싶어서, 그 일기에 저의 조악한 글을 보태 소설을 쓰기 시작했습니다. 그로부터 몇 년 후 『기린의 죽음』이라는 소설을 완성해 어머니와 저의 공동 저자명으로 제1회 세계문학상에 응모했습니다.

　『기린의 죽음』은 이후 십 년의 세월을 거치는 동안 초점이 어머니에서 저 자신으로 옮겨지고 어머니의 문장들이 저의 문장들로 바뀌면서 『보헤미안 랩소디』로 탈바꿈되었고, 올해 제10회 세계문학상을 받게 되었습니다.

　어머니를 작가로 만들어드리려고 시작한 일이 종국에는 저를 작가로 만든 셈이지만 돌아보면 그것은 처음부터 저 자신을 위한 일이었습니다. 저의 내면에 유전된 어머니의 잔재를 모두 소각하지 않고서는 오롯이 저로서의 삶을 살아낼 수 없다는 것을 본능적으로 직감했던 것 같습니다. 어머니의 일기를 태워서 이 작품이 나왔지만 이제부터는 이 작품을 태워야 한다는 것도 느끼고 있습니다.

　저는 인간의 위대함을 믿지 않는 쪽이지만 이 불완전한 세상에서 그나마 가장 가치 있는 존재가 인간이라는 것은 믿습니다. 제게 가장 가치 있는 공부는 인간에 관한 공부이기에 인간의 본성을 탐색하는 문학의 주변에서 서성거릴 수밖에 없었습니다. 이것은 판사가 왜 소설을 쓰느냐는 질문에 대한 저의 답변이기도 합니다. 거짓속에서 진실을 찾는다는 면에서 저는 재판과 소설을 달리 생각하지 않습니다. 두 가지 다 인간의 본성에 대한 이해의 깊이가 텍스트나 기술을 압도한다고 생각합니다.

그동안 제가 문학을 하겠다고 하면 선뜻 지지해준 사람이 없었습니다. 가까운 사람은 말렸고 먼 사람은 비웃었습니다. 그런 와중에 받게 된 세계문학상은 제게 기쁨의 선물을 넘어서는 치유의 묘약입니다.

한없이 초라한 집에 큰 문패를 달아주신 심사위원님들께 감사드립니다. 그리고 심하게 부끄럽습니다.

초판 1쇄 발행 2014년 5월 23일
초판 3쇄 발행 2014년 6월 13일

지은이 정재민
펴낸이 이수철
편 집 박상미
마케팅 정범용
관 리 전수연

펴낸곳 나무옆의자
출판등록 제396-2013-000037호
주소 (140-871) 서울시 용산구 한강로2가 314 용성비즈텔 802
전화 02) 706-2367 팩스 02) 718-5752

홈페이지 www.hmbooks.co.kr
인쇄 제본 현문자현 종이 월드페이퍼

값 13,000원 ⓒ 정재민, 2014
ISBN 979-11-952602-1-8 03810

국립중앙도서관 출판시도서목록(CIP)

보헤미안 랩소디 : 정재민 장편소설 / 지은이 : 정재민. —
서울 : 나무옆의자, 2014
    p. ; cm
수상 : 제10회 세계문학상 수상작
ISBN 979-11-952602-1-8 03810 : ₩13000

한국 현대 소설[韓國現代小說]

813.7-KDC5
895.735-DDC21   CIP2014014206